Die geheime Seele

Magdalena Kloibhofer

Bibliografische Information der Deutschen Nationalbibliothek:
Die Deutsche Nationalbibliothek verzeichnet diese Publikation in
der Deutschen Nationalbibliografie; detaillierte bibliografische Da-
ten sind im Internet über dnb.dnb.de abrufbar.

Lektorat und Korrektorat: Daniela Rosenberger
Umschlaggestaltung: Georg Kloibhofer

Verlag: BoD · Books on Demand GmbH, In de Tarpen 42, 22848
Norderstedt
Druck: Libri Plureos GmbH, Friedensallee 273, 22763 Hamburg

ISBN: 978-3-7597-7706-5

Inhaltsverzeichnis

Tian...9

Tian..16

Ava...25

Tian..32

Coletta...37

Runa..40

Coletta...46

Tian..54

Tian..66

Coletta...70

Ava...72

Runa..75

Tian..78

Tian..95

Tian...102

Ava..105

Tian...121

Coletta..126

Ava..129

Tian...133

Runa...141

Tian...143

Tian..156

Coletta 162

Ava 166

Damian 175

Tian..176

Runa..188

Ava 195

Tian..209

Ava 215

Tian..222

Coletta 228

Tian..237

Runa..243

Ava 247

Tian..255

Coletta 259

Runa..267

Ava 270

Tian..279

Coletta 284

Tian..286

Tian

Der Wecker klingelte. Tian tastete mit der Hand zu seinem Nachttisch, um das Läuten auszuschalten. Es war 6.30 Uhr, der erste Schultag nach den Sommerferien.

Er schlug die Bettdecke zur Seite und setzte sich auf. Gähnend fuhr er sich mit der Hand über das Gesicht. Am Vorabend hatte er lange gelesen und war nun dementsprechend müde. Das Buch hatte er achtlos auf den Boden gelegt, untypisch für ihn, doch das Ende hatte in ihm ein Gefühl der Unvollkommenheit hinterlassen. Es war ihm nicht wert gewesen, extra aufzustehen und es wegzuräumen. Nun aber nahm er das Buch in die Hand, strich sorgfältig über den Einband und ordnete es in sein Regal ein.

In seinem Zimmer hatte alles seinen Platz. Auf dem Nachttisch befanden sich sein Wecker und eine Lampe, wobei dasselbe Modell auf seinem ordentlich aufgeräumten Schreibtisch stand. Ein blauer Teppich lag in der Mitte des Raumes, eine Topfpflanze stand in einer Ecke und ein Bild mit einem blaugrünen Farbverlauf hing am Kopfende seines Bettes. Das Zimmer wirkte nicht so, als würde ein sechzehnjähriger Junge darin wohnen. Tian wusste das, aber störte sich nicht daran. Schließlich brauchte er nicht mehr.

Er zog die Vorhänge zur Seite und blieb einen Moment am Fenster stehen, um in den Garten hinter dem Haus zu blicken. Ein schmaler, sandiger Weg schlängelte sich zwischen hohem Gras, wilden Blumen, überwuchernden Sträuchern und vereinzelten Bäumen hindurch. Tians Eltern pflegten den Garten nicht, einerseits hatten sie dafür keine Zeit, andererseits konnte aufgrund der hohen Mauer rundherum sowieso niemand einen

Blick hereinwerfen.

Verschlafen rieb sich Tian die Augen und ging aus seinem Zimmer. Er begegnete seine Schwester Coletta, die gerade aus dem Badezimmer trat.

»Morgen«, begrüßte Tian sie verschlafen.

Coletta nickte ihm nur zu.

Bestimmt war sie schon eine Stunde wach, vor dem ersten Schultag konnte sie nie gut schlafen. Nur die Schatten unter ihren Augen zeigten das, ansonsten ließ sie sich von ihrer Müdigkeit nichts anmerken. Ihre langen, schwarzen Haare waren zu einem strengen Zopf nach hinten gebunden und sie strich ihre Kleidung glatt, obwohl das nicht nötig gewesen wäre. Durch das schwarze Hemd, das ordentlich in der dunklen Hose steckte, wirkte sie erwachsen, obwohl sie erst fünfzehn Jahre alt war.

Ohne etwas zu Tian zu sagen, nahm sie ihren Rucksack, der neben dem Treppengeländer stand und ging nach unten.

Tian schloss die Tür hinter sich und sah sich im Badezimmer um. Es war lange nicht erneuert worden, es wirkte mit den beigen Fliesen, der Duschbadewanne mit dem zart geblümten Duschvorhang und den abgegriffenen Armaturen des Waschbeckens altmodisch. Doch es funktionierte alles einwandfrei, nur die Toilettenpapierhalterung wackelte und quietschte.

Während Tian versuchte, seine kurzen, schwarzen Haare mit dem Kamm zu bändigen, betrachtete er sich im Spiegel. Er war unscheinbar und gewöhnlich, weder seine Statur noch seine etwas widerspenstigen Haare lenkten die Aufmerksamkeit anderer auf ihn. Nur seine blauen Augen waren außergewöhnlich. Sie überstrahlten seine Augenringe und stachen aufgrund seines blassen Gesichts hervor.

Nachdem er sich die Zähne geputzt hatte, spritzte er sich kaltes Wasser auf die Wangen und rubbelte sich den Schlaf aus den Augen. Als er aufblickte, und sein nasses und vom Wasser gerötetes Gesicht im Spiegel erblickte, seufzte er tief. Das war er, Tian, ein Einzelgänger, langweilig und scheinbar emotionslos.

Er wusste, dass das nicht alles war, doch er wollte nicht mehr von sich zeigen. Egal, ob er sich freute, weil er ein gutes Buch zu Ende gelesen hatte oder traurig war, weil er niemanden hatte, dem er das erzählen konnte, seine Mimik und Körperhaltung blieben immer neutral. Nur tief in seinem Inneren spürte er die Lebendigkeit der gegensätzlichen Gefühle, die sich vermischten, bis sie nicht mehr voneinander zu unterscheiden waren.

Tian schüttelte entschieden den Kopf, nun wollte er sich nicht darüber die Gedanken zerbrechen, es war schließlich der erste Schultag. Mit dem Handtuch trocknete er sein Gesicht ab und ging zurück in sein Zimmer.

Wie seine Schwester Coletta zog auch Tian dunkle Klamotten an, jedoch achtete er darauf, sich altersgemäß anzuziehen. In seinem schmalen Kleiderschrank war alles ordentlich zusammengelegt und von Grau bis Schwarz sortiert, andere Farben besaß er nicht. Bevor Tian in einfachen Jeans und T-Shirt aus dem Zimmer trat, kontrollierte er, ob er alles Nötige für die Schule in seinen schwarzen Turnbeutel aus Jute gepackt hatte.

Als er die Tür hinter sich ins Schloss zog, tapste seine zwölfjährige Schwester Ava verschlafen den Flur entlang. Ihre stufige Bobfrisur stand in alle Richtungen ab, ihre Brille saß schief auf der Nase und auf ihrem Gesicht und den schlanken Armen war deutlich der Abdruck der Bettwäsche zu sehen.

Typisch für sie stand sie absichtlich spät auf, um ihre Eltern zu ärgern. Sie wusste, wie viel Wert sie auf Pünktlichkeit und Schule legten und nutzte genau das, um zu rebellieren.

Beim Anblick von Tians Turnbeutel verdrehte sie die Augen.

»Hast du dir über den Sommer keinen neuen Rucksack gekauft? Ich habe dir schon oft genug gesagt, dass dieser hier nicht mehr im Trend ist«, meinte Ava und gähnte.

»Dir auch einen guten Morgen«, erwiderte Tian.

»Irgendwann werde ich mich nachts in dein Zimmer

schleichen und deinen Beutel verbrennen«, sagte sie und kicherte.

Während Ava ins Badezimmer tapste, stieg Tian die Treppe nach unten. Im Flur stellte er seine Tasche neben den Rucksack von Coletta und schritt in das geräumige Esszimmer. Die dunkle Tapete, der Kronleuchter über dem Tisch und die Vitrine mit goldverziertem Porzellan ließen den Raum pompös und mysteriös wirken.

Bis auf Ava und Tian saßen die restlichen Familienmitglieder schon um den massiven Eichentisch und aßen stumm ihr Frühstück. Als sich Tian seinem Vater Damian gegenüber an das Kopfende setzte, blickte keiner auf. Ihm machte es nichts aus, denn er kannte es nicht anders.

Wie jeden Morgen las der Vater die Zeitung und nippte hin und wieder an seinem Kaffee. Neben ihm saß Tians Mutter Aislinn und aß stumm ihr Brötchen. Ihren Blick hatte sie auf nichts Bestimmtes gerichtet und ihre Stirn war krausgezogen, als würde sie nachdenken. Vielleicht hatte sie am Vortag lange gearbeitet, dachte Tian.

Sein Blick fiel auf Coletta. Ihr rechter Zeigefinger zuckte kaum merklich und sie hatte zwar schon ihr Brot mit Marmelade bestrichen, aber noch nicht angerührt. Sie wirkte nervös, doch wieso?

Eigentlich hatte nur Tians zehnjährige Schwester Runa Grund zur Aufregung. Sie hatte den ersten Schultag in der Unterstufe vor sich, doch davon ließ sie sich nichts anmerken. Wie immer saß sie aufrecht auf ihrem Platz, hatte den Kopf tief gesenkt und bewegte ihren Löffel im Müsli langsam, um so wenig Geräusche wie möglich zu verursachen.

Runa war außergewöhnlich. In der Familie hatten alle außer ihr pechschwarzes, fülliges Haar. Im Gegensatz dazu waren ihre dünn und schneeweiß. Runas Haut wirkte blasser als Tians, jedoch waren ihre Augen ebenso himmelblau, wobei in ihren immer ein trauriger Ausdruck innewohnte. Mit ihrer zarten

Statur wirkte sie zerbrechlich und kleiner als sie eigentlich war. Zusätzlich erregte sie Aufmerksamkeit, weil sie noch nie ein Wort gesprochen hatte. Niemand wusste wieso.

Ava hüpfte mit Krach die Treppe herunter und riss Tian aus seinen Gedanken. Im Türrahmen erschien sie in einem roten Sommerkleid. Sie trug immer bunte und kräftige Klamotten, womöglich um ihr Anderssein zum Ausdruck zu bringen. Sie tat alles dafür, um sich von ihrer Familie abzuheben. Nicht nur zog sie sich anders an, sie sprach auch mehr als nur das Nötigste und pflegte bewusst Freundschaften. Dennoch war sie ihrer Familie ähnlicher, als ihr lieb war. Die stets aufrechte Haltung und der emotionslose Gesichtsausdruck waren nur Äußerlichkeiten, die sie von den anderen Menschen unterschied.

Schulfreunde hatten die Kinder, bis auf Ava, nicht. Nicht einmal mit den Nachbarn pflegten sie Kontakt. Außer Haus ließen sie sich nur blicken, wenn es sein musste. Für sie war es schon ungewöhnlich, dass Tian hin und wieder einen Spaziergang machte, obwohl er bewusst eine Route wählte, bei der er niemandem begegnete.

Etwas zog Damians Aufmerksamkeit von der Zeitung weg, die er nun ein Stück senkte. Er griff mit einer Hand in seinen Hemdkragen und holte eine silberne Kette mit einem achteckigen Anhänger hervor.

Nach einem kurzen Blick darauf sagte er nur: »Die Arbeit.«

Damit meinte er nicht den angeblichen Bürojob, den er sich als Alibi ausgedacht hatte, wenn ihn jemand nach seiner Arbeit fragte. Den eigenartig scheinenden Verhaltensweisen der Familie lag nämlich ihre eigentliche Berufung zugrunde, von der niemand jemals erfahren durfte: Sie waren Seelendiener. Neben Aislinn und Damian konnten auch die Kinder Seelen, die einen leblosen Körper verlassen, sehen. Aufgrund dieser Fähigkeit war es ihre Aufgabe, Seelen, die es nicht allein ins Licht schafften, zu helfen.

Der Vater faltete die Zeitung zusammen und reichte sie an

Coletta, die aufschreckte, als hätte er sie aus ihren Gedanken gerissen. Dann schnappte er sich sein Sakko von der Rückenlehne des Stuhles und warf es über die schmalen Schultern.

Von der Statur ähnelte Tian seinem Vater, nur die Falten in Damians länglichen Gesicht und das grau-schwarze Haar zeigten sein Alter. Seine hohen Wangenknochen und das zurückgekämmte Haar deuteten auf seine Strenge, und seine knochigen Finger und die zurückgestreckten Schultern auf seine Bestimmtheit.

Damian bückte sich, nahm seinen Aktenkoffer in die Hand, der wie jeden Morgen neben dem Tischbein stand, und trat anschließend einen Schritt vor. Sein Fuß berührte jedoch nicht den Boden, stattdessen verwandelte sich Damian in einen hellgrauen Nebel, der mit einem Luftzug, den keiner im Raum spürte, verschwand. Er war teleportiert.

Tians Mutter Aislinn stand auf, nahm ihren Teller und die halb leere Tasse ihres Mannes und trug sie durch den offenen Türbogen in die Küche.

Als sie zurückkam, meinte sie: »Ihr müsst los zur Schule.«

Coletta legte augenblicklich die Zeitung beiseite, hüpfte auf und huschte mit ihrem Geschirr und dem unberührten Brot in die Küche. Runa rutschte mit gesenktem Kopf von ihrem Stuhl und folgte ihr leise. Und auch Tian stand auf, um seinen Teller wegzuräumen.

»Ava, trödle nicht!«, sagte Aislinn.

Ava verdrehte mit einem Schmunzeln die Augen, stopfte sich ihren Mund mit Joghurt voll und trottete anschließend in aller Ruhe Tian in die Küche hinterher.

»Und bitte habe heute ein Auge auf Runa, schließlich ist es ihr erster Schultag in der Unterstufe«, rief Aislinn ihr nach.

Mit vollem Mund erwiderte Ava: »Ich spiel sicher nicht ihre Babysitterin, sie kann schließlich auf sich selbst aufpassen.«

Als sie an ihrer Mutter vorbeiging, warf diese ihr einen mahnenden Blick zu. Deswegen gab Ava klein bei: »Na gut, aber nur ein Auge.«

Doch als sie zu Coletta und Tian in den Eingangsbereich trat, hatte sich Runa schon allein auf den Weg zur Schule gemacht.

»Dann kann ich nur euch beiden einen wunderschönen ersten Schultag wünschen«, meinte Ava motiviert.

Genervt wandte sich Coletta ab.

»Ich habe das Gefühl, dass es ein außergewöhnliches Schuljahr werden wird.« Ava zwinkerte Tian zu. »Ist nur so ein Gefühl.«

Tian

Als Tian durch die offene Schultür in die Aula ging, dachte er an den Tag zurück, als er dieses Gebäude zum ersten Mal betreten hatte. Es war sein erster Schultag in der Unterstufe gewesen. Doch die Vorfreude war sofort verschwunden, als er einen Schritt durch die große, gläserne Eingangstür gemacht hatte. Trotz der hohen Decke hatte der Lärm, die abgestandene Luft des Sommers und die dichte Schülermenge jene erwartungsvollen Gedanken verdrängt, die sich zuvor gebildet hatten. Das Quietschen der Schuhsohlen auf dem Boden und das Zuschlagen der Spindtüren hatten in seinen Ohren widergehallt. Er hatte sich unbedeutend und klein gefühlt. Überfordert hatte er sich beeilt, so schnell wie möglich seine Klasse zu finden.

Nun, sechs Jahre älter und Schüler der Oberstufe, erging es ihm kaum anders. Er sah sich nach Coletta um, sie beide gingen immer gemeinsam zu Schule. Zwar hatte ihr Gesichtsausdruck dieselbe gefasste Mimik wie immer, doch er wusste, dass sie das Gedränge, die ansteckende Unruhe und die freudigen Rufe des Wiedersehens nach dem Sommer genauso wenig mochte wie er. Es lag zu viel Hektik, Anspannung und Unsicherheit in der Luft. Die Schüler wuselten von links nach rechts und wieder zurück, keiner wusste wohin und alle waren voller Energie von den vergangenen Ferien und aufgebracht über die bevorstehende Schulzeit. Tian spürte, dass einige die Ungewissheit über das, was das Jahr bringen würde, liebten und dadurch noch aufgekratzter waren. Innerlich sehnte er sich bereits danach, dass der Schulalltag wie jedes Jahr die Vorfreude trüben würde und die Schüler mit faden Gesichtern durch das Schulgebäude trotteten.

Trotz dieser Unruhe mochte Tian die Schule. Da er seine Zeit meist zu Hause in seinem Zimmer verbrachte, war sie eine willkommene Abwechslung für ihn. Im Unterricht war es ruhig und er musste nur etwas sagen, wenn er dazu aufgefordert wurde. Seine knappen Antworten reichten den Lehrern meist aus, da sie immer korrekt waren. Für Tests musste Tian kaum lernen und es machte ihm Spaß, sein Wissen abprüfen zu lassen, trotzdem prahlte er nie mit seinen Noten.

Durch seine Zurückhaltung und Unscheinbarkeit ging er im Klassengemenge unter. Es würde ihn keineswegs wundern, wenn ein Klassenkollege seinen Namen nicht kennen würde.

Freunde hatte er keine. Es gab in den vergangenen Jahren immer wieder Schulkameraden, die ihn kennenlernen wollten, aber alle gaben nach wenigen Tagen auf. Für sie waren seine kurzen Antworten wohl zu langweilig. Tian selbst machte keine Anstalten, jemanden anzusprechen. Als Seelendiener hatte er sich vorgenommen, den Kontakt zu seinen Mitschülern so gut wie möglich zu meiden. Sein Vater hatte oft genug erklärt, wieso es besser war, keine Freunde zu haben. Zu hoch war das Risiko, dass die Menschen von seinen geheimen Fähigkeiten erfuhren. Und das musste er verhindern.

Coletta schlug die Richtung zu ihrem Klassenzimmer ein, ohne Tian zum Abschied anzusehen. Obwohl er normalerweise nicht stehen blieb, tat er es dieses Mal, um ihr nachzublicken. Mit zügigen, aber etwas verkrampften Schritten entfernte sie sich. Ihr strenger Zopf wippte dabei auf und ab. Die meisten Schüler beachteten sie nicht, für sie war Coletta genauso wie Tian unscheinbar. Doch diejenigen, deren Weg sie kreuzte, drehten sich zu ihr um und wunderten sich über ihren aufrechten, steifen Gang. Trotz ihres jungen Gesichts sah sie nicht wie eine Schülerin aus, sie wirkte um einiges älter als ihre Klassenkameraden. Tian erkannte, dass es nicht nur an dem Hemd lag, dass sie trug, auch die Art, wie sie ihren Kopf hochhielt, ein bisschen so, als würde sie sich für etwas Besseres halten, unterstrich diese Annahme. Im nächsten Moment verschwand sie in der Menschenmenge.

Tian wandte sich um und bahnte sich einen Weg durch die vollen Gänge, stets darauf bedacht, den aufgeregt zappelnden Schülern jederzeit ausweichen zu können. Angestachelt von der Unruhe seiner Mitschüler und ohne die Selbstbeherrschung seiner Schwester neben ihm, wurde schließlich auch er von der Stimmung des Schulbeginns erfasst. Er erinnerte sich an Avas Worte vom Morgen. Vielleicht, dachte er, hielt das Schuljahr wirklich etwas Besonderes für ihn bereit. Vielleicht wurde es das beste Jahr seines Lebens.

Als hätte ihn sein eigener Gedanke erschreckt, schüttelte er kaum merklich den Kopf. Es war Blödsinn, sich vom Schulalltag mehr als das bisher Gewohnte zu erwarten, und er wusste das. Dieses Jahr würde genauso werden wie das letzte. Und das war gut so. Tian wusste, was ihn erwartete, und konnte sich somit besser auf die wesentlichen Dinge seines Lebens konzentrieren: das Erlernen der Seelendieneraufgaben. Seine Mitschüler würden selbst in ein paar Wochen realisieren, dass es nur die Schule war, die mit ihrem wöchentlich gleichbleibenden Stundenplan einen Rhythmus schaffte, der sich durch das ganze Jahr zog. Tian schluckte seine Aufregung hinunter, aber zwischen seinen Rippen blieb ein Funke übrig. Entschieden drückte er mit seinen Fingern dagegen, doch das Gefühl ließ nicht nach.

Augenblicklich ging Tian etwas schneller, er sehnte sich nach der Stille und Sicherheit seines Klassenzimmers. Er wusste, dass er Raum und Ruhe zum Nachdenken brauchte, um das Gefühl zwischen seinen Rippen endgültig verdrängen zu können.

Tian trat einen Schritt nach links, um einen vorbeilaufenden Schüler auszuweichen, und zwängte sich anschließend durch ein Grüppchen, das den Weg zur Klasse versperrte. Dabei war er darauf bedacht, keinen zu berühren. Er betrat das Zimmer und fand sich im vorderen Teil des Raumes wieder. Sofort merkte er, wie der Lärm des Ganges in den Hintergrund rückte, aber dafür stieg nun der beißende Geruch von Putzmittel in seine Nase. Im Sommer waren der Fußboden und die Tischplatten auf Hochglanz poliert geworden und auch die Tafel strahlte in einem satten Dunkelgrün. Die weiß verputzten Wände wirkten mit den leeren Pinnwänden kühl, doch das würde sich in den nächsten Wochen schnell ändern, wenn sie von Plakaten, Landkarten und Schulzetteln übersät sein würden.

Tian war nicht der Erste im Klassenzimmer, vereinzelt hatten seine Mitschüler schon Platz genommen und sprachen miteinander. Keiner beachtete ihn, als er eintrat, somit hatte er kurz Zeit, sich nach einem geeigneten Sitzplatz umzusehen. Am liebsten wäre ihm ein Platz im hinteren Teil der Klasse, um sicherzugehen, dass er sich im Unterricht außerhalb des Blickfeldes seiner Mitschüler befand. Von den drei Zweiertischen in der letzten Reihe war nur noch der mittlere frei. Der Fensterplatz war zu seinem Bedauern schon von Dora belegt, die ihre Tasche absichtlich auf den Stuhl neben sich platziert hatte, um ihn für ihre Freundin zu besetzen.

Tian ging zügig zu seinem ausgewählten Platz und ließ sich dort auf einen Stuhl nieder. Dann zog er tief die Luft zu der Stelle zwischen seinen Rippen ein und versuchte, den immer noch vorhandenen Funken der Aufregung auszuatmen.

Dieses Gefühl hatte er schon ein paar Mal gehabt, aber noch nic in der Schule und das beunruhigte ihn. Wenn er ein gutes Buch zu Ende gelesen hatte oder der Vater ihn in einer Übungsstunde stolz lobte, was äußerst selten vorkam, dann begann es zwischen seinen Rippen zu brodeln. Doch es hielt nie lange an. Sobald Tian merkte, dass er das Buch nie wieder so wie beim ersten Mal lesen konnte, weil er das Ende nun kannte, oder sein Vater ihn anfuhr, dass er sich das dämliche Grinsen verkneifen sollte, verschwand augenblicklich der Funke zwischen den Rippen, als wäre er nie da gewesen.

Weder wusste Tian, woher das Gefühl an diesem Schultag

kam, noch fiel ihm eine Möglichkeit ein, wie er es loswerden konnte. Er rutschte auf dem Stuhl hin und her, bis ihm auffiel, dass seine Mitschüler die Nervosität nun bemerken könnten. Sofort blieb er still sitzen, richtete seinen Rücken gerade, legte seine Arme auf den Tisch und achtete auf eine neutrale Mimik. Fest dachte er daran, dass dieser Tag nicht anders als die anderen werden würde, es gab keinen Grund zur Aufregung. Diesen Gedanken ließ er sich ein paar Mal durch den Kopf gehen, bis der Funke zwischen seinen Rippen allmählich verschwand. Zurück blieb ein Moment der Enttäuschung, den Tian konsequent ignorierte.

Entschieden, dass er sich nicht von seinen Gefühlen durcheinanderbringen lassen wollte, ließ er seinen Blick durch das Klassenzimmer schweifen. In den letzten Minuten waren immer mehr Schüler hereingekommen und hatten an den Tischen Platz genommen. Tian sah zur Uhr, die ihm verriet, dass es nicht mehr lange bis zum Unterrichtsbeginn dauern würde.

Gerade als sein Blick die Tür streifte, öffnete sich diese und Nele, Kiara und Steve traten herein. Kiara hatte sich bei den anderen beiden untergehakt und hielt sie kurz auf, um sich nach drei freien Plätzen umzusehen.

In ihrem dünnen, kurzen Haar hatte sie ein paar Spangen befestigt und trotz der warmen Spätsommertemperaturen trug sie über ihrem langen, etwas zu großen Sommerkleid eine Wolljacke. Ihr Grinsen reichte von einem Ohr zum anderen, weswegen die Blässe um ihre Nase kaum auffiel.

Steve trug mit seiner freien Hand Kiaras Handtasche. Er hatte im Laufe des Sommers etwas zugelegt, denn sein Shirt spannte über dem Bauch. Ansonsten sah er aus wie immer, die blonden Haare waren frisch geschnitten und auf seinen vollen Lippen zeichnete sich ein leichtes Lächeln ab. Gerade sah er zu seinen Freundinnen hinüber, als sie etwas sagten und nickte. Anschließend zog Kiara ihn und Nele schnurstracks in Tians Richtung.

Er schaute schnell zur Seite, damit ihnen nicht auffiel, dass er sie schon bemerkt hatte. Doch er wusste bereits, dass sie sich zu ihm setzen würden. Der Tisch vor ihm und der Stuhl neben ihm waren die einzigen freien Plätze in der Klasse, bei denen die Freunde beisammen sein konnten.

Während sich Kiara und Steve auf den Tisch vor ihm setzten, blieb Nele neben Tian stehen. Er spürte ihren Blick auf sich ruhen.

Sie fragte: »Ist der Platz noch frei?«

Obwohl dem offensichtlich so war, machte sie keine Anstalten sich hinzusetzen, bevor er nichts sagte. Ohne ihr in die Augen zu sehen, hob Tian den Kopf in ihre Richtung und nickte. Sie nahm seine stumme Antwort hin und schob den Stuhl zurück, um sich darauf niederzulassen.

Nachdem Nele sich nach vorne gebeugt hatte, um mit Kiara und Steve zu reden, konnte Tian sie unauffällig betrachten. Sie hatte dunkle Haut und braune Locken, die sie zu einem hohen Pferdeschwanz gebunden hatte. Vereinzelt lösten sich ein paar Strähnen, doch sie machte sich nicht die Mühe, den Zopf neu zu binden. Stattdessen schob sie die widerspenstigen Haare hinter ihre Ohren.

»... und ein Wochenende haben wir dann noch in New York verbracht, bevor wir zurückgeflogen sind«, erzählte Steve.

»Ach, ich bin so neidisch«, meinte Kiara und verzog ihren Mund, als sie das Handy mit den Fotos an Steve zurückreichte. »Ich hätte auch gerne Großeltern in den USA.«

Schmunzelnd verdrehte Nele die Augen und meinte: »Jetzt stell dich nicht so an, Kiki. Du hast so viele Ausflüge mit deiner Familie gemacht, ich habe gar nicht mehr mitzählen können, so oft hast du mich versetzt. Ich habe schon gedacht, ich sehe dich nie wieder!«

Kiara lachte auf: »Ich wäre viel lieber bei dir geblieben, glaub mir.«

»Was habt ihr gemacht?«, fragte Steve genauer nach.

»Nichts so Aufregendes wie die ganzen Sommerferien in den

USA«, meinte Kiara und winkte schnell ab. Nach einem Zögern fügte sie kleinlaut hinzu: »Wandern, Baden und so.«

In diesem Moment fiel Tian in ihr Blickfeld und sie drehte sich mit einem Ruck zu ihm um. »Und Tian, wie hast du deinen Sommer verbracht?«

Verwundert sah er auf. Zwar hatte er unbeabsichtigt das Gespräch mitgehört, hätte aber nicht gedacht, dass er angesprochen wurde. Noch nie hatte ihn jemand nach seinen Ferien gefragt.

Den Sommer hatte er hauptsächlich damit verbracht, zu lesen und Abendspaziergänge zu machen. Manchmal hatte er statt Aislinn gekocht, wenn sie noch Arbeit hatte, aber er wusste, dass das für die anderen zu unspektakulär sein würde.

Kiara zog ungeduldig die Stirn kraus und sagte mit einer extra Betonung auf seinen Namen: »Tian. Wie waren deine Ferien?«

Nele und Steve wandten sich ebenfalls ihm zu und betrachteten ihn abwartend.

»Ähm«, sagte Tian zögerlich, »gut.«

Kiara gab sich noch nicht zufrieden und fragte mit Nachdruck: »Was hast du so gemacht? «

»Gelesen habe ich«, meinte er und merkte, wie Kiara schmunzelte. »Und Spaziergänge habe ich gemacht.«

Wie erwartet, fand Kiara seine Antwort komisch. Doch anstatt sich wegzudrehen, wie es die anderen Schüler sonst taten, fing sie lauthals zu lachen an.

»Wie süß! Lesen«, rief sie und schnappte nach Luft, »und spazieren.«

Ein paar Klassenkameraden drehten sich fragend zu ihr um und Steve warf ihr einen warnenden Blick zu. Aber sie konnte sich vor Lachen nicht einkriegen, während Tian spürte, wie das Blut in seinen Kopf schoss. Hätte er doch besser nichts gesagt. Dann hätten die drei nur die Augen verdreht und ihn in Ruhe gelassen.

»Ich habe in den Ferien auch ein Buch gelesen«, warf Nele ein, aber Kiaras Lachen übertönte ihre Stimme.

Tian wandte sich ab und schob seine Hände unter die Oberschenkel, noch immer darauf bedacht, aufrecht zu sitzen und einen neutralen Gesichtsausdruck beizubehalten.

Obwohl es ihn ärgerte, zur Schau gestellt zu werden, trug er Kiara sein Bloßstellen nicht nach. Er vermutete nämlich, dass sie die Aufmerksamkeit absichtlich von sich auf ihn gelenkt hatte. Ihm fiel trotz ihrem Lachen die Blässe um die Nase auf und ihm war bewusst, dass ihr Kleid zu groß war, weil sie abgenommen hatte. Als Seelendiener spürte er Kiaras Schwäche. Die Kraft verließ allmählich ihren Körper, über den Sommer hatte sich ihr Zustand verschlechtert. Jedoch konnte Tian nicht sagen, welche Krankheit ihr zu schaffen machte. Schließlich hatte Kiara noch nie öffentlich über ihren Zustand gesprochen. Ihn würde es nicht wundern, wenn nicht einmal Nele und Steve davon wussten.

Die drei Freunde hatten das Gespräch über ihren Sommer wieder aufgenommen, als es zum Unterricht klingelte. Tian atmete erleichtert aus, griff in seinen Turnbeutel und zog einen Stift und einen Block hervor. Zwar wusste er noch nicht, ob er sie brauchen würde, doch er fühlte sich vorbereitet, als der Deutschlehrer Herr Olsen hereintrat.

Wie immer legte er seine Umhängetasche auf das Lehrerpult und fuhr sich über seine Halbglatze, bevor er sich der Klasse zuwandte. Manche Dinge würden sich nie ändern und Tian war sich sicher, dass Herr Olsen, egal was geschah, der gleiche bleiben würde. Er trug wie immer Khakihosen, braune Schuhe, einen Ledergürtel mit silberner Schnalle und ein hellblaues Hemd, bei dem der oberste Knopf offen war. Nur bei Veranstaltungen trug er eine altmodische Krawatte, jedes Mal dieselbe.

»Guten Morgen! Ich hoffe, ihr habt alle einen angenehmen Sommer gehabt«, begrüßte er die Schüler. »Ich trage euch gleich ein paar Ankündigungen für das kommende Schuljahr und die allgemeinen Schulregeln vor. Bitte schreibt mit, ich werde mich nicht wiederholen.«

Mit diesen Worten zog er einen Zettel aus seiner Umhängetasche. Im selben Moment begannen die Schüler Stifte und Papier hervorzukramen. Tian blickte nach vorne und wartete mit Herrn Olsen darauf, dass wieder Ruhe einkehrte.

Jemand tippte sanft gegen Tians Arm und Neles Stimme ertönte: »Kannst du mir einen Stift borgen?«

Tian schielte zu ihrem Platz hinüber, zwar hatte sie ein Blatt Papier vor sich liegen, doch nichts zu schreiben. Wortlos griff er in seinen Jutebeutel, holte einen Kugelschreiber hervor und legte ihn auf Neles Tischseite.

»Danke«, flüsterte sie und ein leichtes Lächeln umspielte ihre Lippen.

Bei ihrem Anblick zuckten Tians Mundwinkel unwillkürlich nach oben und zwischen seinen Rippen flammte wieder der Funke von vorhin auf.

Herr Olsens Stimme erklang und Tian wandte sich rasch von Nele ab. Noch bevor er sich fragen konnte, was das Gefühl zwischen seinen Rippen dieses Mal zu bedeuten hatte, war der Funke schon verschwunden. So als wäre er nie da gewesen.

Ava

»Ich muss jetzt los«, rief Ava und verabschiedete sich von ihren Mitschülern.

Sie hatten nach dem Unterricht im Schulhof Fangen gespielt. Ein Blick auf die Uhr verriet ihr, dass sie sich nun beeilen musste, um rechtzeitig zum Mittagessen zu Hause zu sein.

»Ich komme mit!«, sagte ihre beste Freundin Franzi und holte ihr Fahrrad.

Sie verließen den Schulhof und machten sich auf den Heimweg. Seitdem sie befreundet waren, gingen sie immer gemeinsam zur Schule und nach Hause. Morgens trafen sie sich bei einer Parkbank etwas die Straße runter bei Avas Haus. Franzi hatte einen etwas längeren Schulweg und fuhr deswegen mit ihrem alten Rad bis zum Treffpunkt. Das letzte Stück ging sie mit Ava, um vor dem Unterricht noch zu plaudern.

Ava hatte Franziska, auch Franzi genannt, in der dritten Volksschulklasse kennengelernt. Sie war gerade erst mit ihrer Mutter Jessica hergezogen. Weil neben Ava der einzige freie Platz in der Klasse war, setzte sich Franzi zu ihr. Ihre Bekanntschaft war anfangs holprig, da Ava damals sehr zurückhaltend war. Doch etwas an Franzi zog sie in ihren Bann. Allein ihr Aussehen, die roten Haare, die buschigen Augenbrauen und die Sommersprossen, die sich vom Gesicht bis zu den Fingerspitzen zogen, waren auffällig. Ohne Scheu rief sie im Unterricht die Antworten heraus, ohne sich darum zu kümmern, ob sie falsch waren. Und wenn Ava sich nicht traute, etwas zu sagen, betrachtete Franzi sie mit einem kritischen und verspielten Blick, der sie rot werden ließ. Franzi war anders als die Menschen, die Ava bis dahin kennengelernt hatte, nicht zu vergleichen mit ihrer Familie. Trotzdem fühlte sie ihre Verbundenheit.

Also nahm sich Ava vor, Franzi jeden Tag einmal anzusprechen. Am nächsten Morgen fragte sie leise nach ihrem Wochenende. Leider war es so laut in der Klasse, dass es Franzi nicht hörte. Am darauffolgenden Tag fragte sie, wie es ihr ginge. Zuerst sah Franzi sie nur an, so als müsste sie überlegen, ob sie sich verhört hatte. Aber dann begann sie zu erzählen, ganz ausführlich antwortete sie. Dadurch hatte Ava genug Zeit, weitere Antworten und Fragen festzulegen, um das Gespräch am Laufen zu halten. Seitdem musste sie sich nie wieder vornehmen, Franzi anzusprechen, jeden Tag erzählten sie sich etwas Neues, so als würden sie das schon jahrelang machen.

Mit der Zeit kam Ava immer mehr aus sich heraus. Sie begann, im Unterricht aufzuzeigen, auch wenn ihre Hand in den ersten Wochen dabei fürchterlich zitterte. Als sie beim ersten Mal kein Wort hervorbrachte, bemerkte Franzi das und rief mit voller Überzeugung eine falsche Antwort heraus und lenkte somit die Aufmerksamkeit auf sich. Irgendwann traute Ava sich, mit weiteren Schulkollegen zu sprechen, doch keinen hatte sie so gerne wie Franzi.

Freudig erzählte sie ihren Eltern von ihrer Freundschaft. Ava glaubte, sie wären erleichtert, dass wenigstens eines ihrer Kinder eine Freundin hatte, doch sie wurde enttäuscht. Sie sagten nichts. Erst nach einem Moment der unangenehmen Stille schickte der Vater die anderen Kinder in ihr Zimmer. Dann erklärte er Ava, dass ihre Familie keine Freunde hatte und er ihr den Kontakt zu Franzi verbot. Denn nichts war ihm wichtiger, als die Fähigkeiten der Seelendiener geheim zu halten. Sie nickte nur und ging anschließend in ihr Zimmer. Die Tränen wischte sie schnell weg. Sie wollte nicht, dass jemand bemerken könnte, wie traurig sie war.

Die darauffolgende Nacht konnte sie nicht schlafen, die ganze Zeit dachte sie an ihre Freundin und wie sehr sie ihr fehlen würde.

Als sie am nächsten Morgen vor der Schule aufeinandertrafen, nahm Ava Franzi zum ersten Mal in den Arm und ließ sie lange nicht los. Schließlich begann ihre Freundin, Witze über die Umarmung zu reißen, und da war Ava klar, dass sie nicht auf ihren Vater hören würde.

Dass sie ihre Freundin weiterhin sah, konnte sie lange geheim halten. Weder verlor sie ein Wort über Franzi, noch lud Ava sie zu sich nach Hause ein. Aber ihre Eltern wurden misstrauisch, als ihnen das häufige Fernbleiben von Ava nach der Schule auffiel. Sie waren verärgert, als sie herausfanden, dass Ava die Freundschaft nie beendet hatte. Doch selbst langes Zureden und Hausarrest hielten Ava nicht auf, Franzi weiterhin zu treffen. Sie versprach Aislinn und Damian, ihrer Freundin nie von den Seelendienern zu erzählen, aber ihren Eltern genügte das nicht. Der Streit über die Freundschaft dauerte immer noch an.

Vertieft in ein Gespräch erreichten Ava und Franzi den Park, wo sich ihre Wege trennten.

»Möchtest du am Nachmittag vorbeikommen?«, schlug die Freundin vor.

»Ja, ab wann passt es für dich?«, fragte Ava.

»Du kannst jederzeit kommen«, meinte Franzi. »Ich habe nichts anderes vor.«

»Gut, dann sehen wir uns später!«

»Tschüss«, verabschiedete sich Franzi und setzte ihren Fahrradhelm auf. Sie stieg auf ihr Rad und fuhr los.

Ava sah ihr kurz hinterher, bevor sie loslief, um das Mittagessen nicht zu verpassen.

Kurz darauf kam das Haus ihrer Eltern in Sicht. Mit der weißen Fassade und dem dunklen Dach fiel es nicht auf. Es hatte große Fenster, eine Veranda vor dem Haus und eine Hecke am Grundstücksrand. Der Rasen war säuberlich gemäht und das blumige Gebüsch gründlich gestutzt worden, der Vorgarten gehörte zu den Gepflegtesten in der Nachbarschaft.

Dennoch mochte Ava den Anblick des Hauses nicht. Es war ein vergeblicher Versuch ihrer Eltern, den Nachbarn zu zeigen, dass sie eine gewöhnliche Familie waren. So als würden sie sich gerne Gedanken um die Gartenarbeit machen. Zwar mähte Damian regelmäßig den Rasen und stutzte sorgfältig die Hecke, doch er tat es nur ungern. Danach verschwand er nämlich immer in der tiefen Polsterung des Ohrensessels im Wohnzimmer und las nochmals die Zeitung vom Morgen. Ava wusste, dass es die Art ihres Vaters war, mit seiner Unzufriedenheit umzugehen. Aislinn kaufte Blumenstöcke für die Veranda, vergaß aber jedes Mal, sie zu gießen. Also landeten die Pflanzen nach nur wenigen Wochen im Müll und wurden durch neue ersetzt, denen es genauso erging.

Ava trat in den Eingangsbereich des Hauses. Zwar wirkte er mit der Holztapete, dem dunklen Fußboden, dem olivgrünen Teppich mit einem verschnörkelten Muster und dem massiven Kleiderständer für Avas Geschmack überwältigend, doch sie wusste, dass ihre Eltern den pompösen Stil mochten.

Sie ging ins Esszimmer. Aus der Küche duftete es nach Kürbissuppe und Tian und Coletta deckten den Tisch. Runa saß stumm an ihrem Platz, den Blick auf ihren leeren Teller gesenkt.

Aislinn schritt mit einem Korb voll Brot aus der Küche und stellte ihn auf den Tisch ab.

»Das Essen ist fertig«, verkündete sie.

Die Kinder setzten sich, während ihre Mutter die Suppe holte und austeilte.

»Wo ist Vater?«, fragte Ava, als sie ihren Teller hinhielt.

Aislinn sagte: »Bei der Arbeit.«

»Noch der Auftrag von heute früh?«

Ava hörte, wie Coletta laut ausatmete. Die ständige Fragerei störte sie, besonders, wenn die Antwort offensichtlich war. Ihr Vater übernahm selten die komplizierten Aufträge, er war zu ungeduldig. Er teleportierte öfter für kürzere Zeit weg. Hingegen kam es immer wieder vor, dass sich Aislinn den ganzen

Tag nicht blicken ließ, nur um eine einzige Seele ins Licht zu bringen. Dennoch fragte Ava nach, schließlich bestand immer die Möglichkeit, dass ein Auftrag langwieriger war als zuerst gedacht.

Ihre Mutter antwortete: »Nein, ein weiterer Auftrag. Er müsste jederzeit zurückkommen.«

»Hast du heute auch schon eine Seele eingesammelt?«, wollte Ava wissen.

»Nein, noch nicht.«

Dann herrschte wieder Stille, nur das Schlürfen der Suppe und das Klirren der Löffel waren zu hören. Das gemeinsame Essen war für Avas Eltern sehr wichtig, vielleicht lag es daran, weil sie sonst kaum Kontakt zu anderen Menschen hatten.

Ava ergriff erneut das Wort. »Wie war euer Schultag?«

Sie schaute in die Runde. Nur Tian sah auf, der Rest der Familie ignorierte sie. Das war meistens so, denn solche Themen zählten zu den unnötigen Gesprächen. Trotzdem stellte Ava jeden Tag die Frage, manchmal aus Interesse, manchmal aus Provokation.

Ava fing Tians Blick auf und lächelte.

Er antwortete knapp: »Gut.«

Zwar gab er die Frage nicht an sie zurück, doch sie störte sich nicht daran. Sie sagte: »Meiner auch.«

Ava schenkte sich Suppe nach, als sich Coletta dem Eingangsbereich zuwandte. Sie folgte dem Blick ihrer Schwester und sah, wie sich eine hellgraue Wolke bildete, die größer wurde und anschließend Damian daraus hervortrat.

Der Vater nickte der Familie zur Begrüßung zu und legte seinen Mantel ab. Mit zügigen, großen Schritten marschierte er zu seinem Stuhl am Kopfende des Tisches, drehte sich schwungvoll und setzte sich.

Während er sich etwas zu Essen nahm, fragte Ava: »Wie war es bei der Arbeit? Ein spannender Fall?«

Damian richtete sich zu seiner vollen Größe auf. »Eine Seele, die sich aufgrund von mangelhafter Auseinandersetzung mit dem Tod nicht vom menschlichen Körper trennen wollte. Die Angst vor dem Sterben hat das Loslösen erschwert«, berichtete er belehrend. Als hätte ihn Avas Frage an etwas erinnert, machte er eine öffnende Armbewegung und sagte zu seinen Kindern: »Am Nachmittag werde ich mit Runas Unterricht beginnen, bitte sei pünktlich nach dem Essen im Arbeitszimmer. Anschließend werden Coletta und Tian weiter trainieren, unsichtbar zu werden, danach wird Avas Unterricht fortgesetzt.«

Coletta nickte gewissenhaft, während sich Ava kurz auf die Lippen biss. Sie hatte Franzi versprochen, sie zu besuchen. Leider sagte ihr Vater nie, zu welchen Uhrzeiten der Unterricht beginnen würde, weil er wusste, dass Ava sich andere Freizeitpläne machen würde.

Runa aß weiterhin stumm ihre Suppe und reagierte nicht auf die Ankündigung von Damian. Vor ein paar Wochen hatte ihr Unterricht über die Allgemeinkunde begonnen. Es war der erste Schritt zur Aneignung des Wissens als Seelendiener.

Als Tian, Coletta und Ava zehn Jahre alt geworden waren, hatten sie es kaum geschafft, ihre Aufregung über den bevorstehenden, lang ersehnten Unterricht im Zaum zu halten. Es war ein Meilenstein in ihrem Leben gewesen, denn endlich waren sie ihrem Ziel, als Erwachsene Seelen einzusammeln, ein kleines Stück näher gekommen. Im Gegensatz dazu hatte Runa keine Reaktion gezeigt, als sie von ihrem Unterrichtsbeginn erfuhr. Sie schien es einfach hinzunehmen und war stets pünktlich im Arbeitszimmer erschienen.

In den nächsten vier Jahren würde sie alles Wissenswerte über die Seelendiener erfahren, ebenso wie Ava, die beim Aneignen dieser Themen zurzeit mittendrin ist.

Hingegen übten Coletta und Tian bereits, unsichtbar zu werden, eine Fähigkeit, die für die Arbeit als Seelendiener besonders wichtig war. Obwohl Coletta ein Jahr jünger war als Tian, hatte sie mit ihm gemeinsam den Unterricht gestartet. Sie war nicht nur strebsam, sie überzeugte auch mit ihrer selbstbeherrschten Art. Ava konnte sich noch daran erinnern, als Coletta eines Abends beim Essen höflich und professionell erklärt hatte, dass sie mit Tian den Unterricht starten wollte. Sie hatte nicht gebettelt, sondern die Vorteile argumentativ aufgezeigt, beispielsweise wie viel Zeit übrig bliebe, wenn zwei Kinder gleichzeitig unterrichtet werden und nicht getrennt. Ein paar Tage später hatte der Vater sie und Tian nach dem Essen ins Arbeitszimmer gebeten und ohne weitere Ausführungen erklärt, dass er ihr zustimmte.

Tian

Später am Nachmittag klopfte es sanft an Tians Zimmertür. Er legte sein Buch beiseite, stand auf und öffnete sie. Dahinter stand Runa, die nun stumm zu Colettas Zimmer ging und dort ebenfalls leicht mit ihrem schlanken Fingerknöchel gegen das dunkle Holz pochte. Augenblicklich trat Coletta heraus und marschierte zielstrebig die Treppe hinunter. Nun schlich Runa zu ihrem eigenen Zimmer und verschwand geräuschlos darin.

Tian folgte seiner Schwester die Treppe hinunter und ging in den hinteren Teil des Erdgeschosses. Coletta drückte die schwere Flügeltür aus Eichenholz auf und trat mit ihm in das Arbeitszimmer ein. Sein Vater war noch nicht da, trotzdem schloss Tian die Tür.

Er ließ seinen Blick über die Wände des Arbeitszimmers schweifen, an denen Regale bis zur Decke ragten, gefüllt mit Büchern aus den unterschiedlichsten Genres und Zeiten. Die Scheiben der Fenster waren aus Ornamentglas, um zu verhindern, dass neugierige Nachbarn einen Blick hereinwerfen konnten. Über dem Fensterrahmen hing eine hölzerne Pendeluhr mit römischen Ziffern, deren goldenes Pendel bei jedem Schlag tickte. Auf dem Holzboden zierte ein großer, roter Teppich mit orange-weißem Muster die Mitte des Raumes. Darauf stand ein massiver Eichentisch mit mehreren Laden an der Seite. Auf der glänzenden Tischplatte befanden sich eine Lampe, ein schwarzes Telefon und ein vollgestopfter Stifthalter. Der rotbraune Ledersessel war an den Schreibtisch geschoben, auf der anderen Seite befanden sich zwei Stühle mit Holzlehnen, aber derselben ledernen Polsterung.

Das Arbeitszimmer war eines der schönsten Räume des Hauses, in dem es immer angenehm nach alten Büchern roch. Die

Sonnenstrahlen, die durch die Fenster fielen, unterstrichen die ruhige und ausgeglichene Stimmung. Wenn Tian seinen Blick über die Buchrücken schweifen ließ, konnte er sich darin verlieren.

Die goldene Türklinke wurde hinuntergedrückt und Damian trat ein.

»Coletta, Tian«, sagte er wohlwollend, aber mit strengem Unterton, und streifte kurz ihren Blick.

Er ging mit großen und schnellen Schritten an ihnen vorbei, um den Schreibtisch herum und baute sich dahinter auf.

Mit bestimmendem Ton begann er zu sprechen: »Wir fahren im heutigen Unterricht damit fort, so lange wie möglich im unsichtbaren Zustand zu verweilen. Die Zeit rückt näher, in der wir mit der Teleportation beginnen werden. Deswegen verlange ich von euch, eure Konzentration gänzlich darauf zu legen, die erste Fähigkeit zu perfektionieren.« Er sah zuerst Tian und dann Coletta an. »Deswegen macht ihr heute die Einstimmung, um unsichtbar zu werden, selbst. Später werde ich auch nicht bei euch sein, um euch das abzunehmen.« Mit diesen Worten wandte er sich ab.

Bisher hatte der Vater sie immer angeleitet, den Körper zu spüren und die Konzentration ganz auf sich selbst zu legen, bevor unsichtbar wurden. Es war ein wichtiger Teil für die Fähigkeit, denn wenn sie zu vorschnell vorgingen, konnte es leicht passieren, dass das rechte Bein nicht unsichtbar wurde oder das T-Shirt sichtbar blieb. Bei den ersten Versuchen war Tians linke Hand nie verschwunden und es war gruseliger, eine Hand ohne Körper in der Luft schweben zu sehen als an sich selbst hinunterzuschauen und nichts zu erkennen.

Tian schloss die Augen und konzentrierte sich zuerst auf seine einzelnen Körperteile. Von den Haaren bis zu den Zehenspitzen spürte er jedes Fleckchen Haut und jedes noch so kleine Härchen. Dafür nahm er sich bewusst Zeit, bevor er sich daran erinnerte, welche Kleidung er trug. Er spürte den Atem und wie sich seine Brust gegen das T-Shirt hob und senkte, bis seine Haut und die Baumwolle miteinander zu verschmelzen schienen. Den Stoff der Unterhose spürte er kaum, doch die Jeans fühlte sich hart an. Nach ein paar Atemzügen verschwand auch dieses Gefühl. Die Socken zwickten etwas an den Zehen. Tian musste dem Drang widerstehen, sie zurechtzurücken, um seine Konzentration auf sich selbst nicht zu verlieren. Zum Schluss widmete er sich seinen Schuhen. Es war der schwierigste Part, weil sie nicht direkt auf der Haut auflagen.

»Wenn ihr bereit seid, werdet unsichtbar«, hörte Tian die Stimme seines Vaters von Weitem.

Er wusste nicht, wie viel Zeit vergangen war, was ein gutes Zeichen war, denn daraus konnte er schließen, dass er völlig bei sich war.

Nun gab sich Tian dem letzten Schub Konzentration hin und löste damit ein Kribbeln aus, das über seinen ganzen Körper zog. Er versank in dem Gefühl und nahm für einen kurzen Augenblick nichts anderes mehr wahr. Doch schließlich drehte es sich in seinem Kopf und im nächsten Moment verlor er beinahe den Boden unter seinen Füßen. Sein Körper schien kurz außer Kontrolle. Seine Kleidung drückte sich an ihn, so fest, als würde sie in ihn eintauchen wollen. Das Blut rauschte in seinen Ohren und er spürte das starke Pochen seines Herzens in seiner Brust.

Plötzlich verschwand das Kribbeln, zurück blieb eine leichte Anspannung, die Tians ganzen Körper durchzog. Für einen Moment stand er ruhig da und lauschte nur seinen eigenen Atem.

»Gut gemacht, Tian«, hörte er die Stimme von Damian, die mit jeder Silbe lauter zu werden schien.

Als Tian die Augen öffnete und zu seinem Vater sah, nickte dieser ihm anerkennend zu. Dann wanderte Tians Blick weiter und fiel auf die Uhr. Es waren nur wenige Minuten vergangen, seitdem er das Arbeitszimmer betreten hatte.

Bevor sich ein Lächeln auf seine Lippen schlich, das zum Glück niemand aufgrund seines unsichtbaren Zustands bemerken konnte, blickte Tian an sich hinunter. Er wollte sich vergewissern, dass nichts von ihm zu sehen war. Weder erkannte er seinen Körper noch ein Stoffstück seiner Kleidung. Doch ihm fiel eine kleine Staubwolke am Boden auf. Vorsichtig hob er seinen linken Fuß an und schob den Staub zur Kante des Bücherregals. Auch diese Bewegung funktionierte, ohne dass sich die Anspannung, die seinen ganzen Körper und die Kleidung verband, verflüchtigte.

»Bleib so lange unsichtbar, wie du kannst«, meinte Damian an Tian gerichtet, ohne aufzusehen.

Gerade notierte er etwas in einem Buch, das er aus einer Schublade des Tisches gezogen hatte. Tian wusste, welches es war, einmal hatte er aus Neugierde über die Schulter seines Vaters geblickt, als er unsichtbar gewesen war. Damian führte darin Protokoll über den Fortschritt seiner Kinder, beispielsweise wie viel Zeit verging, bis sie gänzlich unsichtbar waren und wie lange sie den Zustand aufrechterhalten konnten. Für jedes Kind gab es ein eigenes Buch, doch aus Respekt hatte Tian nicht in die anderen geblickt.

Er sah zur Seite und erkannte, dass Coletta noch sichtbar war. Vor lauter Konzentration zog sie die Stirn kraus, ein schlechtes Zeichen. Daraus schloss Tian, dass sie ihre Mimik noch nicht unter Kontrolle hatte. Das war für seine Schwester unüblich. Neben Runa, die weder in der Übungsstunde noch im Alltag Reaktionen zeigte, war Coletta unter den Geschwistern diejenige, die ihre Gefühle am besten im Griff hatte. Sie wirkte erwachsen, wenn sie ihre Emotionen mit einem lauten Luftzug ausatmete und nahm immer eine aufrechte Haltung mit einem gefestigten Gesichtsausdruck ein. Nur wenn sie über sich selbst verärgert war, beispielsweise wenn sie eine Aufgabe nicht perfekt erledigen konnte, wurde sie mürrisch.

Tian ging im Büro auf und ab, blieb anschließend bei einem

Bücherregal stehen und studierte die Einbände. Manchmal hatte er sich nach dem Unterricht ein Buch mitgenommen, um es im Anschluss zu lesen.

Vorsichtig zog er ein altes Poesiealbum heraus. Tian fand es faszinierend, wie er den ledernen und abgenutzten Einband unter seinen Fingern spürte, ohne zu sehen, dass er es wirklich berührte. Wahllos blätterte er das Poesiealbum durch. Die Gedichte darin waren handgeschrieben, manche in Kurrent, verziert mit zarten Zeichnungen.

Ein Blick zu Coletta verriet Tian, dass sie immer noch Schwierigkeiten hatte, unsichtbar zu werden. Zwar stand sie wie immer aufrecht, doch ihr Körper wirkte verspannt. Eine Falte bildete sich auf ihrer Stirn, bevor sie laut ausatmete. Aus dem Augenwinkel sah Tian, wie sich Damian etwas aufrichtete und mit strengem Blick Coletta musterte. Mit Mühe versuchte sie, unsichtbar zu werden. Allmählich gelang ihr das Vorhaben, aber es hatte länger als üblich gedauert. Langsam verblasste ihre Haut, bis Tian mehrmals blinzeln musste, um sie noch zu erkennen. Dann war sie verschwunden.

Coletta

Coletta atmete ein, öffnete die Augen und sah zu ihrem Vater. Stumm schaute er auf ihre Füße. Sie folgte seinem Blick und erkannte die Socken und Schuhe. Auch der linke Fingernagel war noch sichtbar. Ihre Hände begannen zu zittern. Das konnte doch nicht wahr sein! Sie hatte nicht nur länger als Tian gebraucht, um unsichtbar zu werden, zusätzlich war es ihr nicht gänzlich gelungen.

Die Anspannung in ihrem Körper ließ merklich nach. Mit aller Anstrengung versuchte sie diese aufrechtzuerhalten und biss die Zähne zusammen. Gleichzeitig wollte sie mit ihrem Fingernagel, den Socken und den Schuhen eine Verbindung aufbauen, damit auch sie für ihren Vater und Tian verschwanden. Die Hände begannen noch mehr zu zittern. Coletta spürte, wie ihre Konzentration schwächelte und die Anspannung weiter nachließ, aber sie wollte nicht aufgeben. Sie kniff die Augen zusammen und als sie diese wieder öffnete und an sich hinabblickte, war sie ganz zu sehen. Damian hatte sich bereits abgewandt und kritzelte etwas in ihr Notizbuch.

Coletta sah sich verstohlen nach Tian um. Er war nicht zu sehen, doch ein Poesiealbum schwebte vor dem Bücherregal. Eine unsichtbare Hand blätterte eine Seite um.

Ständig verglich sie sich mit ihrem Bruder. Sie wusste, dass sie ihm theoretisch das Wasser reichen konnte. Schließlich strebte sie danach, alles richtig und perfekt zu machen. Tian hingegen vertrödelte viel zu viel Zeit bei Spaziergängen und mit sinnlosen Büchern. In der Schule arbeitete er weniger mit als sie und im Unterricht bei ihrem Vater war sie motivierter und strebsamer. Dennoch hatte er ebenso gute Schulnoten und konnte im unsichtbaren Zustand länger verweilen.

Coletta erinnerte sich daran, dass der Unterricht noch nicht zu Ende war. Sie hatte noch die Chance zu beweisen, dass sie die Fähigkeit besser als Tian beherrschte. Oder wenigstens genauso gut. Sie streckte ihren Körper durch und schloss erneut die Augen.

Doch der hartnäckige Gedanke, dass sie einen zweiten Versuch brauchte, ließ sich nicht verdrängen. Er wurde umso lauter, je angestrengter sie versuchte, den Körper und ihre Kleidung zu fühlen.

Es dauerte eine Ewigkeit, bis sie endlich das vertraute Kribbeln spürte. Das Gefühl ging von ihrer Körpermitte aus und erfasste nach und nach den Kopf, die Arme und Hände und zog über die Beine nach unten. Doch etwas war anders. Das Kribbeln reichte nicht unter ihre Knie.

Verbissen versuchte Coletta, ihre Aufmerksamkeit auf ihre Unterschenkel und Füße zu lenken. Nur langsam zog das Kribbeln nach unten.

Nicht mehr lange und sie würde endlich unsichtbar sein. Dann konnte sie genauso wie Tian entspannt durch das Büro spazieren. Und vielleicht würde der Vater ihr anerkennend zunicken.

Während sich Coletta gedanklich auf den nächsten Schritt der Fähigkeit vorbereitete, vergaß sie auf die Anspannung, die ihren Körper durchzog. Das Kribbeln ließ merklich nach. Sofort reagierte sie und versuchte, die restliche Anspannung aufrechtzuerhalten. Sie achtete wieder auf den Körper und ihre Kleidung. Sie dachte an das Kribbeln. Sie erinnerte sich, wie wichtig es ihr war, unsichtbar zu werden, und dass sie nicht scheitern wollte. Sie konzentrierte sich auf alles gleichzeitig.

Doch es war vergebens. Das Kribbeln verschwand. Wieder hatte sie es nicht geschafft, gänzlich unsichtbar zu werden.

Sie öffnete die Augen und blickte zu ihrem Vater.

»Coletta, geh in dein Zimmer und ruh dich aus.« Er sagte es mit gleichgültiger Stimme, als wäre es ihm egal, dass sie nicht unsichtbar geworden war. Coletta wäre es lieber, er wäre enttäuscht gewesen. Genauso wie sie. Sie hatte ihr Bestes gegeben und dennoch hatte es nicht ausgereicht.

Damian löste seinen Blick von Coletta und legte ihr Notizbuch zurück in die Schublade. Dann wandte er sich zu dem Poesiealbum in der Luft. Tian war noch immer nicht zu sehen. Verärgert biss Coletta die Zähne zusammen. Wenn er so lange im unsichtbaren Zustand verbleiben konnte, wieso schaffte sie es nicht?

Sie streckte ihren Rücken durch und hob ihren Kopf ein Stück. Ihre Enttäuschung und ihren Ärger wollte sie sich nicht anmerken lassen.

Höflich nickte sie ihrem Vater zum Abschied zu. Aber er bemerkte sie nicht, da er in Tians Richtung blickte.

Mit steifem Gang verließ Coletta das Arbeitszimmer und ging in ihr Zimmer. Doch sie dachte nicht daran, sich auszuruhen. Sie musste analysieren, wieso sie versagt hatte.

Nachdem die Schlafzimmertür hinter Coletta ins Schloss gefallen war, blieb sie stehen und ließ den Blick schweifen. In ihrem Zimmer befanden sich nur wenige Gegenstände: ein Einzelbett mit einem einfachen Nachttisch, ein Kleiderschrank, ihr Schreibtisch mit einem Stuhl und eine säuberlich sortierte Pinnwand. Mehr hatte und brauchte sie nicht. Da das Zimmer so spärlich eingerichtet war, wirkte es größer, als es eigentlich war.

Coletta setzte sich auf ihren Stuhl und starrte aus dem Fenster mit den schlichten Vorhängen, den Blick auf nichts Bestimmtes gerichtet. Tief atmete sie ein und aus. Sie war nicht unsichtbar geworden. Sie war gescheitert. Wieso?

Diese Frage ließ ihr den restlichen Tag und die darauffolgende Nacht keine Ruhe.

Runa

Wie immer blieb Runa nach Unterrichtsschluss etwas länger auf ihrem Platz in der Klasse sitzen. Sie beeilte sich nicht, um mit ihren Geschwistern nach Hause zu gehen. Runa war lieber allein unterwegs. Erst, als sich ihre Klassenkameraden schon längst auf den Heimweg gemacht hatten, erhob sie sich von ihrem Stuhl. Mit weichen Schritten und hängendem Kopf ging sie durch die leeren Flure und aus dem Gebäude.

Sie schlich an der Bäckerei und dem kleinen Blumenladen vorbei und kam zum Eingang einer dunklen Sackgasse, die ihre Schulkollegen *Todesgasse* nannten. Wegen der hohen Mauern fiel kaum Sonnenlicht in die kleine Abzweigung zwischen zwei Häusern, wodurch das Ende der Gasse nicht sichtbar war. Müllcontainer und alte Schachteln waren aufgrund der Dunkelheit nur schwer erkennbar. Manchmal sah man die Umrisse einer Ratte, die von einem Ende zum anderem flitzte. Ungewöhnliche Geräusche waren zu hören und es stank fürchterlich nach Abfall und Abwasser. Der Geruch war so penetrant, dass einem davon die Tränen in die Augen traten. Niemand traute sich hineinzugehen. Die Todesgasse eignete sich somit perfekt für die Mutproben der Schulkinder, wodurch noch mehr schaurige Geschichten entstanden.

Als Runa an der Sackgasse vorbeiging, bemerkte sie etwas Ungewöhnliches. Neben den Geräuschen der Pfoten der Ratten auf dem glitschigen Boden und dem ständigen Tropfen von Wasser in eine Pfütze, hörte sie ein leises Jaulen. Es klang schwach, fast nur ein Wimmern, und war den anderen Menschen, die an der Todesgasse vorbeigegangen waren, womöglich nicht aufgefallen.

Als Runa das Jaulen ein zweites Mal hörte, blieb sie stehen.

Langsam trat sie ein paar Schritte rückwärts und neigte ihren Kopf zur Sackgasse. Außer einem grünen Müllcontainer und der Dunkelheit konnte sie nichts erkennen. Das Jaulen ertönte ein weiteres Mal und Runa setzte einen Fuß vor den anderen und betrat die Todesgasse.

Behutsam wich sie den Pfützen aus und kam dem ungewöhnlichen Geräusch näher. Ein paar Ratten wurden auf Runa aufmerksam und musterten sie, bevor sie sich rasch umdrehten und hinter die nächste Kiste huschten. Ein paar Schritte weiter lief ihr schließlich eines der Tiere über den rechten Fuß. Runa erschrak nicht, doch offensichtlich die Ratte: Sie quiekte und sprang nach hinten, dann eilte sie in die Dunkelheit davon.

Runa war schon so weit in die Sackgasse vorgedrungen, dass der Lärm der Straße nur noch im Hintergrund zu hören war. Das penetrante Tropfen von Wasser oder Ähnlichem nahm sie links von ihr wahr. Etwas Flüssigkeit landete auf ihrem Arm, ein paar Spritzer auf ihrer Schläfe. Sie wischte das Wasser nicht weg, selbst, als ihr der Tropfen die Wange hinunterlief.

Plötzlich stieß sie gegen etwas und das Geräusch hallte unangenehm laut in der Gasse wider. Runa blieb wie angewurzelt stehen und senkte ihren Blick. Sie sah eine Aludose, die durch ihren Tritt gegen eine kaputte Glasflasche gestoßen war.

Wieder hörte Runa das Jaulen, nun war es schon viel lauter. Das Etwas, das das Geräusch auslöste, musste in der Nähe sein. Sie hob ihren Fuß behutsam hoch und stieg über die Aludose hinweg.

Ihre Augen gewöhnten sich allmählich an die Dunkelheit und sie konnte die Umrisse in der Sackgasse erkennen. Umgefallene Kisten, Kübeln und Müllsäcke zeichneten sich neben weiteren Dosen und Flaschen ab. Und das Jaulen war nun unmittelbar vor Runa.

Eine Katze lag vor ihr, ihr Körper bebte bei jedem Atemzug. Mit ausgestrecktem Arm bückte sich Runa und berührte das Tier. Sie spürte grobes, verfilztes Fell, das feucht war.

Vorsichtig schob Runa ihre ganze Hand unter die Katze und hob sie hoch. Als sie das Tier an ihre Brust drückte, spürte sie augenblicklich die Nässe durch ihr T-Shirt.

Genauso wie sie in die Todesgasse hineingegangen war, schlich sie hinaus. Verfolgt von den Blicken der Ratten wich sie den Pfützen und Aludosen auf dem Boden aus.

Als es wieder heller wurde, blickte Runa zu ihrem Arm hinunter und betrachtete die Katze mit dem dreifarbigen Fell. Sie war mit Schmutz und Blut übersät. Die Augen waren entzündet und mit Eiter verklebt, sodass das Tier kaum sehen konnte. Außerdem zählte Runa nur dreieinhalb Beine. Das rechte Hinterbein war nur ein kleiner Stummel, dessen Ende vernarbt war. Auf ihrer Handfläche spürte sie den Puls der Katze, zuerst ganz hastig, bis er sich nach ein paar Minuten beruhigte. Behutsam schob sie ihre Jacke über das Tier, damit ihr nicht kalt wurde, und ging nach Hause.

Runa schloss die Haustür hinter sich und sah aus dem Augenwinkel ihre Eltern und Ava im angrenzenden Esszimmer sitzen. Sie beachtete die drei nicht weiter, denn sie wollte unverzüglich in ihr Zimmer gehen. Doch Ava lief ihr nach.

»Hey!«, rief sie neugierig. »Was hast du da?«

Unbeirrt ging Runa die Treppe nach oben.

So einfach ließ sich Ava nicht abschütteln. Sie nahm zwei Stufen auf einmal, um Runa einholen zu können.

»Was hast du denn da? Wieso stinkt das so?«, meinte sie angeekelt.

Oben angekommen steuerte Runa ihr eigenes Zimmer an.

Ava reckte den Kopf.

»Ist das eine Katze?«, fragte sie aufgeregt, bekam aber keine Antwort.

»Was machst du jetzt?«, ertönte nochmals ihre Stimme, bevor Runa die Zimmertür vor der Nase ihrer Schwester schloss.

Endlich war Ruhe.

Behutsam setzte Runa die Katze auf dem Bett ab. Unbeholfen versuchte das Tier aufzustehen, gab rasch auf und legte sich wieder hin. Sie war zu schwach, um auf ihren drei Beinen stehen zu können.

Runa ging aus ihrem Zimmer und hinunter Richtung Küche. Als sie durch das Esszimmer schlich, erzählte Ava den Eltern von der Katze. Ihre Augen waren weit aufgerissen und sie gestikulierte wild mit den Armen. Zwar sahen Aislinn und Damian Runa hinterher, doch ihr Blick verriet, dass sie ihrer Schwester nicht glaubten.

»Aber es stimmt, ich habe es ja mit meinen eigenen Augen gesehen!« Ava versuchte ihre Eltern zu überzeugen. »Nicht wahr, Runa? Du hast eine Katze in deinem Zimmer.« Sie klang nicht anklagend, ihre Stimme war aufgeregt, als würde sie die größte Neuigkeit des Jahres erzählen.

Runa reagierte nicht auf die Worte ihrer Schwester und öffnete den Kühlschrank. Sie suchte nach etwas Essbaren für das Tier.

»Stimmt das, was Ava sagt?«, rief Damian ihr aus dem Esszimmer zu.

»Hast du eine Katze im Zimmer?«, fügte Aislinn hinzu.

»Das stimmt doch nicht, was Ava sagt! Oder? Du hast keine Katze.«

»Schon gar nicht in deinem Zimmer.«

»Runa, sag bitte etwas!«

»Oder schüttle einfach nur den Kopf.«

»Runa?«

Sie nahm nur die Wurstpackung, drehte sich um und ging.

»Runa!«, rief ihre Mutter ihr nach, aber sie blieb nicht stehen.

Im Badezimmer machte sie einen Lappen mit warmem Wasser feucht, dann ging sie wieder in ihr Zimmer. Die Katze war schon eingeschlafen, doch beim Geruch der Wurst sofort wieder hellwach. Runa riss sie in kleinere Stücke und fütterte damit ihr Tier. Anschließend kletterte die Katze mühevoll auf ihren Schoß und legte sich hin. Behutsam säuberte Runa die Augen und das Fell.

Es klopfte an der Tür. Keine Sekunde später wurde sie von außen geöffnet. Aislinn erschien im Türrahmen, aber wagte es offensichtlich nicht, einen weiteren Schritt in das Zimmer zu treten. Suchend sah sie sich um. Ihr Blick wanderte über Runa, hinab zu ihrem Schoß und blieb bei der Katze hängen. Ein paar stille Augenblicke verstrichen. Wie angewurzelt sah Aislinn zu, wie Runa einen Blutfleck aus dem Fell der Katze säuberte. Dann drehte sie sich wortlos um und ging. Die Tür fiel mit einem leisen Klacken zurück ins Schloss.

Vorsichtig wischte Runa mit dem feuchten Lappen über das Gesicht der Katze. Sie blinzelte müde. Das linke Auge war gelborange, das rechte war mit einem weißen Schimmer überzogen. Die Katze war auf dem Auge blind.

Das Tier rollte sich ein und war ein paar Minuten später eingeschlafen. Runa legte den feuchten Lappen beiseite. Sie beobachtete das Heben und Senken des Katzenbauches, das eingerissene Ohr und das fehlende Bein. Vorsichtig strich sie mit ihren Fingern über das dreifarbige, immer noch etwas verfilzte Fell. Runa entschied sich für den Namen Esha: Er bedeutet Hoffnung.

Einige Stunden später schob Runa ihre Katze vorsichtig vom Schoß, um zum Abendessen zu gehen. Esha wachte auf und blinzelte verwirrt. Sie miaute und wollte vom Bett springen, als Runa die Schlafzimmertür öffnete. Doch die Katze tat sich schwer und landete mit der Nase auf dem Boden.

Ohne lange zu zögern, hob Runa sie hoch. Als sie Esha behutsam gegen ihre Brust drückte, begann die Katze leise zu schnurren. Runa hielt einen Moment inne. Sie spürte die Vibration deutlich auf der Haut über ihrem Herzen.

Mit Esha auf dem Arm ging Runa nach unten. Ihre Familie saß bereits am Tisch und sah auf, als sie eintrat.

Keinen Augenblick später sagte ihr Vater tonlos: »Bring die Katze raus.«

Runa ging weiter.

Damian rief: »Bring. Die. Katze. Raus.«

Wie fest angewurzelt blieb sie stehen. Den Blick richtete sie auf ihren Vater. Sie wusste nicht, wann sie ihm das letzte Mal direkt in die Augen gesehen hatte.

Es schien, als würde die Zeit stillstehen, keiner wagte es, laut zu atmen oder eine ruckartige Bewegung zu machen. Selbst die Katze hörte auf zu schnurren. Im Raum wurde die Stille erdrückend, bis Aislinn das Wort ergriff.

Ihre Worte durchschnitten das Zimmer. »Runa, wir haben in unserem Haus keine Tiere. Wir behalten die Katze nicht.«

Runa wandte den Blick nicht von Damian ab, sondern verengte ihre Augen. Die unangenehme Stille kehrte zurück. Die Eltern warteten darauf, dass sie ihrer Anweisung folgte.

Gegen Runas Willen füllten sich ihre Augen mit Tränen und schluchzend begann ihr Körper zu beben. Sie sank auf die Knie, dabei drückte sie Esha fest an ihre Brust. Die Katze zappelte und sah umher, nicht wissend, was geschah.

Es war das erste Mal, dass Runa vor ihrer Familie weinte. Sie schluchzte. Große, ehrliche Tränen kullerten ihr über die Wangen und verfingen sich in Eshas Fell. Gebückt und verkrampft kauerte sie am Boden, ihr ganzer Körper zitterte.

Keiner sagte etwas. Stumm saß die Familie am Tisch und sah Runa an, so als wüssten sie nicht, wie sie mit den plötzlichen Emotionen umgehen sollten.

Damian war von ihrem Anblick so getroffen, dass er nichts mehr sagte. Eine Weile spürte Runa seinen Blick auf sich, bis er zögerlich aufstand. Langsam ging er an ihr vorbei und verließ das Esszimmer.

Das war seine unausgesprochene Zustimmung, dass sie Esha behalten durfte.

Coletta

Coletta schlängelte sich zwischen den Tischen der Schulkantine durch und versuchte, ihren Schulkollegen so weit wie möglich auszuweichen. Wegen des Gedränges war das aber schwierig. Als sie sich ihr Essen geholt hatte, waren insgesamt fünf Schüler gegen sie gestoßen. Einer prallte sogar zwei Mal hintereinander gegen ihre Schulter. Dabei hatte sie extra darauf geachtet, genügend Abstand zu der Person vor sich zu lassen.

Es herrschte ein hektisches Durcheinander und der Raum füllte sich mit immer mehr Schülern. Dabei gab es an diesem Tag wässrige Tomatensuppe und trockene Gemüselaibchen mit pappigem Kartoffelpüree. Doch den Schülern schien das nichts auszumachen, sie waren immer noch von der Sommerlaune erfüllt und machten Späße.

Coletta hielt nach Tian Ausschau. Wäre er nicht da, würde sie nach draußen gehen und sich einen Platz im Klassenzimmer oder auf dem Gang suchen. Sie mied die Kantine so oft es ging, einerseits wegen des penetranten fettigen Essensgeruchs, andererseits aufgrund des Lärms. Doch sie entdeckte ihren Bruder im hinteren Teil des Raumes.

Mit dem Essenstablett in der Hand bahnte sie sich einen Weg zu Tian. Sie wollte keine Zeit vergeuden. Wie ihr Bruder würde sie schnell essen, damit der Hunger gestillt war, und anschließend ins Klassenzimmer gehen, um sich auf die nächste Unterrichtseinheit vorzubereiten.

Ihr Schultag war ereignislos gewesen, allmählich begannen die Lehrer mit dem Unterrichtsstoff und fragten nicht mehr nach, wie der Sommer ihrer Schüler gewesen war. Darüber war sie froh, ihrer Meinung nach hätte es schon am ersten Schultag einen Wiederholungstest des Vorjahresstoffes geben können.

Plötzlich stieß sie mit den Fuß gegen etwas. Coletta taumelte nach vorne und stolperte. Das geschah so unvorhergesehen und schnell, dass sie erst realisierte, was passiert war, als sie geradewegs auf die Nase fiel. Das Essenstablett war unter ihrem Oberkörper vergraben, sie spürte die heiße Suppe auf ihrer Brust und das patzige Kartoffelpüree klebte ihr am Kinn und auf dem Hemd. Im rechten Knie und Handgelenk pochte der Schmerz, doch sie rappelte sich so schnell wie möglich auf, um so wenig Aufsehen wie möglich zu erregen.

Aber zu spät, alle Blicke waren auf sie gerichtet. Es war mucksmäuschenstill. Ihr schien es, als würde die Zeit unnötig in die Länge gezogen. Sie hörte nur ihren eigenen Atem, bis jemand hinter ihr zu kichern begann. Die anderen Schüler schlossen sich an und das Lachen breitete sich immer mehr aus, wurde lauter und lauter und schließlich war der ganze Raum mit schallendem Gelächter erfüllt.

Coletta drehte den Kopf zur Seite und sah gerade noch, wie Michael sein Bein zurückzog. Lässig fuhr er über seine perfekt sitzenden braunen Haare und setzte ein süffisantes Lächeln auf. Seine beiden Freunde Leon und Oliver klopften ihm anerkennend auf die breiten Schultern, während sie sich vor Lachen krümmten.

Obwohl sie es nicht wollte, stieg ihr das Blut in den Kopf. Ihr war heiß und kalt zugleich. Sie spürte, wie ihr Hemd unter den Achseln schweißnass wurde, während sie das Zittern ihrer Finger kaum unterdrücken konnte. Die Reste der heißen Suppe liefen ihr unangenehm über die Brust und der Klecks Kartoffelpüree von ihrem Kinn landete klatschend auf dem Boden.

Hastig legte sie die Porzellanscherben der kaputten Suppenschüssel auf ihr Tablett und wischte halbherzig mit der dünnen Serviette die Tomatensuppe vom Boden auf. Dann stand sie auf und wankte zum Ausgang.

Aufgrund des schmerzenden Knöchels knickte sie beim ersten Schritt ein, was das Gelächter verstärkte. Sie biss die Zähne zusammen und versuchte trotz des Pochens im Fuß aufrecht zu gehen. Ihre Augen begannen zu brennen, doch sie versuchte das Empfinden heftig auszuatmen. Sie würde sich nicht die Blöße geben und vor der ganzen Kantine zu weinen beginnen.

Irgendjemand rief belustigt ihren Namen. Ein anderer Schüler rempelte Coletta absichtlich an der Schulter an und schrie ihr über den Lärm hinweg ins Ohr: »Wohin so eilig?«

Das Lachen wurde nicht leiser, als sie das Tablett krachend auf den Servierwagen stellte. Dabei fiel ein Stück des kaputten Tellers auf den Boden, doch Coletta bückte sich nicht, um es aufzuheben. Sie streckte ihren hochroten Kopf in die Höhe und verließ zügig den Raum, ohne sich noch einmal umzudrehen.

Die Schüler, denen sie am Gang begegnete, machten große Augen und fingen an zu kichern, als sie die Essensreste auf ihrer Kleidung bemerkten. Coletta setzte eine feste Miene auf und ging eilig weiter.

Sie drückte die Tür zu den Toiletten auf und vergewisserte sich, dass sie allein war. Dann riss sie einige Papiertücher aus dem Handtuchspender und machte sie nass. Mit groben Bewegungen versuchte sie ihr Hemd zu säubern.

Ihre Augen brannten noch immer, als sie einen Blick in den Spiegel warf. Einige Haarsträhnen hatten sich aus dem Zopf gelöst und hingen ihr ins Gesicht. Auf ihrer Stirn hatten sich vor Wut rote Flecken gebildet und am Kinn klebte noch der Rest vom Kartoffelpüree.

Sie hielt inne und sah im Spiegel, wie sich ihre Augen mit Tränen füllten. Insgeheim hatte sie gehofft, dass dieses Schuljahr besser werden würde. Dass ihre Schulkollegen aufgehört hatten, Witze über sie zu reißen, und sie in Ruhe lassen würden.

Kurz bevor ihr die Tränen über die Wangen laufen konnten, ging die Toilettentür auf und Tian kam herein. Schnell wandte sich Coletta vom Spiegel ab und versuchte vergeblich, ihr Hemd zu säubern. Tian war der letzte, vor dem sie weinen wollte. Aber was tat er hier? Es war offensichtlich, dass Tian nicht wusste, was er sagen sollte. Mit dem Rücken zum Spiegel lehnte er sich gegen das Waschbecken.

»Das hier ist die Mädchentoilette!«, entfuhr es Coletta scharf, sodass Spucketropfen auf dem Spiegel landeten.

Tian erwiderte nichts, er betrachtete sie nur. Unter seinem Blick wurde sie noch zorniger. Auf was genau, wusste sie selbst nicht.

»Du kannst gehen!«, fügte sie zischend hinzu und ihre Finger begannen zu zittern.

Tian machte keine Anstalten, ihrer Anweisung zu folgen. Mit feurigem Blick funkelte sie ihn an, um ihm zu verstehen zu geben, dass er endlich etwas sagen sollte.

»Nein, ich bleibe«, meinte er ruhig.

Genervt ließ Coletta die nassen Papiertücher sinken. »Aber ich will, dass du mich in Ruhe lässt!«

So hatte sie noch nie mit Tian gesprochen. In ihrer Stimme schwang eindeutig die Verärgerung mit. Eigentlich war sie diejenige, die ihre Gefühle stets im Griff hatte, doch nun wollte sie diese lieber an Tian auslassen.

Auch er schien zu merken, dass etwas nicht stimmte und zögerte mit der Antwort.

»Wa... Was ist los?«, fragte er verwundert.

Coletta schnaubte und drehte sich von ihm weg.

»Dass ausgerechnet du es nicht verstehst«, meinte sie verächtlich, »dabei bist du ja unser Superhirn.«

»Äh ...«, sagte Tian verdutzt und wandte sich zu ihr.

Doch sie kam erst in Fahrt und fuhr unbeirrt fort: »Du machst in der Schule keinen Mucks und bekommst die besten Noten. Du scherst dich nicht um deine Klassenkollegen, aber haben sie je ein Wort gegen dich gesagt? Nein.« Sie lachte sarkastisch auf. »Und Vater ...« Sie atmete scharf ein. »Egal was du machst, er ist begeistert von dir.« Dabei äffte sie Damians anerkennendes Nicken nach, das immer nur Tian galt. »Übst du stundenlang in deinem Zimmer unsichtbar zu sein?«

Tian riss die Augen auf und unterbrach sie: »Hey!«

Irgendwo in ihrem Hinterkopf erinnerte sich Coletta daran, dass sie nicht über ihre Fähigkeiten sprechen durfte. Wenn sich jemand in einer der Toilettenkabinen befand oder eine Schülerin hereinkam, konnte das üble Konsequenzen haben.

Aber die Wut war zu laut und übertönte Colettas Vernunft. »Was denn? Ich habe doch recht! Nichts machst du und bist trotzdem der Beste. Du wirst unsichtbar in drei Minuten ...«

»Coletta, hör auf!«

»... und bleibst in dem Zustand für fast eineinhalb Stunden.«

»Sei still!«, schrie er und seine Worte hallten im Raum wider.

Wie konnte Tian es wagen, seine Stimme gegen sie zu erheben! Dabei wurde ihr Unrecht getan. Ihr wurde ein Bein gestellt, sie wurde ausgelacht, sie war voll mit Kartoffelpüree. Nicht Tian.

Er verharrte einen Moment lang in seiner angespannten Haltung und Coletta hob bei seinem Anblick missbilligend die Augenbrauen. Womöglich versicherte er sich, dass niemand ihr Gespräch mitangehört hatte. Am liebsten hätte Coletta ihn angeschrien, dass er nicht immer alles richtig machen sollte. Stattdessen wandte sie sich mit einem Schnaufen ab und versuchte, weiterhin die Flecken auf ihrem Hemd wegzuwischen.

Plötzlich wurde die Toilettentür aufgedrückt. Erschrocken wandten sich Coletta und Tian um. Gesprächsfetzen vom Schulflur drangen in den Raum, während Nele mit einem weißen Shirt in der Hand erschien. Einen Moment später kehrte die Stille wieder ein, als die Tür hinter ihr ins Schloss fiel.

Nele sah zu Coletta und verzog mitleidig das Gesicht. Dann fiel ihr Blick auf Tian. Offensichtlich verwundert darüber, was er in der Mädchentoilette zu suchen hatte, hob sie ihre Augenbrauen. Vielleicht würde er endlich gehen, wo nun eine weitere Person anwesend war, dachte Coletta. Aber er senkte nur den Kopf und sah zu seinen Schuhspitzen.

Nele wandte sich zu Coletta und unterbrach die Stille.

»Ich … habe gesehen, was in der Kantine passiert ist. Du kannst mein Sportshirt haben, falls du dich umziehen möchtest.«

Sie hielt ihr das weiße Shirt hin. Coletta musterte sie von oben bis unten und dann das Kleidungsstück, bevor sie die Nase rümpfte. Der Stoff wirkte billig, doch das schlimmste war, dass das Shirt nicht schwarz war.

»Es ist frisch gewaschen«, meinte Nele schnell, als sie den ablehnenden Blick bemerkte.

Sie lächelte schief und deutete mit einem Wink an, dass Coletta es haben konnte. Zögerlich streckte sie die Hand aus und nahm es entgegen. Sie breitete es aus und sah zu ihrem Bedauern, dass die Worte *Girls, Girls, Girls* in schreiendem Rot auf der Brust standen. Ohne ein Wort zu sagen, wandte sie sich zurück zum Waschbecken.

»Na gut«, meinte Nele. »Ähm ja … tut mir leid, was da passiert ist.«

Coletta schnaubte auf, sie brauchte kein Mitleid. Besonders nicht jetzt, wo all die Demütigung schon längst geschehen war.

Nele wandte sich um und verließ den Raum. Im Gegensatz zu Tian wusste sie wenigstens, wann es Zeit war, zu gehen. Dieser sah Nele nach, bis die Tür zurück ins Schloss fiel.

Coletta warf die schmutzigen Papiertücher in den Müll. Obwohl sie das Shirt von Nele grauenhaft fand, war es besser, als mit einem Hemd mit Essensresten im Unterricht zu erscheinen.

»Geh!«, fauchte sie Tian an. »Ich will mich umziehen.«

Endlich tat er, was Coletta gesagt hatte. Er stieß sich vom Waschbeckenrand ab und ging zur Tür.

Bevor diese ins Schloss fiel, meinte er noch: »Bis später.«

Dann war auch er verschwunden.

»Bis später«, äffte sie ihn nach.

Tian hatte Mitleid mit ihr, dabei war das dies Letzte, was sie gebrauchen konnte. Ihr war bewusst, dass sie diese Nacht nicht schlafen würde, weil sich ihr Sturz in der Kantine immer und immer wieder vor ihrem inneren Auge abspielen würde. Und es ärgerte sie, dass Tian, der immer alles besser konnte und wusste, nichts sagte, was die Situation erträglicher machen würde. Dabei war ihr klar, dass es nicht die Aufgabe ihres Bruders war, ihr ein gutes Gefühl zu geben. Das machte sie auf sich selbst wütend, weil sie so etwas von ihm insgeheim verlangte. Das Gefühl der Hilflosigkeit flammte in ihr auf.

Sie ließ die Arme sinken und betrachtete sich im Spiegel. Das war sie, Coletta Weiss, ehrgeizig, perfektionistisch und allein. Und das war gut so. Sie hatte sich noch nie nach Freunden gesehnt, mit denen sie sich austauschen konnte. Obwohl sie wollte, dass ihr Vater ihr genauso oft einen anerkennenden Blick wie Tian zuwarf, musste sie am Ende des Tages mit sich selbst zufrieden sein. Derzeit war das an den wenigsten Tagen so. Während der Sommerferien hatte sie sich oft stundenlang den Kopf über die Schule zerbrochen und überlegt, wie sie Michael, Leon und Oliver bestmöglich aus dem Weg gehen könnte. Nun hatten sich ihre Ängste bewahrheitet. Die drei hatten sie nicht vergessen und bisher war Coletta kein Grund eingefallen, wieso sie es auf sie abgesehen hatten. Ihre Lebenswelten konnten nicht unterschiedlicher sein: Während Colettas Prioritäten auf Bildung und der Arbeit als Seelendienerin lagen, beschäftigten sie sich mit Sport, Partys und Mädchen. Doch selbst wenn Coletta ihre Interessen absolut nicht nachvollziehen konnte, akzeptierte sie die Jungs und ließ sie in Ruhe. Im Gegenzug erwartete sie denselben Respekt. Es ärgert sie, nicht ergründen zu können, was sie gegen die Sticheleien, die im letzten Schuljahr begonnen hatten, tun könnte.

Coletta knöpfte ihr Hemd auf, um sich umzuziehen und versuchte, sich auf den bevorstehenden Unterricht zu konzentrieren. Aber die Wut über das, was in der Kantine geschehen war, war zu groß. Und dann war da noch das schreckliche weiße Shirt mit roter Schrift.

Coletta faltete sorgfältig ihr schmutziges Hemd zusammen

und legte es in den Rucksack, bevor sie sich das Sportshirt überzog. Es war ihr zu klein, es spannte über der Brust und am Bauch. Coletta seufzte laut, es sah unvorteilhaft aus, doch darüber wollte sie sich nicht den Kopf zerbrechen. Das war nicht ihre Art. Sie band sich ihren Zopf neu und wusch sich das Gesicht und die Hände.

Als sie wieder in den Spiegel sah, fühlte sie sich etwas besser. Gleich war die Mittagspause vorüber und sie war bereit zu versuchen, ihre ganze Aufmerksamkeit auf den folgenden Unterricht zu legen.

Sie drehte sich zum Papiertuchspender und entdeckte eine Nachricht, die mit schwarzem Stift auf die Fliese daneben geschrieben worden war: »Coletta ist eine eingebildete fette Sau.« Darunter hat jemand ein Porträt von ihr auf ein dickes Schwein gekritzelt.

Tian

Alle saßen am Esstisch und warteten auf das Abendessen, nur Coletta fehlte noch. Es war unüblich für sie, zu spät zu kommen, aber an diesem Tag hatte sie noch eine ausgiebige Dusche genommen.

Während sich die anderen darüber wunderten, kannte Tian den Grund, er machte jedoch keine Anstalten, den anderen von Colettas Schultag zu erzählen. Er wusste, dass sie das nicht mögen würde, und er selbst konnte sich noch keinen Reim aus ihrem Verhalten machen. Noch nie hatte er erlebt, dass jemand sie so aus der Fassung bringen konnte. Ansonsten wurde sie nur mürrisch, wenn sie einen Fehler machte oder ihr etwas nicht gelang, aber selbst bei Avas ständiger Fragerei verlor Coletta nie die Kontrolle über ihre Emotionen.

Als er seine Schwester in diesem Zustand in der Mädchentoilette gesehen hatte, mit geröteten Augen und Stressflecken auf dem Hals, hatte es ihm die Sprache verschlagen. Da wollte er sie nicht allein lassen. Tian konnte nicht erahnen, was Coletta durchmachte, ihm hatte noch nie ein Schulkollege absichtlich ein Bein gestellt oder ihn anderweitig gedemütigt.

Dabei hatte er gedacht, dass ihr die Meinung anderer nichts ausmachte. Wenn bisher jemand hinter ihrem Rücken über sie getuschelt hatte, hatte sie es konsequent ignoriert. Dass das Gelächter in der Kantine sie ärgerte, konnte Tian verstehen, doch wieso sie ihre Wut an ihm ausließ, war für ihn unergründbar.

Selbst nach Unterrichtsschluss hatte er die Anspannung zwischen ihnen noch deutlich gespürt. Als sie sich bei ihrem Spind getroffen hatten, hatte sie ihn missbilligend angefunkelt. Auf dem Nachhauseweg hatte sie stets darauf geachtet, ein paar Schritte vor ihm zu gehen. Seitdem fragte er sich, womit er sie so mürrisch gestimmt hatte.

Außerdem war ihr das Shirt von Nele offensichtlich peinlich gewesen, denn trotz der warmen Temperaturen hatte sie den Reißverschluss ihrer dunklen Jacke bis oben zugezogen. Zu Hause war sie augenblicklich in ihrem Zimmer verschwunden, um sich umzuziehen.

Es war ruhig im Esszimmer, aber keinesfalls unangenehm. Jeder war in seinen Gedanken versunken und wartete auf Coletta.

Ava war es nach einer Weile womöglich zu still. Nachdem sie jedes Familienmitglied gemustert hatte, blieb ihr Blick an ihrer Mutter hängen. »Was hast du heute gemacht? Hast du einen außergewöhnlichen Auftrag gehabt?«

Aislinn war geduldig und behutsam, deswegen sammelte sie Seelen ein, die große Schwierigkeiten hatten, sich vom Körper eines Menschen zu lösen. Sie war sehr erfahren und Ava interessierte sich häufig für die Erzählungen ihrer Mutter.

Aislinn sagte: »Je nachdem, wie man es sieht. Als ich angekommen bin, war die Seele bereits gelöst, aber es war schwierig, sie einzusammeln.«

»Wieso denn?«

»Es war unruhig im Haus der Verstorbenen, die Angehörigen sind die ganze Zeit hin und her gehetzt und haben mir den Weg versperrt. Ich bin einfach nicht in die Nähe der Seele gekommen«, erzählte Aislinn.

»Was hast du dann gemacht?«

»Ich konnte nicht zur Seele teleportieren, weil ich das Haus nicht kannte. Also habe ich gewartet, aber es ist keine Ruhe eingekehrt. Langsam habe ich mich durchgeschlängelt und als ich endlich bei der Seele war, habe ich sie schnell eingesammelt. Dann bin ich sofort nach Hause teleportiert«, sagte Aislinn.

Gerade setzte Ava an, um eine weitere Frage zu stellen, da beendete das Klacken des Badezimmerschlüssels im

Obergeschoss das Gespräch. Mit leisen Schritten tapste jemand die Stufen nach unten und Coletta erschien im Esszimmer.

Es war offensichtlich, dass sie sich setzen wollte, ohne etwas zu sagen, doch Ava war zu neugierig, um sich die folgende Aussage zu verkneifen: »Coletta und zu spät? Wie ungewöhnlich. Alles okay bei dir?«

Coletta setzte eine feste Miene auf und meinte nur: »Klar.«

Anschließend warf sie Tian einen bösen Blick zu, den auch Ava bemerkte. Sie riss verwundert die Augen auf, aber bevor sie noch etwas erwidern konnte, gab Aislinn mit einer öffnenden Handbewegung zu verstehen, dass sie nun zu essen beginnen konnten.

Nach dem Abendessen ging Tian in sein Zimmer und erledigte seine Hausaufgaben. Er hatte gerade damit begonnen, als es an der Tür klopfte. Ohne auf eine Antwort zu warten, wurde sie geöffnet und Coletta trat ein. Sie drückte die Tür hinter sich bis auf einen kleinen Spalt zu, wandte sich um und hielt Tian das weiße Shirt von Nele wortlos hin. Er sah sie nur mit einem fragenden Blick an und ignorierte die Tatsache, dass sie in sein Zimmer geplatzt war.

Als Tian keine Anstalten machte, das Shirt entgegenzunehmen, meinte sie mit bestimmendem Tonfall: »Gib es Nele zurück.«

»Wieso gibst du es ihr nicht selbst?«, fragte Tian.

Er war sich bewusst, dass er damit eine Diskussion mit seiner Schwester entfachen könnte. Aber er wollte sie zur Rede stellen, er wollte wissen, wieso sie ihre schlechte Laune an ihm ausließ.

Coletta sah ihn mit einem verächtlichen Blick an, so als würde sie denken, dass er sich extra dumm stellte. Dann meinte sie mit bissigem Unterton: »Du bist mit ihr in einer Klasse, ist doch praktischer. Ich müsste sie extra suchen, während du sie im Klassenzimmer siehst.«

Tian glaubte nicht, dass dies der wahre Grund war. Er vermutete, dass sie einem Gespräch mit Nele aus dem Weg gehen und dabei nicht gesehen werden wollte, wie sie etwas Geliehenes zurückgab. Damit würde sie zeigen, dass sie die Hilfe einer anderen Person in Anspruch genommen hatte.

Tian streckte die Hand aus und nahm das Shirt entgegen. »Soll ich ihr was ausrichten?«

Coletta, die sich schon halb weggedreht hatte, wandte sich wieder um und sah ihn mit genervter Miene an. Dann sagte sie langsam: »Ja, das Shirt ist gewaschen?«

Tian zuckte mit den Schultern und meinte: »Vielleicht danke?«

»Für einen Seelendiener bist du zu empathisch«, rutschte es Coletta heraus.

Verwirrt blinzelte Tian sie an. Wie kam sie nun darauf?

Sie erklärte sich: »Wieso soll ich für das geliehene Shirt danke sagen, wenn ich nicht danach gefragt habe? Ich brauche nicht Dankbarkeit vorspielen, wenn ich es nicht empfunden habe.«

Dann drehte sie sich um und wollte das Zimmer verlassen, doch Tian rief ihr hinterher: »Und wieso bist du wütend auf mich?«

Sie verharrte in ihrer Bewegung. Tian merkte das und fügte hinzu, bevor sie sich dazu entschließen konnte, den Raum endgültig zu verlassen: »Habe ich heute auf der Toilette irgendetwas Falsches gesagt? Ärgert dich die Sache von der Mittagspause so sehr, dass du es an allen anderen auslässt? Oder hat es irgendetwas damit zu tun, dass ich es gestern besser als du hinbekommen habe, unsichtbar zu werden?«

Tian zählte die Gründe auf, die ihm am wahrscheinlichsten schienen und wartete auf eine Antwort.

Langsam neigte sie ihren Kopf zu Tian.

Sie sagte: »Bevor ich es vergesse, Vater möchte uns im Arbeitszimmer sehen. Jetzt.« Anschließend zog sie mit einem

Knall die Tür hinter sich zu.

Sprachlos blieb Tian zurück. Er deutete aus Colettas Reaktion, dass es wohl besser war, wenn er die Sache auf sich beruhen ließ. Sie wollte ihm den Grund für ihre miese Stimmung nicht verraten, das musste er akzeptieren. Er konnte nur hoffen, dass sich ihre schlechte Laune nach einer Weile von selbst legen würde.

Während sich seine Gedanken nicht gleichzeitig mit seinem gefassten Entschluss beruhigten, stand er auf und machte sich auf den Weg ins Arbeitszimmer. Er schüttelte mehrmals den Kopf, um ihn frei zu kriegen. Wenn er im Büro seines Vaters erwartet wurde, durfte er nicht abgelenkt sein.

Als er die Eichentür aufdrückte, wartete Damian bereits hinter seinem Schreibtisch. Coletta stand aufrecht hinter dem rechten Stuhl und beachtete Tian nicht, als er eintrat. Er stellte sich links von ihr und warf ihr einen letzten Blick zu, um sich zu vergewissern, dass sie statt des mürrischen Gesichtsausdrucks ihre gefestigte Mimik aufgesetzt hatte.

Damian wartete, bis sich Tian ihm seine Aufmerksamkeit widmete, bevor er zu sprechen begann: »Konzentriert euch. Sammelt eure Energie. Gebt nicht auf. Probiert euer Bestes.« Er machte eine Pause, um den vier Anforderungen mehr Ausdruck zu verleihen. »Vergesst für diesen Unterricht alles andere, was euch im Moment beschäftigt.« Er warf Coletta einen kurzen Seitenblick zu. Auch er hatte wohl beim Abendessen mitbekommen, dass etwas nicht stimmte. Sie bemerkte den Blick, verzog jedoch keine Miene und er sprach weiter: »Hört mir nun gut zu, denn heute beginnen wir mit der Teleportation.«

Tian blieb die Spucke weg, damit hatte er nicht gerechnet. Damian hatte in den letzten Tagen keine Ankündigung diesbezüglich gemacht. Vielleicht war das die Taktik des Vaters, um zu verhindern, dass seine Kinder zu verkopft an die Sache herangingen.

Tian schluckte schwer. Einerseits fühlte er sich überrumpelt, andererseits machte sich zwischen seinen Rippen Freude breit, die zweite Fähigkeit zu erlernen. Es bedeutete, dass nicht mehr viel fehlte, bis er und Coletta ausgebildete Seelendiener waren und der Arbeit nachgehen konnten. Er wischte sich die Handflächen an seiner Hose ab und bemühte sich um einen neutralen Gesichtsausdruck, was ihm aber nicht gut gelang.

Tian warf einen Seitenblick zu Coletta. Dass sie keine Reaktion auf die Ankündigung ihres Vaters zeigte, verwunderte ihn. Dabei war sie diejenige, die ihre Eltern beim Teleportieren beobachtet hatte, um Eigenschaften der Fähigkeit zu erkennen. Außerdem hatte sie Lehrbücher studiert und sich selbst das theoretische Wissen abgeprüft. Tian hatte Coletta reden gehört, als er an ihrer Zimmertür vorbeigegangen war. Sie wollte wohl bestens vorbereitet sein, wenn der Tag kam, an dem der Unterricht dazu begann. Deswegen wäre eine leichte Reaktion ihrerseits nicht überraschend gewesen, doch sie behielt einen gefestigten Ausdruck bei.

Damian fuhr fort: »Bevor ihr von einem Ort zum anderen teleportiert, ist es wichtig, die Konzentration auf euch selbst zu legen. Es ist, als würdet ihr unsichtbar werden. Ihr müsst euren ganzen Körper, jedes einzelne Haar und eure Kleidung fühlen. Anschließend haltet ihr euch den gewünschten Ort vor Augen. Ihr müsst ganz genau wissen, wohin ihr teleportieren wollt und wie es dort aussieht.« Damian sah zu seinen Kindern und machte eine Armbewegung, die signalisierte, dass sie ihm nun besonders gut zuhören mussten. »Wenn ihr diese Anspannung halten könnt, dann seid ihr kurz davor, zu teleportieren. Aber nun kommt der schwierigste Teil: Ihr müsst die Schlüsselstelle finden. Diese lässt euch nämlich teleportieren. Sie ist klein, denn egal, ob ihr zu früh die Anspannung loslässt oder zu lange wartet, die Teleportation wird nicht funktionieren.« Damian hob mahnend den Finger. »Ihr müsst genau diesen Moment abwarten! Glaubt mir, wenn es so weit ist, werdet ihr wissen, was die Schlüsselstelle ist. Und dann dürft ihr nicht zögern! Ansonsten ist der Moment vorüber und ihr müsst von vorne beginnen.« Er machte eine Pause, um sich zu vergewissern, dass seine Kinder den Worten folgen konnten. Anschließend wiederholte er: »Erstens, euren Körper spüren, zweitens, Anspannung halten und an den gewünschten Ort denken und drittens, Schlüsselstelle finden. Und schließlich tretet ihr einen Schritt vor.«

Stille kehrte ein, im Hintergrund tickte die Pendeluhr. Tian und Coletta sahen ihren Vater an und warteten auf eine weitere Anweisung.

»Und dann?«, fragte Tian zögernd.

»Dann teleportiert ihr«, meinte Damian, als wäre es selbstverständlich. »Noch weitere Fragen?«

Coletta und Tian schüttelten den Kopf.

Er öffnete eine Schublade des Schreibtisches und holte ein Stück Kreide hervor. Er ging um den Tisch herum und schob die Stühle beiseite, bevor er den darunter liegenden Teppich ein Stück weit aufrollte. Eineinhalbmeter vor Coletta und Tian malte Damian mit Kreide jeweils einen Kreis auf den Boden.

Er machte eine einladende Bewegung und sagte: »Ihr könnt beginnen. Heute teleportiert ihr in den Kreis vor euch.«

Er ging zurück zum Schreibtisch, schob seinen Stuhl nach hinten und setzte sich.

Tian trat von einem Fuß auf den anderen und blickte zu dem Kreis aus Kreide, in dem er landen sollte. Er prägte sich das Ziel gut ein und schloss die Augen. Coletta tat es ihm gleich.

Nachdem er sich in seinen Körper und jedes Kleidungsstück hineingefühlt hatte, breitete sich in ihm die Anspannung aus, die er schon kannte, wenn er unsichtbar wurde. Nun konzentrierte sich Tian voll und ganz auf den Kreis, zwei Schritte vor sich, um dorthin zu teleportieren.

Doch schneller, als er reagieren konnte, ließ seine Anspannung und die Verbindung seines Körpers mit der Kleidung nach und er musste von vorne beginnen. Er fuhr sich über das Gesicht und ging die Worte seines Vaters im Kopf noch einmal durch.

Dann startete er einen zweiten Versuch, der zum gleichen Zeitpunkt wie der erste scheiterte. Jedes Mal schüttelte er danach seinen Körper kurz durch, um den letzten Rest der Anspannung zu vertreiben und es erneut zu probieren.

Nach einigen Versuchen konnte er die Konzentration halten, während er gleichzeitig seine Aufmerksamkeit auf den Kreis eineinhalb Meter vor sich legte. Nun musste er laut Damian auf die Schlüsselstelle achten.

Plötzlich durchzog ihn ein kalter Schauer, so als würde von unten ein Luftzug aufkommen und nach und nach seinen ganzen Körper einhüllen. Tian war so erstaunt von dem neuen Gefühl, dass er vor Schreck seine Anspannung und den Kreis vor sich vergaß. Er blinzelte etwas verwirrt gegen das Licht im Büro und erkannte seinen Vater über die Notizbücher mit den Fortschritten der Kinder gebeugt.

Nach ein paar Momenten löste sich das Gefühl auf und ließ eine Leere zurück. Tian sehnte sich sofort nach dem Zustand zuvor. Er war sich sicher, wenn er die Anspannung ein klein wenig länger gehalten hätte, hätte er die Schlüsselstelle gefunden.

Motiviert von dem kleinen Erfolg schüttelte Tian seinen Körper und schloss die Augen. Mit neuer Selbstsicherheit baute er die Anspannung wieder auf und hielt anschließend den Kreis in seinem Gedächtnis fest. Er konzentrierte sich darauf und wiegte sich in dem Gefühl, das sich dadurch aufstaute. Beinahe hätte er erleichtert aufgeatmet, als er den kalten Luftzug an seinen Füßen spürte. Dieser arbeitete sich von seinen Beinen, über seinem Bauch und seinen Armen hinauf, bis es schließlich seinen Kopf einhüllte. Tian fühlte sich, als wäre er nicht mehr im Arbeitszimmer. Er hatte jegliches Zeitgefühl verloren, stattdessen genoss er den Wind, den nur er spüren konnte. Trotz der

Kühle war es nicht unangenehm und trotz der Stärke des Luftzuges, der immer intensiver wurde, konnte er normal atmen. Doch einen Augenblick später blieb ihm die Luft weg. Tian taumelte leicht nach vorne. Er verlor all die Anspannung und musste erst wieder zu Sinnen kommen. Auch der Luftzug war wie weggeblasen, als wäre alles nur eine Einbildung gewesen. Tian rieb über den Kopf. Er fragte sich, ob der Moment, in dem ihm die Luft weggeblieben war, die Schlüsselstelle gewesen wäre.

Zuerst sah er auf die Uhr, die ihm verriet, dass schon über eine Stunde vergangen war, seitdem er das Arbeitszimmer betreten hatte. Aus dem Augenwinkel bemerkte er seinen Vater, der sein Taumeln nicht bemerkt hatte, da er sich Coletta zugewandt hatte.

Den Blick von Damian folgend sah Tian zu seiner Schwester. Ihre Lider waren leicht geschlossen und ihr Gesicht durchzog ein entspannter Ausdruck, den Tian noch nie bei ihr gesehen hatte. Sie wirkte, als würde sie sofort umfallen, würde er sie nur mit dem kleinen Finger sanft berühren. Tian blickte an ihr hinab, als sich etwas an ihren Füßen bewegte. Es schien, als würden sie verschwimmen, bis ihm bewusst wurde, dass sie sich in eine Wolke auflöste. Colettas Nebel war hell und er verdichtete sich für einen Moment. Kurz danach waren ihre Füße wieder zu sehen.

Der entspannte Ausdruck verflüchtigte sich auf Colettas Gesicht und ihr Körper sackte ein paar Zentimeter in sich zusammen, als würde eine schwere Last auf ihren Schultern landen. Sie öffnete die Augen und blickte von Damian zu Tian und wieder zurück.

Damian beugte sich über Colettas Notizbuch und meinte: »Dein Nebel hat einen beigen Farbton.« Dabei schrieb er schwungvoll in das Buch, während Colettas Augen für einen Augenblick freudig aufleuchteten. »Nächstes Mal nur noch einen Schritt vortreten und die Teleportation müsste funktionieren.«

Coletta nickte voller Energie. Tief atmete sie durch und das glückliche Funkeln in ihren Augen erlosch. Dann streckte sie ihren Rücken durch und schloss die Lider, um einen erneuten Versuch zu starten.

Auch Tian lenkte seine Aufmerksamkeit auf sich, er wusste, dass der Unterricht nicht mehr lange dauern würde, und er wollte die letzten Minuten nutzen. Er versank in dem Gefühl einer wohligen Anspannung. Nach einer Weile spürte er den Luftzug, dieses Mal breitete er sich etwas schneller aus. Der Wind schwappte über sein Kinn, hüllte sein Gesicht ein, und wie vorhin, wollte er sich am liebsten darin wiegen, doch ein kleiner Teil des Unterbewusstseins erinnerte ihn an die Schlüsselstelle. Das Wort hallte in seinem leeren Kopf wider.

Irgendwo, ganz weit weg, hörte er die Stimme seines Vaters: »Kommt zum Ende. Ich beende den Unterricht.« Aber Tian registrierte den Sinn der Aussage nicht und hatte ihn im nächsten Moment schon vergessen.

Der Luftzug wurde stärker und sein Blut pumpte schneller durch die Adern, voller Aufregung auf das mögliche Teleportieren. Tian atmete ein, doch er fühlte sich, als wäre er im Vakuum. In seinem Kopf tauchte das Wort *jetzt* auf, das lauter wurde und lauter, bis es gegen seine Ohren drückte. Er fragte sich, was das zu bedeuten hatte, als sein rechter Fuß wie automatisch vortrat.

Aber dieser berührte nicht mehr den Boden, was Tian zuerst gar nicht auffiel, da er erleichtert die wiederkommende Luft einatmete. Er fühlte sich leicht und unbesorgt. Etwas drängte ihn nach vorne und das Bild eines Kreises aus Kreide im Arbeitszimmer kam ihm in den Sinn.

Alles ging ganz schnell. Er blickte zu Coletta und Damian, die sich gegenseitig erstaunt anblinzelten, dann zu sich selbst. Er sah sich nicht, was ihn zuerst nicht verwunderte, denn unsichtbar war er schon öfter gewesen. Doch da merkte er den

Unterschied. Er schwebte. Vor Schreck darüber, dass er die Schlüsselstelle gefunden hatte, ließ er los was ihn zurückhielt und es drängte ihn ein Stück weit vor. Doch seine Anspannung verließ ihn und bevor er einen weiteren Gedanken zu Ende führen konnte, kehrte er in seinen Körper zurück, stolperte nach vorne und landete auf dem Boden.

Die folgende Stille im Raum drückte gegen seinen ganzen Körper, er fühlte sich erschöpft. Die nötige Kraft zum Aufstehen besaß er nicht und er bemerkte die kühle Temperatur des Raumes an seinen nackten Füßen.

Auf dem Boden liegend sah er zurück und entdeckte seine Schuhe und einen Socken auf dem Punkt, an dem er zuvor noch gestanden hatte. Er hatte sie, während er teleportiert war, verloren, doch sie waren ihm näher, als er erwartet hatte. Als er sich umsah, entdeckte er den Kreis aus Kreide vor sich. Sein Ziel hatte er nur zur Hälfte geschafft.

Kraftlos rappelte er sich ein Stück weit auf, bis er seinen Vater hinter dem Schreibtisch erblicken konnte. Dieser nickte ihm anerkennend zu, dann schrieb er in das Notizbuch von Tian, während er sagte: »Dein Nebel ist blaugrau. Beim nächsten Mal musst du die Anspannung halten, damit du bis zum gewünschten Ort teleportieren kannst.«

Damian klappte das Buch zu, verstaute es mit Colettas in einer Schreibtischlade und stand auf.

Tian blickte zu seiner Schwester, während er sich im Sitzen den Socken und die Schuhe anzog. Sie hatte ihren Blick starr nach vorne gerichtet. Was ihr gerade durch den Kopf ging, konnte er aufgrund ihres festen Gesichtsausdruckes nicht sagen.

Er unterdrückte ein Ächzen, als er mühevoll aufstand, und richtete sich zu seiner vollen Größe auf. Dass er gerade teleportiert war, hatte er noch nicht realisiert, die Müdigkeit überlagerte im Moment jegliches Gefühl.

Tian wandte sich seinem Vater zu, als dieser zu sprechen begann: »Ihr beide habt heute große Fortschritte gemacht, ruht euch nun gut aus. Gute Nacht.« Damian nickte seinen Kindern zum Abschied zu, die seine letzten Worte murmelnd erwiderten.

Coletta drehte sich ohne Weiteres um und verließ das Arbeitszimmer. Als Tian heraustrat und die Tür hinter sich schloss, war sie schon verschwunden. Erschöpft setzte er einen Fuß vor den anderen und stieg die Treppe hinauf. Ava kam ihm entgegen.

Neckend sagte sie: »Na, hat Vater euch in den Wahnsinn getrieben?«

Tian konnte nur murmeln: »Passt schon.«

Während Ava hinter ihm kichernd die Treppe hinunterhüpfte, schlurfte er in sein Zimmer. Aus dem Augenwinkel bemerkte er die Hausaufgaben, die er noch vor dem nächsten Schultag erledigen musste. Doch nur der Gedanke daran bereitete ihm schon Kopfschmerzen, deswegen ging er daran vorbei und setzte sich schwermütig auf sein Bett. Er strich mit einer Hand über das Gesicht und konnte immer noch nicht glauben, dass er ein paar Minuten zuvor teleportiert war.

Mit einem Lächeln auf den Lippen legte er sich hin und war augenblicklich eingeschlafen, während im Nebenzimmer Coletta die ganze Nacht kein Auge zudrückte.

Tian

Kurz vor dem Klingeln trat Tian in die Klasse ein. Normalerweise war er immer einer der Ersten, doch der Morgen war stressig gewesen. Er hatte verschlafen und als er sich beeilt hatte, ins Badezimmer zu kommen, hatte er seine unerledigten Hausaufgaben auf dem Schreibtisch entdeckt. Als er sie schließlich beendet hatte und ins Esszimmer getreten war, hatten sich seine Geschwister bereits auf den Weg zur Schule gemacht.

Ohne Frühstück und mit verwuschelten Haaren ging er nun direkt zu seinem Platz in der Klasse. Nele, Kiara und Steve waren schon in ein Gespräch vertieft, als Tian auf den Stuhl sank.

Dennoch sah Nele auf und begrüßte ihn: »Morgen.«

Kiara und Steve nickten ihm zu und Tian tat es ihnen gleich, dann wandten sich die drei Freunde von ihm ab.

Tian legte den Turnbeutel auf seinen Schoß und holte die Unterlagen für den Unterricht heraus. Zwischen den Büchern entdeckte er Neles Sportshirt, das Coletta ihm am Vorabend gegeben hatte. Er sollte es ihr zurückgeben.

Plötzlich machte sich eine ungewohnte Nervosität in ihm breit. Weder wollte er Nele bei dem Gespräch mit ihren Freunden unterbrechen, noch wusste er, was er zu ihr sagen sollte. Sie würde erwarten, dass Coletta das Shirt zurückgäbe, deswegen konnte er es nicht einfach nur stumm hinlegen. Zwar wollte sich seine Schwester nicht bedanken, aber etwas in Tian sagte ihm, dass das unangebracht wäre.

Mit dem Jutebeutel auf dem Schoß blieb er sitzen und wartete geduldig, bis es klingelte. Die drei Freunde beendeten ihr Gespräch und Kiara und Steve drehten sich nach vorne um, während sich Nele in ihrem Stuhl zurücklehnte.

Tian räusperte sich leise, holte das Shirt hervor und legte es auf die Mitte des Tisches. Nele blickte zu ihm auf.

»Ich soll dir das von Coletta zurückgeben«, sagte Tian und schob es noch ein paar Zentimeter in Neles Richtung.

»Danke soll ich dir ausrichten«, fügte er noch hinzu, aber sah sie dabei nicht an.

Sie erwiderte: »Wirklich? Gestern habe ich das Gefühl gehabt, sie würde mich lieber in hundert Stücke reißen als mein Shirt anzuziehen.«

Tian überlegte, ob er ihr widersprechen sollte, doch sie würde ihm sowieso nicht glauben.

Sie nahm das Shirt entgegen und sprach weiter: »Na ja, ich kann sie auch verstehen. Dass Michael ihr den Fuß gestellt hat, war nicht okay. Und dann komme ich mit einem Shirt daher, das so gar nicht zu ihr passt.«

Mit den Schultern zuckend meinte Tian: »Trotzdem besser als gar nichts.«

»Vielleicht«, seufzte Nele, bevor sie das Shirt in ihre Tasche packte.

Ein paar Augenblicke sagte keiner der beiden ein Wort, sie blickten geradeaus zur Tafel und warteten auf den Lehrer.

Schließlich wandte sich Nele noch einmal zu Tian und fragte: »Hat Coletta wirklich gesagt, du sollst mir danken?«

Er drehte sich zu ihr und blickte ihr direkt in die haselnussfarbenen Augen. Ihn überkam das Gefühl, dass sie die Antwort kannte, deswegen brachte er keine plausible Ausrede über die Lippen. »Nein.«

»Und wieso sagst du mir das dann?«, fragte Nele und musterte ihn.

Tian spürte, wie ihm das Blut in den Kopf stieg. Einerseits fühlte er sich ertappt, andererseits verrieten ihm Neles Augen, dass sie ihn nicht anschwärzen wollte. Ihr Tonfall war weich, ebenso wie ihr Blick. Wieso stellte sie die Frage, wenn es sie nicht kümmerte, dass er Worte in Colettas Mund legte, die sie nicht gesagt hatte?

Zögerlich antwortete er: »Ich ... weiß auch nicht genau. Vielleicht weil Coletta gestern damit beschäftigt war, alle ihre schlechte Laune spüren zu lassen, die in ihre Nähe gekommen sind. Kann schon sein, dass es einen guten Grund gibt, es an mir auszulassen, aber ich verstehe es nicht, wieso sie dir ein ungutes Gefühl gegeben hat.« Tian wurde seine Ehrlichkeit erst bewusst, als er die Worte schon ausgesprochen hatte. Deswegen fügte er schnell hinzu: »Oder vielleicht, weil es eine gesellschaftliche Norm ist.«

Nele neigte nachdenklich ihren Kopf und meinte: »Ich muss schon sagen, wäre ich an Colettas Stelle gewesen, hätte ich das Kartoffelpüree genommen und es Michael ins Gesicht geschmiert. Ganz sicher wäre ich so wütend gewesen, ich hätte es jeden spüren lassen.« Tian sagte nichts, deswegen fügte Nele hinzu: »Du nicht?«

Er zuckte mit den Schultern und meinte: »Nein, ich denke, ich wäre einfach gegangen.«

Mit hochgezogenen Augenbrauen sah sie ihn an. »Was? Du hättest nichts gesagt?«

»Was würde es bringen?«, entgegnete Tian. »Ich denke, das ist genau das, was Menschen wie Michael wollen. Sie möchten, dass ihr Gegenüber die Fassung verliert.«

»Kann schon sein«, erwiderte Nele, »aber trotzdem dürfen sie mit so etwas nicht durchkommen. Solche Gemeinheiten nehmen nie ein Ende, wenn ihnen niemand die Stirn bietet.«

Tian atmete ein, um noch etwas zu sagen, wurde jedoch vom Zuknallen der Tür unterbrochen. Der Lehrer trat zum Pult und das Murmeln der Klassenkameraden verstummte. Tian sah zu Nele, die sich im selben Moment wegdrehte und die Aufmerksamkeit nach vorne richtete.

Während der Lehrer zu sprechen begann, fing es in Tians Kopf zu rattern an. Er verstand nicht, wieso er so offen zu Nele gewesen war, das war nicht seine Art. Eigentlich gab er immer so wenig wie möglich von sich preis und ließ sich nicht dazu verleiten, längere Antworten als nötig zu geben. Außerdem wollte er sich nicht in Colettas Angelegenheiten einmischen. Am Vorabend hatte sie ihm deutlich zu verstehen gegeben, dass sie von ihm in Ruhe gelassen werden wollte.

Tian war so sehr in seinen Gedanken versunken, dass er nicht hörte, was der Lehrer sagte. Er schreckte hoch, als jemand an seine Schulter tippte. Es war Nele.

Sie grinste ihn schief an und meinte: »Darf ich mir heute wieder einen Stift ausborgen?«

Während Tian nickte, schob er ihr über den Tisch einen Kugelschreiber zu und sie lächelte ihn dankbar an.

Er fuhr sich vergeblich über das Gesicht, um seine Aufmerksamkeit dem Unterricht zu widmen, und nahm dann selbst einen Stift zur Hand.

Den ganzen Schultag über kreisten seine Gedanken um das Gespräch mit Nele. Immer wieder ertappte er sich dabei, wie er ihr verstohlen Blicke zuwarf und ärgerte sich, dass er solche Probleme hatte, sich auf den Unterricht zu konzentrieren.

Als er nach der letzten Stunde zu seinem Spind ging und Coletta dort auf ihn wartete, vermutete er, dass ihr Tag ebenfalls nicht gut verlaufen war. Obwohl sie Tian noch immer keines Blickes würdigte, merkte er, wie sie versuchte, so schnell und unauffällig wie möglich das Gebäude zu verlassen.

Coletta

Mit aufrechtem Körper und erhobenem Kopf schritt Coletta von Tians Spind weg, als er zu ihr trat. Leider wurde ihr bewusst, dass er ihren Zustand erkannte.

Sie hatte es nicht geschafft, das unwohle Gefühl in ihrer Magengrube zu verbannen, egal wie sehr sie versuchte, es auszuatmen oder sich auf andere Themen zu fokussieren. Es schien, als wären alle Blicke der Mitschüler auf sie gerichtet, was sie beunruhigte, da sie sonst nie beachtet wurde.

Als sie am Morgen durch die Eingangstür in die Schule getreten war, hatten sich die Schulkollegen zu ihr umgedreht. Belustigt musterten diese sie und einige konnten sich ein Tuscheln und Kichern nicht verkneifen. Dabei machten sie sich nicht die Mühe, außer Hörweite von Coletta zu sprechen. Wortfetzen über die Verniedlichung ihres Namens oder Witze über die Situation in der Schulkantine versuchte sie vergeblich zu ignorieren. Stattdessen verschlimmerte sich das Drücken in ihrem Magen.

Sie hatte sich beeilt, in ihr Klassenzimmer zu kommen. Doch sie hatte nur ein paar ruhige Minuten, bevor die ersten Schulkameraden eintrafen. Als schließlich kurz vor Unterrichtsbeginn Michael, Leon und Oliver ins Zimmer traten, versuchte sie, sich unauffälliger zu machen. Aber der erste Blick der Jungs fiel auf Coletta und als wäre ihr Lachen über sie nicht genug, hielt Leon seine Freunde nach ein paar Schritten auf und drängte sich nach vorne.

Zuerst schüttelte er dramatisch seinen Körper aus, um die Aufmerksamkeit der anderen Schüler auf sich zu lenken. Er drückte seine Schultern nach hinten, hob den Kopf übertrieben, spitzte provokant die Lippen und stolzierte verkrampft zum hinteren Teil des Zimmers.

Coletta war bewusst, dass er sie nachgeahmt hatte. Leon verdeutlichte es zusätzlich, indem er sie grob an der Schulter anrempelte, als er an ihr vorbeischritt. Während ihr die Hitze ins Gesicht stieg, hallte das Gelächter im Raum wider. Sie senkte ihren Kopf, als ihre Augen zu brennen begannen.

Michael konnte sich vor Lachen nicht mehr halten und klopfte mit der flachen Hand gegen das Lehrerpult. Anschließend gingen Oliver und auch Michael in derselben Haltung zu ihrem Sitzplatz und das Lachen wurde noch lauter.

Nur langsam beruhigten sich Colettas Mitschüler, selbst als der Lehrer eintrat, wurde noch gekichert. Ein Mädchen, das schräg hinter Coletta saß, beschwerte sich belustigt bei ihrer Freundin, dass ihr Bauch vor lauter Lachen schmerzte.

Coletta war übel. Den ganzen Schultag konnte sie nichts essen. Nun fühlte sich ihr Magen leer an, doch hungrig war sie immer noch nicht. Zusätzlich ärgerte es sie, dass sie sich durch ihr Unwohlsein nicht auf die wichtigen Dinge, wie den Unterrichtsstoff, konzentrieren konnte. Die Müdigkeit und die wenige Energie, die sie hatte, drückten sie nach unten, dennoch wollte sie ihre letzte Würde nicht verlieren und versuchte, sich nichts anmerken zu lassen.

Mit zusammengebissenen Zähnen verließ Coletta das Schulgebäude und Tian folgte ihr stumm. Er sagte den ganzen Weg nach Hause nichts und obwohl es nur eine Kleinigkeit war, war sie froh darüber.

Ava

Ava wich einem vorbeilaufenden Schüler aus und stieß dabei gegen Franzis Schulter. Ein Blick zu ihr verriet, dass nichts passiert war, und sie steuerten den Weg zu den Fahrrädern an.

Während Franzi ihr Fahrradschloss öffnete, sah sich Ava um. Im Schulhof herrschte nach Unterrichtsende Hektik. Während manche Schüler zu den Autos ihrer Eltern liefen, spielten andere noch Fangen, bevor sie sich auf den Heimweg machten.

Franzi schob ihr Fahrrad aus dem Ständer und sie verließen den Schulhof.

»Blöder Test«, schimpfte sie. »Herr Trapper meint wohl, in unserem Leben dreht sich alles um Mathe.«

»Er hat sicher die ganzen Ferien darauf gewartet, uns die nächste Prüfung reinzudrücken«, stimmte Ava zu.

Franzi lachte ironisch auf. »Hast du bemerkt, wie er nur mich angesehen hat, als er gesagt hat, wir sollen uns ja gut vorbereiten? Dabei habe ich in den Ferien jeden Tag geübt. Was soll ich denn noch machen?«

»Ich weiß es auch nicht«, meinte Ava nachdenklich und sah ihre Freundin von der Seite an.

Während sie keine Probleme in der Schule hatte, war bei Franzi das Gegenteil der Fall. Sie kämpfte immer wieder aufs Neue mit ihren Noten. Schon mehrmals hatte Ava ihr Nachhilfe gegeben, sie trafen sich im Park oder bei Franzi zu Hause und sie erklärte ihr nochmals das zu lernende Thema oder stellte ihr Aufgaben. Doch egal wie viel Franzi lernte, sie kam meist gerade nur so durch.

»Und er gibt uns immer so viele Hausaufgaben auf«, sagte Franzi und verdrehte die Augen.

Ava schlug vor: »Ich könnte heute bei dir vorbeikommen,

dann können wir sie gemeinsam machen.«

Franzi grinste halbherzig. »Sehr gerne, aber heute geht es nicht. Mamas neuer Freund will uns seinen Eltern vorstellen.« Sie drehte sich weg und grunzte. »Als wäre es nicht schon genug, dass er bei uns ein- und ausgeht, wie es ihm passt.«

»Oh weh ...«, konnte Ava nur entgegnen.

»Der ist noch schlimmer als der Letzte«, erzählte Franzi. »Der hat mich wenigsten beachtet. Aber Henry tut die ganze Zeit so, als wäre ich nicht hier. Und wenn er mich anspricht, dann nur, damit ich ihm einen Kaffee mache oder sein Frühstücksgeschirr wegräume.«

»Mach es nicht, wenn du nicht willst«, meinte Ava bekräftigend.

Ihre Freundin war selbstbewusst und stur, da konnte sich Ava nicht vorstellen, dass sie sich etwas vorschreiben ließe. Besonders nicht von einem Freund ihrer Mutter, den sie nicht ausstehen konnte.

Franzi blickte im Gehen zu Ava und zog ihre Augenbrauen vor Ärger zusammen. »Damit ich Stress mit Mama habe? Einmal habe ich Henry gesagt, er soll es gefälligst selbst machen. Als er weg war, hat Mama geschimpft und gemeint, ich soll nicht immer so fies zu ihren Männern sein. Kein Wunder, dass sie nicht wiederkommen, hat sie gemeint.« Franzi schüttelte ungläubig den Kopf. »Manchmal ist Mama so blind, dass sie einfach nicht sieht, dass sie sich immer nur in Blödmänner verliebt. Sie soll froh sein, dass diese Beziehungen nur ein paar Wochen halten.«

»Hoffentlich ist es bei Henry auch so«, meinte Ava.

Franzi seufzte schwermütig, bevor sie kleinlaut erzählte: »Mama redet davon, er wäre der richtige.«

»Aber das meint sie doch immer«, entgegnete Ava.

Ihre Freundin zuckte kraftlos die Schultern. »Ich verstehe es einfach nicht. Nach jeder Beziehung jammert Mama, dass es ab sofort nur sie und mich gibt, und dann, nicht einmal zwei

Wochen später, steht der nächste Idiot vor der Tür.« Mit bekümmertem Blick sah sie Ava an. »Was Liebe mit Menschen anrichtet, hm? Sie fegt alle vernünftigen Gedanken aus dem Kopf. Und wozu?« Franzi schnaubte ironisch, sagte aber nichts weiter.

Ava wusste nicht, was sie erwidern sollte. Sie war noch nie verliebt gewesen und ihre Eltern wirkten nicht so, als wären sie vor Liebe dumm. Was Franzi von ihrer Mutter erzählte, kannte Ava nur aus Romanen.

Sie streckte die Hand aus und legte sie auf Franzis, die auf dem Fahrradlenker ruhte. Damit wollte Ava zeigen, dass sie für ihre Freundin da war, selbst wenn sie nichts zu sagen wusste. Als sie einen Moment später ihren Arm wegzog, blieb Franzi stehen und drehte sich zu ihr. Ihre Augen glitzerten traurig, dennoch zwang sie sich zu einem Lächeln. Sie stellte ihr Fahrrad ab, bevor sie Ava an sich zog. Sie umarmten sich nicht oft. Körperkontakt war für Ava meist unangenehm und Franzi wusste das. Deswegen war ihr klar, dass sie sich nicht lösen konnte. Ihre Freundin brauchte sie im Moment, da musste sie versuchen, ihre eigenen Unannehmlichkeiten abzuschütteln. Vorsichtig legte sie ihre Hände auf den Rücken ihrer Freundin und klopft etwas hilflos darauf.

»Danke, dass du für mich da bist«, meinte Franzi kleinlaut, als sie sich voneinander lösten.

Ava nickte mit einem kleinen Lächeln. Sie fand keine aufmunternden Worte für Franzi, aber das brauchte sie auch nicht. Sie wusste, dass Franzi froh war, dass sie sich jedes Mal aufs Neue die verkorksten Beziehungsgeschichten ihrer Mutter anhörte und im Anschluss das Thema wechselte, um sie auf andere Gedanken zu bringen.

»Lass uns von etwas anderem reden«, meinte Ava und stupste mit dem Ellbogen Franzis Arm an, bevor sie weitergingen. »Adam hat heute während des Films in Geschichte geschlafen, hast du das auch gesehen?«

Runa

Der Nachmittag war bewölkt, dennoch war die Luft angenehm warm. Runa saß im Garten auf einem Stein, der unter dem alten Apfelbaum lag, aber durch das hohe Gras und die buschigen Sträucher kaum zu sehen war. Er war überwuchert mit Moos und Efeu.

Auf ihrem Schoß lagen die Hausaufgaben, die sie zuvor erledigt hatte. Nun beobachtete sie Esha, die sich im Gras vor ihren Füßen zusammengerollt hatte und selig schlief. Ihre Wunde am Ohr und die entzündeten Augen waren bereits verheilt. Runa streckte ihre Hand aus und berührte sanft Eshas Fell. Es war nicht mehr verfilzt, unter ihren Fingern fühlte es sich glatt und weich an.

Die Hintertür des Hauses ging auf und Tian trat heraus. Während er sich auf den schmalen Pfad den Weg zur Gartentür bahnte, bemerkte Runa seinen Blick in ihre Richtung. Es war eine der seltenen, zufälligen Begegnungen mit Tian, denn meistens war sie in ihrem Zimmer. Sie verließ es nur, um mit ihrer Katze nach draußen zu gehen, für die Schule, das gemeinsame Essen oder die Unterrichtsstunden mit ihrem Vater.

Hinter Tian fiel die Gartentür quietschend ins Schloss, wie es aussah, machte er einen Spaziergang.

Runa blickte ins Gras zu Esha, deren Bauch sich sanft hob und senkte. Ihre Mundwinkel zuckten unregelmäßig, als würde sie träumen. Sie schlug mit der Hinterpfote aus und wachte dadurch auf. Verschlafen schüttelte Esha den Kopf und sah sich nach Runa um. Gähnend stand sie auf und streckte sich. Dann schmiegte sie sich gegen Runas Bein.

Die Hintertür ging wieder auf, dieses Mal erschien Ava im Türrahmen.

»Vater sagt, du sollst ins Arbeitszimmer gehen«, rief sie und ohne eine Antwort von Runa abzuwarten, verschwand sie im Inneren des Hauses.

Als hätte Esha Ava verstanden, schlängelte sie sich durch das hohe Gras zum Haus. Mit den Hausaufgaben im Arm erhob sich Runa vom Stein und folgte ihrer Katze. Sie brachte Esha in ihr Zimmer, die es sich auf dem Bett gemütlich machte, und legte ihre Schulbücher ab. Dann ging sie ins Arbeitszimmer.

Wie immer schloss sie vorsichtig und leise die Tür hinter sich und sank anschließend auf einen Stuhl, ohne ihrem Vater einen Blick zuzuwerfen. Ein paar Augenblicke starrte er sie nur an. Womöglich wartete er auf eine Begrüßung oder eine andere Reaktion von ihr. Doch sie blieb regungslos sitzen. Also begann er mit dem Unterricht.

Dieses Mal trug der Vater die Regeln der Seelendiener auf. Mit aufrechtem Rücken aber gesenktem Kopf lauschte Runa seinen Worten, die Hände lagen sorgfältig gefaltet auf ihren Oberschenkel. Sie rührte sich nicht und behielt für die gesamte Unterrichtsstunde ihre Haltung bei.

»Was ist das Ministerium?«

Damian stellte eine einfache Frage. Kurz gesagt verwaltete das Ministerium alles, was die Seelendiener ausmachte. Zum Beispiel trug es das Einsammeln der Seelen auf oder beschloss Regeln, um sicherzustellen, dass die Arbeit geheim blieb.

Obwohl Runa die Antwort wusste, sagte sie nichts. Das tat sie nie. Und wie immer führte Damian nach ein paar peinlichen stillen Augenblicken seinen Monolog fort. Sorgfältig zählte er weitere Regeln auf und beschrieb sie bis ins kleinste Detail.

»Der Unterricht wird von den Eltern gehalten. Es ist ihre Aufgabe, ihren Kindern das theoretische Wissen zu lehren und ihnen den unsichtbaren Zustand und die Teleportation beizubringen. Zum Schluss findet eine Überprüfung für die Kinder statt, um sich zu vergewissern, dass der Unterricht pflichtbewusst durchgeführt wurde«, erklärte der Vater. »Ab welchem

Alter darf man zur Prüfung antreten?« Damian machte eine kurze Pause, bevor er selbst die Frage beantwortete: »Theoretisch jederzeit. Nachdem der Unterricht abgeschlossen ist und die Fähigkeiten beherrscht werden, darf das Kind die Prüfung absolvieren. Diese wird von einem Prüfer des Ministeriums abgehalten und besteht aus einem theoretischen Teil und einer darauffolgenden praktischen Aufgabe. Da sammelt der Geprüfte eigenständig eine Seele ein. In ein paar Jahren wirst auch du diese Prüfung machen. Wenn du sie bestehst, bekommst du eine Kette und das Einsammeln der Seele wird zu deiner Arbeit.«

Es war still im Raum, nur die Uhr tickte vor sich hin. Behutsam ließ sich Damian auf seinem ledernen Bürostuhl nieder und betrachtete Runa eine Weile. Es war offensichtlich, dass Damian auf etwas wartete. Doch auf was? Ruhig blieb sie sitzen.

Schließlich nickte er verkrampft. Runa hatte wohl nicht die Reaktion gezeigt, auf die er gewartet hatte.

Also sprach er über die nächste Regel. Er klärte Runa darüber auf, dass Menschen außerhalb der Seelendienergemeinschaft nicht von der Arbeit und den Fähigkeiten in Kenntnis gesetzt werden dürfen. Dazu zählte unter anderem, dass nicht darüber gesprochen werden dürfe und die Fähigkeiten nicht sichtlich genutzt werden dürfen. Ein Regelbruch würde schwere Strafen nach sich ziehen.

Runa zeigte äußerlich keine Reaktion, deshalb sprach Damian unbekümmert weiter. Doch in ihrem Kopf bildete sich eine Frage. Ihr war nicht klar, ob die Fähigkeiten vor Tieren genutzt werden durften. Weder öffnete Runa ihren Mund, um etwas zu sagen, noch machte sie weitere Anstalten, um ihrem Vater zu zeigen, dass sie eine Frage hätte. Stumm blieb sie sitzen und lauschte den Worten ihres Vaters.

Tian

Tian war auf dem Weg zu Colettas Spind, um mit ihr nach Unterrichtsschluss nach Hause zu gehen. In Gedanken war er noch bei seinem Schultag, er war ereignislos gewesen, bis auf den Test, den sie hatten. Doch er machte sich deswegen keine Sorgen, er hatte alle Fragen beantwortet und war sich sicher, dass er keinen Fehler gemacht hatte.

In der Menge erblickte er Coletta bei ihrem Schließfach. Gerade schloss sie es sorgfältig, dann drehte sie sich um und drückte sich mit dem Rücken dagegen. Es schien ihm, als würde sie versuchen, unauffällig zu sein, aber genau dieses Verhalten zog seine Aufmerksamkeit auf sie. Zwar stand sie gerade, doch sie wirkte um ein paar Zentimeter kleiner als sonst.

Tian war bereits aufgefallen, dass sie sich in letzter Zeit öfter so benahm. Aber da sie ihn immer noch keines Blickes würdigte und jedes Mal sofort davonschritt, sobald er bei ihrem Spind anhielt, verstand er, dass sie ihm nicht mitteilen wollte, was los war.

So wie nun, denn als Tian auf sich zuging, stieß sie sich von ihrer Spindtür ab und wartete nur noch einen Moment, bis er neben ihr ankam. Dann machte sie sich schnurstracks auf den Weg zur Ausgangstür. Tian versuchte trotz ihres schnellen Ganges neben ihr zu gehen.

Während sie über den Schulhof eilten, bemerkte Tian Nele mit ihren Freunden bei den Bänken. Sie unterhielten sich aufgeregt, er vermutete, es ging um den Test. Nachdem der Lehrer alle Zettel eingesammelt hatte, hatte das Murmeln unter seinen Klassenkollegen begonnen. Sie hatten ihn viel zu schwer gefunden und sich über unverständlich formulierte Fragestellungen beschwert. Währenddessen hatte er stumm auf seinem

Platz gesessen und gewartet, bis der Lehrer die Gespräche eingedämmt hatte und mit dem Unterricht fortgefahren hatte.

Einen Seitenblick auf seine Schwester warf Tian erst, als das Rufen der Schüler vom Schulhof außer Hörweite war. Sie ging etwas starr und wie immer mit erhobenem Kopf. Ob sie noch immer wegen ihm gereizt war oder einen schlechten Schultag hinter sich hatte, konnte Tian nicht sagen. Er wagte es jedoch nicht, sie anzusprechen und es herauszufinden.

Nur ein paar Minuten später bogen sie in die Straße ihres Hauses ein und Tian erkannte den fein säuberlich gemähten Rasen von Weitem. Auf dem Pflaster zur Eingangstür war kein einziges Staubkorn zu sehen und neben der Haustür zierte ein neues Blumenarrangement die Veranda. Tian verschwendete keine Zeit, es zu betrachten, stattdessen drückte er die Haustür auf und trat ein.

Wie festgewurzelt stand Damian am Treppenaufgang. Er trug schwarze, lederne Schuhe und einen langen dunklen Mantel, mit beiden Händen hielt er vor sich seinen Aktenkoffer fest umschlossen.

Während seine Kinder eintraten und ihre Schultaschen abstellten, senkte er seinen Kopf und holte unter seinem schwarzen Hemd seine silberne Kette mit dem flachen, achteckigen Anhänger hervor. Ein kurzer Blick darauf genügte, dann ließ er ihn zurück an seinen Platz verschwinden.

Coletta und Tian blieben vor ihm stehen und blickten ihn an. Obwohl sie nicht wussten, wieso ihr Vater im Eingangsbereich wartete, war ihnen bewusst, dass es sich um etwas Wichtiges handeln musste. Er war offensichtlich in Aufbruchstimmung, machte aber keine Anstalten zu teleportieren.

Die Haustür fiel hinter ihnen ins Schloss und Damian begann zu sprechen: »Ich habe auf dich gewartet, Tian. Zieh die Schuhe nicht aus, wir müssen gleich los.« Tian blickte ihn fragend an und er fuhr fort: »Ich möchte anmerken, dass du im Unterricht Fortschritte machst. Zwar wird es noch eine Weile dauern, bis du größere Stecken teleportieren kannst, doch heute benötigst du diese Fähigkeit nicht. Dagegen kannst du schon für einen längeren Zeitraum im unsichtbaren Zustand bleiben.« Er trat ein kleines Stück vor und machte eine einladende Handbewegung. »Deswegen haben deine Mutter und ich beschlossen, dass du für den nächsten Schritt bereit bist. Heute lernst du die Aufgaben der Seelendiener kennen, denn ich nehme dich zur Arbeit mit. Vor ein paar Minuten habe ich eine Nachricht auf meiner Kette erhalten: Ein Auftrag, der nahezu perfekt ist, um dich in die Welt der Seelendiener einzuführen. Wir müssen sofort los.«

Nach diesen Worten zog er wieder die silberne Kette hervor und betrachtete sie für einen Augenblick. Neben ein paar Informationen zu der Seele sah er auch deren Standort auf dem achteckigen Anhänger. Dann steckte er sie zurück und musterte Tian, als würde er auf eine Reaktion von ihm warten.

Vorsichtig wagte Tian einen Blick zu Coletta hinüber, er sah gerade noch, wie sie mürrisch die Zähne zusammenbiss, bevor sie ihr Kiefer lockerte und den Kopf mit gefasster Mimik ein kleines Stückchen anhob. Er wusste, dass ihr die Frage auf der Zunge lag, wieso nur er mit zur Arbeit durfte. Langsam schlüpfte sie aus ihren Schuhen und schlich sich an ihren Vater vorbei die Treppe hoch in ihr Zimmer, als würde ihr die Situation nichts ausmachen.

Als Tian zurück zu seinem Vater sah, konnte er sich ein kleines Lächeln nicht verkneifen. Damian blickte ihm mit abwartendem Blick entgegen, ansonsten war seine Körperhaltung aufrecht und steif. Obwohl es sein Vater nicht zugeben würde, wusste Tian, dass auch er etwas aufgeregt sein musste. Es war der letzte Abschnitt des Unterrichts, die Kinder mit zur Arbeit zu nehmen. Nun würde Tian all sein theoretisches Wissen praktisch anwenden müssen und nach und nach lernen, selbstständig zu arbeiten. Schlussendlich wartete nur noch eine Prüfung auf ihn, wenn er diese bestand, konnte er selbst Seelen einsammeln und ins Licht bringen.

Damian räusperte sich, als er das Lächeln bemerkte, und warf Tian einen warnenden Blick zu. Daraufhin biss er sich auf die Lippen und bemühte sich um einen neutralen Gesichtsausdruck. Mit einer Handbewegung gab der Vater zu verstehen, dass Tian nach draußen gehen sollte.

»Teleportieren wir nicht?«, fragte er.

Kurz schüttelte Damian den Kopf und antwortete: »Nein, es ist nur ein kleines Stück zu gehen und wie gesagt, deine Teleportation gehört noch ausgiebig geübt.«

Tian drückte die Türklinke nach unten und trat hinaus. Sein Vater schritt an ihm vorbei und er folgte ihm die Stufen der Veranda hinunter.

Bevor sie auf den Gehweg bogen, holte Damian abermals seine Kette hervor, um sich zu vergewissern, dass sie den richtigen Weg einschlugen. Zügig marschierten sie los.

Damian ließ seinen Blick über die Umgebung schweifen, um sich zu vergewissern, dass niemand in Hörweite war. Dann begann er zu sprechen: »Der aktuelle Auftrag handelt von einer älteren Frau. Wir sind auf dem Weg zu ihrer Wohnung, um ihre Seele einzusammeln.«

Tian nickte und bemühte sich, den schnellen Gang seines Vaters standzuhalten.

»Heute bist du zum ersten Mal mit, um eine Seele einzusammeln. Und trotzdem dürfen dir keine Fehler unterlaufen. Niemals!«, erläuterte Damian streng. »Nenne mir die wichtigsten Aspekte für die Arbeit, auf die du heute besonders achten wirst!«

Tian sah seinen Vater von der Seite an. Dieser hatte seinen Blick starr nach vorne gerichtet und wartete auf eine Antwort.

»Also«, antwortete Tian zögerlich, »wir werden bei der Arbeit unsichtbar sein.« Wieder sah er seinen Vater an, doch er zeigte keine Reaktion. »Deswegen dürfen keine fremden Gegenstände, die nicht unsichtbar sind, bewegt werden.«

»Ausnahmen?«, unterbrach ihn Damian.

»Türen beziehungsweise Gegenstände, die den Weg versperren. Dabei muss man sich vergewissern, dass es niemand bemerkt«, erwiderte Tian und fügte noch hinzu: »Aber es wäre besser, man teleportiert.«

Sein Vater nickte und meinte nur: »Weiter.«

»Wir dürfen nicht mit den Menschen, die anwesend sind, kommunizieren oder uns in irgendeiner Art und Weise bemerkbar machen.«

»Was tun wir, falls uns eine Person dennoch bemerkt?«, fragte Damian und musterte ihn kritisch.

Tian blinzelte verwirrt. Er konnte sich nicht daran erinnern, darüber im Unterricht gelernt zu haben.

»Ähm«, brachte er nach ein paar Augenblicken hervor und kratzte sich am Kopf. »Wir versuchen uns unauffällig zu ...«

»Das wird nicht passieren«, unterbrach Damian ihn streng und wandte seinen Blick nach vorne. »Denn wir machen keine Fehler.«

Tian nickte energisch und wiederholte die Worte: »Wir machen keine Fehler. Genau.«

Mit einer Handbewegung gab ihm sein Vater zu verstehen, weiterzusprechen: »Die Seelendiener konzentrieren sich während der Arbeit nur auf die Seelen. Also ich meine, es wird nebenbei nichts anderes erledigt oder gemacht.«

»Ausnahmen?«

»Bei langwierigen Fällen darf den Grundbedürfnissen nachgegangen werden«, sagte Tian gewissenhaft.

Er verstummte für einen Moment. Ein Mann, der mit seinem Hund Gassi ging, joggte ihnen entgegen. Tian trat einen Schritt zur Seite, während Damian unbekümmert weitermarschierte. Der Hund und der Besitzer liefen an ihm vorbei, dann verfiel er selbst in einen Laufschritt, um den Abstand zwischen sich und seinem Vater wieder aufzuholen.

Als er neben seinem Vater ankam, fragte dieser: »In welchen

Situationen dürfen die Fähigkeiten genutzt werden?«

»Solange es keine andere Person bemerkt, ist alles gut«, erklärte Tian, »aber grundsätzlich nur bei der Arbeit und beim Üben.«

»Gut«, meinte Damian abschließend.

Tian wandte sich zu ihm und vergewisserte sich, dass das Abprüfen seines Wissens nun vorüber war.

Während sie eine Weile stumm nebeneinander weitergingen, beobachtete Tian die Umgebung genauer. Die bunten Einfamilienhäuser mit den gepflegten Vorgärten waren großen, kahlen Wohnbauten gewichen. Die Straße war breiter und belebter, auch tummelten sich mehr Menschen auf dem Gehweg. Manche eilten vorbei, ohne nach links und rechts zu sehen, andere plauderten mit ihren Nachbarn, an der Hand hielten sie zerrende Kinder, die nach Hause wollten. Vereinzelt standen Bäume am Straßenrand und spendeten Schatten. Gerade gingen Damian und Tian an einer Gruppe von Kindern vorüber, die auf dem Asphalt vor einem Wohngebäude mit Straßenkreide malten. Ein Lieferwagen fuhr an ihnen vorbei, doch die Kinder sahen sich nicht danach um oder gingen einen Schritt zur Seite. Sie waren den dauerhaften Straßenlärm gewohnt. Tian sah zur Sonne auf. Es dauerte sicher nicht mehr lange, dann würde sie hinter den großen Gebäuden versinken und deren Schatten in die Länge ziehen, bis es Nacht wurde.

Damians Stimme ertönte, etwas leiser als zuvor, um sicherzugehen, dass sie niemand hörte: »Wir sind gleich da.«

Als Antwort nickte Tian nur.

Sein Vater sah sich um, griff nach Tians Oberarm und zog ihn in den Schatten eines Baumes, aus dem Blickfeld der anderen Menschen.

»Was ...?«, wollte Tian schon fragen, er war es nicht gewohnt, dass Damian ihn anfasste.

Dieser gab ihn mit einer Handbewegung zu verstehen, leise zu sein. Dann raunte er: »Wir müssen jetzt unsichtbar werden!«

Mit dieser Anweisung verblasste Damian, Tian sah ihm zu, bis er nicht mehr zu sehen war. Das passierte innerhalb von weniger Sekunden. Weder Damian noch ein Kleidungsstück oder sein Aktenkoffer waren sichtbar.

»Auf was wartest du?«, hörte Tian die ungeduldige Stimme seines Vaters.

Er schloss er die Augen und spürte, wie sehr sein Herz gegen seine Brust pochte. Nun durfte er nicht versagen, er durfte auf nichts vergessen. Mit einer kurzen Handbewegung fuhr er sich über das Gesicht, um die Beunruhigung abzuschütteln. Er konzentrierte sich und versuchte die Aufregung auszublenden.

Ein paar Momente später öffnete er wieder die Augen. Er blickte an sich hinunter und ihm entfuhr ein erleichterter Seufzer, als er sich selbst nicht sehen konnte.

Damians Stimme ertönte: »Los komm, wir müssen uns beeilen!«

Tian zuckte zusammen, als etwas nach seinem Arm griff. Es musste sein Vater sein, der ihn nun vom Baum weg und geradewegs zum Eingang des nächsten Wohngebäudes zog. Während sie darauf zu schritten, ging die Tür von innen auf und zwei junge Frauen traten heraus. Tian stolperte, als sein Vater stärker an seinen Arm zog. Eilig zwängten sie sich durch den noch offenen Spalt, bevor die Tür zurück ins Schloss fiel.

Tian musste ein paar Mal blinzeln, bevor er sich an die Dunkelheit des dahinterliegenden Raumes gewöhnt hatte. Die Luft war feucht und kühl und roch modrig. Links und rechts waren zwei einfache, weiße Wohnungstüren, deren Farbe leicht abblätterte. Vor einer der Türen befand sich ein alter Fußabtreter, daneben lag ein Schuh, sichtlich zerkaut von einem Hund. Die Treppe, die nach oben führte, war eng und steil, das Geländer eisern und an einigen Stellen rostig.

Ein leises Klirren verriet, dass Damian auf den Anhänger seiner Kette blickte. Dann ließ er Tians Arm los und ging auf die Treppe zu, während Tian den Geräuschen seiner Schritte folgte.

Sie versuchten so leise wie möglich zu gehen, doch auf dem gefliesten Boden klackerten ihre Schuhe lauter als üblich und das Geräusch hallte im engen Treppenhaus wider.

Als sie im dritten Stockwerk ankamen, entdeckte Tian eine Wohnungstür, die nur angelehnt war. Bei genauerem Hinhören merkte er, dass dahinter jemand weinte. Den Schritten seines Vaters nach zu urteilen, ging er direkt darauf zu.

Eine unsichtbare Hand drückte die Tür sacht einen Spalt weit auf, dann ertönte kaum hörbar Damians Stimme: »Komm mit.«

Leise schlich Tian über den Flur auf die Tür zu. Kurz davor stieß er gegen seinen Vater. Dieser packte ihn am Oberarm, womöglich um sich zu vergewissern, dass er in der Wohnung bei ihm blieb.

Damian ging vor, ohne Tian loszulassen und sie zwängten sich durch den schmalen Türspalt.

In der Wohnung war es merklich heller als im Treppenhaus, einerseits lag das an den großen Fenstern, andererseits waren die Lampen trotz des Nachmittags eingeschaltet. Tian musste darauf achten, nicht gegen einen Garderobenständer zu stoßen, auf dem sich Jacken und Mäntel türmten. Gleich daneben befand sich ein Wohnbereich mit einem alten, geblümten Sofa, einer kleinen Kommode und einem Fernseher. Rund um den Couchtisch hatten sich sechs Menschen versammelt, manche von ihnen schluchzten, andere hatten geschwollene und gerötete Augen und sie alle standen mit hängenden Schultern da.

Damian zog Tian weiter durch die Wohnung, bis er plötzlich abrupt stoppte. Direkt vor ihnen ging eine Tür auf und eine Frau mittleren Alters trat aus dem Badezimmer. Gegen ihre Augen drückte sie ein feuchtes Taschentuch, ihre Nase war rot gefleckt. Sie fiel im Wohnzimmer einem Mann um den Hals und schluchzte gegen seine Schulter.

Unbeirrt ging Damian an ihnen vorbei, Tian hatte Mühe, ihm zu folgen. Einerseits wusste er nicht, wohin sie gingen, andererseits überforderte ihn die Situation. Er konnte den Blick kaum von den weinenden Angehörigen abwenden. Beim Anblick ihrer Niedergeschlagenheit verspürte er einen stechenden Schmerz in seiner Brust. Innerlich verspürte er den Drang, ihnen etwas Tröstliches sagen zu wollen, wusste aber nicht was. Davon abgesehen, dass ihm das nicht erlaubt war. Nichts konnte im Moment ihren Verlust lindern, nur die Zeit konnte helfen, damit umzugehen. Dieser Gedanke ließ Tian hilflos und unbedeutend fühlen.

Sein Vater zog ihn zu einer offenen Tür. Sie traten ein und Tian erkannte, dass sie sich in einem Schlafzimmer befanden. Die Deckenlampe mit einem pastellrosa Lampenschirm war eingeschaltet, die weißen Vorhänge mit zarten Stickereien waren zugezogen. Das kleine Zimmer war vollgestellt mit einem Doppelbett mit Nachttischen und einem breiten Kleiderschrank. Die karierte Bettdecke und die rosa-geblümte Tapete ließen den Raum altmodisch wirken.

Bevor Damian den Arm von Tian losließ, traten sie noch einen Schritt weiter in das Schlafzimmer hinein. Nun erblickte er auf dem Bett eine alte Frau mit grauen, kurzen Haaren. Sie lag auf dem Rücken und war bis auf den Kopf und die Arme zugedeckt. Durch die geschlossenen Augen und den entspannten Gesichtsausdruck schien es, als würde sie schlafen. Doch als Tian genauer hinsah, bemerkte er ihre blassen, eingefallenen Wangen und die kraftlosen Arme und Finger. Die Frau rührte sich nicht. Es war mucksmäuschenstill im Raum. Weder hörte Tian ihren Atem, noch senkte und hob sich ihre Brust. Die Frau war tot.

Es war das erste Mal, dass Tian eine Leiche sah. Mit zittrigen Händen griff er sich an die Brust, um seinen Herzschlag zu spüren. Eigentlich sollte es ihn nicht erschüttern, einen Toten zu sehen, schließlich war er ein Seelendiener.

Etwas weckte seine Aufmerksamkeit. Tian blickte sich um. Neben einem Nachttisch schwebte etwas Helles. Er konnte die Form nicht genau beschreiben, es erinnerte ihn an ein

Wollknäuel, aber auch an eine Seifenblase oder an Nebel. Es bewegte sich unaufhörlich und obwohl es strahlend hell war, erzeugte es kein Licht.

Tian hatte im Unterricht schon davon gehört und wusste deswegen sofort, dass es sich um die Seele der Frau handelte. Sie zog seinen Blick in den Bann, er konnte sich nicht mehr von ihr abwenden. Sie war wunderschön, unschuldig und hilflos. Seine Gedanken waren wie weggeblasen. Tian traute sich kaum zu blinzeln, als würde sie verschwinden, wenn er seine Augen nur für einen Moment schließen würde. Am liebsten wollte er hingehen und die Seele berühren, aber im Unterbewusstsein wurde er daran erinnert, dass er das nicht tun sollte.

»Die Seele hat sich schon losgelöst, das ist gut«, raunte Damian an Tians linker Seite. »Doch sie findet nicht ins Licht. Welchen Grund könnte es dafür geben?«

Ohne von der Seele wegzusehen, schluckte Tian schwer, bevor er flüsternd antworten konnte. Seine Stimme war belegt, er konnte kaum sprechen: »Vielleicht ...«, Tian musste sich leise räuspern. »Vielleicht hat die Frau sich noch nie mit dem Tod auseinandergesetzt. Oder ...« Er musste die passenden Worte zuerst in seinem Kopf zurechtlegen. »Sie war noch nicht bereit, zu sterben.«

Als Tian nicht weitersprach, fragte sein Vater: »Welchen weiteren Grund könnte es noch geben?«

Er erwartete eine bestimmte Antwort. Doch in Tians Kopf kreisten die möglichen Antworten vor sich hin und er konnte keinen davon fassen und laut aussprechen. Er brachte keinen Mucks hervor.

Als Damian das merkte, sagte er ungeduldig: »Eine weitere Vermutung, wieso die Seele nicht selbst ins Licht findet, ist, dass die Dame eine unerfüllte Lebensaufgabe hat. Das kann eine Sache sein, die sie sich erst kürzlich vorgenommen hat, oder ein Lebensziel, dass sie sich als junges Mädchen gesetzt und nie erreicht hat.«

Sein Vater wartete offensichtlich auf eine Reaktion von ihm, doch es kam keine. Tian hatte nur mit einem Ohr hingehört, stattdessen beobachtete er, wie sich die Seele sanft auf und ab bewegte.

»Nenne mir weitere Gründe, wieso eine Seele nicht selbst ins Licht geht«, sagte Damian streng, aber mit leisem Ton, damit ihn die Angehörigen nicht hörten.

Tian antwortete nicht, deswegen zischte sein Vater mahnend: »Bleib bei der Sache! Wir sind bei der Arbeit.«

Hörbar schluckte Tian. Die strengen Worte drangen in sein Ohr und pochten in seinem Kopf. Damian hatte recht, er war unkonzentriert, doch die Seele und ihre Schönheit waren unbeschreiblich. Mit der Hand fuhr sich Tian übers Gesicht und wandte sich zu der Stelle, an der sein Vater stehen musste.

»Mhm«, brachte Tian nur heraus.

Damian wiederholte ungeduldig: »Nenne mir weitere Gründe, wieso die Seele nicht ins Licht geht!«

Tian schloss kurz die Augen und dachte daran, dass er ihn nicht enttäuschen durfte. Er durfte bei der Arbeit keinen Fehler machen.

Langsam öffnete er seine Augen und flüsterte: »Wenn die Person noch nicht bereit war, zu sterben. Eine schwierige Angelegenheit, da braucht man viel Geduld und ...«

»Diesen Grund hast du schon gesagt«, unterbrach Damian ihn.

»Oh«, entfuhr es Tian. Er schüttelte abermals seinen Kopf, um seine Gedanken zur Ruhe zu bringen. Dann versuchte er mit gefestigtem Ton weiterzusprechen: »Der plötzliche Tod kann ein weiterer Grund sein, dass Seelen nicht ins Licht gehen. Beispielsweise ein abrupter Unfall, ein Autounfall.«

Sein Vater sagte nichts zu seiner Antwort. Tian wusste somit nicht, ob er weitersprechen sollte oder nicht. Schließlich entschied er sich dafür, abzuwarten.

Er spürte einen leichten Luftzug, als sein Vater an ihm

vorbeiging. Am Bettende blieb er stehen und legte seinen Aktenkoffer nieder. Der Abdruck zeichnete sich auf der Bettdecke ab und der Koffer wurde augenblicklich sichtbar, als Damian ihn für einen Moment losließ.

Tian drehte sich zur Tür und warf einen Blick ins Wohnzimmer zu den Angehörigen. Keiner machte Anstalten, ins Schlafzimmer zu kommen, dennoch blieb er stehen, um seinen Vater zu warnen, falls jemand eintreten sollte.

Mit unsichtbaren Händen öffnete Damian die Schnallen und hob den Deckel des Koffers. Tian reckte sich, um ins Innere sehen zu können. Neben einem Notizbuch und einem silbernen Stift befanden sich zwei Aluminiumdosen darin, sie ähnelten dicken Thermoskannen.

Die Stimme seines Vaters ertönte leise, Tian musste gut hinhören, um ihn zu verstehen: »Nun beginnt der wesentliche Teil unserer Arbeit. Pass gut auf!«

Damian ließ die Aluminiumdose sichtbar, damit Tian die Arbeit besser verfolgen konnte. Behutsam schraubte er den Deckel auf, bevor er ruhig sagte: »Keine hektischen, unvorhersehbaren Bewegungen. Ruhe bewahren. Behutsam vorgehen.« Er sprach, als würde er eine To-do-Liste durchgehen.

Die Aluminiumdose bewegte sich auf die Seele zu, die Öffnung ihr entgegengestreckt, bis der silberne Rand sie berührte. Tian hielt die Luft an und traute sich kaum zu blinzeln, um keinen wichtigen Augenblick zu verpassen. Damian ging besonders vorsichtig vor. Mit dem Deckel der Dose stupste er die Seele weiter in das Innere. Zuerst schwappte sie etwas über den Rand, bevor sie sich langsam durch die Öffnung in das Innere der Thermoskanne zwängte. Millimeter für Millimeter verschwand die Seele und es dauerte eine Weile, bis sie nicht mehr zu sehen war. Dann steckte Damian den Deckel darauf und schraubte sie zu.

Tian schnappte nach Luft und fragte: »Was jetzt?«

Sein Vater legte die Dose sanft in den Koffer und schloss ihn, bevor er antwortete: »Nun bringen wir die Seele ins Licht.«

Er schnappte sich den Griff des Aktenkoffers und ließ ihn gänzlich unsichtbar werden. Mit ein paar schnellen Handbewegungen strich er den Abdruck auf der Bettdecke glatt. Tian hörte, wie sein Vater auf ihn zuging. Wie vorhin griff er nach seinem Oberarm und zog ihn hinter sich aus dem Zimmer hinaus.

Tian warf einen letzten Blick auf die verstorbene Frau, bevor er im nächsten Moment einem Mann mit verweintem Gesicht auswich, der gerade in das Schlafzimmer schlurfte. Zügig zog Damian ihn hinter sich her. Tian hatte zu tun, mit seinen großen Schritten mitzuhalten und zusätzlich geräuschlos an den Angehörigen vorüberzugehen. Sie standen beieinander und trösteten sich. Somit bekamen sie nicht mit, wie Tian und sein Vater aus der Wohnung huschten.

Im Treppenhaus ließ Damian seinen Arm los und lief im nächsten Moment hörbar die Treppe hinunter. Tian folgte ihm ins Erdgeschoss. Vor der Eingangstür stieß er abermals gegen seinen Vater, der abrupt stehen geblieben war. Langsam drückte dieser die Türklinke nach unten. Er öffnete die Tür gerade so weit, dass er hindurch schlüpfen konnte. Nach ihm zwängte sich Tian nach draußen, dann stand er allein da.

Aufgrund des Straßenlärms hörte er die Schritte seines Vaters nicht mehr. Hilflos griff er um sich, doch er fasste ins Leere. Mit einem unauffälligen Räuspern versuchte er sich Damian zu erkennen zu geben, damit dieser wieder nach seinem Arm greifen konnte, aber nichts geschah. Tian wandte sich um seine eigene Achse und versuchte einen Hinweis auf seinen Vater zu bekommen. Weder wusste er, ob er sichtbar werden sollte, noch ob Damian schon auf den Weg nach Hause war. Tian kratzte sich am Kopf und schluckte schwer. Das wäre kein gutes Arbeitsende, wenn er bei der einfachen Aufgabe versagte, bei seinem Vater zu bleiben.

Er machte einen Schritt zur Seite und versuchte

herauszufinden, was er nun tun sollte. Abermals drehte er sich um seine eigene Achse, als er hinter dem Baum, an dem er und Damian vorhin unsichtbar geworden waren, eine Bewegung bemerkte. Er sah genauer hin und erkannte den Mantel und Aktenkoffer seines Vaters. Ohne weiter zu zögern, lief er darauf zu. Vielleicht hatte Damian noch nicht bemerkt, dass er abwesend war. Schnell stellte er sich hinter den Baumstamm und beeilte sich, sichtbar zu werden.

Als er aufblickte, gab ihm sein Vater mit einem Wink zu verstehen, dass sie sich nun auf dem Heimweg begeben würden. Er machte keine Anzeichen, dass er bemerkt hatte, dass Tian die letzte Minute nicht bei ihm gewesen war.

Sie traten hinter dem Baum hervor und gingen stumm denselben Weg zurück, auf dem sie gekommen waren.

Zu Hause angekommen, legte Damian zügig den gepflasterten Weg zur Veranda zurück und nahm zwei Stufen auf einmal, bevor er durch die Haustür marschierte. Schwungvoll legte er seinen Mantel ab und lief zur Treppe. An dessen Ende drehte er sich um und wartete auf Tian, der sich hastig aus seiner Jacke zwängte und anschließend seinem Vater folgte.

Oben angekommen ging Damian bis zum Ende des Flures, stellte den Aktenkoffer ab und sah nach vorne. Tian stellte sich zu ihm, wandte seinen Blick in dieselbe Richtung und betrachtete die Wand.

»Siehst du es?«, fragte sein Vater.

Die Wand war aus getäfeltem, dunklem Holz mit schwarzen Astlöchern. Tian kniff die Augen zusammen, konnte aber weder eine Besonderheit noch eine Unregelmäßigkeit erkennen. Deswegen schüttelte er als Antwort den Kopf.

Damian ging zurück zum Treppengeländer und zählte laut die Stäbe: »Eins, zwei, drei, vier, fünf und sechs.«

Beim sechsten Geländerstab blieb er stehen und griff danach. Vorsichtig rüttelte er daran, bis sich etwas löste und zog es hervor. Damian stellte sich wieder neben Tian und hielt ihm das

Etwas hin. Er nahm den Gegenstand entgegen und betrachtete ihn. Es war ein alter, schwarzer Schlüssel.

»Schau her«, forderte Damian und deutete zur Wand.

Tians Blick folgte der Handbewegung. Der Finger zeigte auf einen Punkt, der wie ein Astloch aussah. Er ging auf die Wand zu und führte den Schlüssel zum dunklen Fleck. Behutsam steckte er ihn hinein, der Schlüssel passte perfekt in das versteckte Türschloss.

»Drehe ihn einmal im Uhrzeigersinn!«, befahl Damian und Tian folgte der Anweisung.

Die Wandvertäfelung ging nach innen auf und er trat zur Seite, um seinem Vater den Vortritt zu lassen. Dieser nahm seinen Aktenkoffer in die Hand, drückte die Tür weiter auf und schritt in einen kleinen Raum. Als Tian hinter ihm eingetreten war, steckte Damian den Schlüssel in die Hosentasche und drückte die Wandvertäfelung wieder zu.

Tian hatte erwartet, dass es stockfinster sein würde, doch von oben drang Licht in das enge Zimmer. Vor sich erkannte er eine Leiter, die zu einer Deckenöffnung führte. Damian kletterte die Leiter hinauf und verschwand in der Öffnung.

Tian sah ihm zu und folgte ihm anschließend nach oben. Vorsichtig stellt er einen Fuß auf die erste Sprosse. Sie knackste leise, als er das andere Bein anhob und langsam nach oben kletterte. Unter seinen Fingern fühlte sich die Leiter alt und spröde an. Es würde ihn nicht wundern, würde eine Sprosse durchbrechen und er auf dem Boden landen. Mit jedem Schritt kam er der Öffnung näher und ein kühler Luftzug strömte ihm entgegen. Tian griff nach dem Ende der Leiter und zog sich hinauf.

Mit seinem Vater befand er sich nun direkt unter dem Dach. Der Betonboden unter Tians Schuhen war uneben und kleine Steinchen knirschten bei jedem Schritt. Zwischen den Giebelbalken hatten Spinnen ihre Netze gespannt und in einer Ecke standen mehrere verstaubte Kisten. Damian stellte seinen Aktenkoffer auf einen der beiden alten Stühlen ab. Sie waren zur

Mitte des Raumes gerichtet, zu einem leuchtenden Ring aus Stein. Dieser schimmerte in Weiß und war durchzogen mit einem violetten, marmorierten Muster, das sich zu bewegen schien. Vier Beine in derselben Art hielten ihn in Hüfthöhe.

»Das ist ein Animalux«, erklärte Damian. »Geh nicht zu nah ran. Setz dich lieber hin!«

Tian wandte seinen Blick vom Animalux ab und nahm auf einem der beiden Stühle Platz. Sein Vater öffnete den Aktenkoffer. Vorsichtig hob er die Aluminiumdose mit der Seele heraus.

Er wiegte sie in seinen Händen, als er sprach: »Ich werde nun die Seele ins Licht bringen. Du bleibst bitte die ganze Zeit sitzen.«

Tian nickte. Schwungvoll drehte sich Damian um und schritt zum Animalux. Er schraubte den Deckel ab und schüttelte die Seele in den marmorierten Reifen. Langsam bewegte sie sich aus dem Behälter. Als Tian sie erblickte, war er erneut von ihrer Schönheit ergriffen.

Sein Vater schraubte den Deckel auf die Aluminiumdose, verstaute sie im Aktenkoffer und setzte sich aufrecht auf den freien Stuhl.

»Nun heißt es warten«, raunte er.

Das machte Tian nichts aus, denn das Betrachten der Bewegungen der Seele wirkten beruhigend. Sie schwebte ein paar Zentimeter über dem Reifen sanft auf und ab. Tian könnte sie stundenlang beobachten.

Doch im Animalux bewegte sich etwas, das Licht, das davon ausging, wurde heller und gleichzeitig füllte sich der Reifen mit einem warmen, wohligen Leuchten, das immer größer und dichter wurde. Tian konnte sich nicht entscheiden, ob er die Seele weiter beobachten sollte oder ob ihn das Verändern des Animalux mehr erstaunte.

Das Leuchten breitete sich nach und nach über den Reifen hinweg aus, berührte die Seele und hüllte diese sanft ein. Nun breitete sich das Licht rasend schnell aus und erfasste den ganzen Dachboden und drang in alle Ritzen. Es war sehr hell und trotzdem blendete es nicht.

Tian fühlte sich so geborgen wie noch nie in seinem Leben, obwohl er nur weiß sehen konnte. Er roch nichts, hörte nichts, schmeckte nichts und spürte nichts. Doch im Inneren fühlte er sich wohl und zufrieden. Seine Mundwinkel zogen nach oben und ein Lächeln breitete sich über sein ganzes Gesicht aus. Er wollte jubeln, tanzen und laut lachen, er wollte alles auf einmal machen und nichts schien ihm mehr unmöglich. Ein Gefühl der absoluten Freiheit überkam ihn, er fühlte sich sicher und geliebt.

Und mit einem Schlag waren das Licht und die euphorischen Gefühle weg. Zurück blieben Tian, Damian und der dunkle Dachboden, die Seele war verschwunden.

Tian

»Geht es dir gut?«, fragte Dora Kiara nach der Pause.

Tian spitzte die Ohren. Kiaras Gesicht war blass, ihre Augen wirkten müde und sie hatte einen dicken Cardigan fest um sich geschlungen.

Sie setzte ein Lächeln auf und meinte: »Klar, hab nur schlecht geschlafen. Vielleicht bekomme ich eine Verkühlung. Letztens war es so kalt am Abend und ich habe am Balkon gelernt, das war wohl keine gute Idee.«

Dann lachte sie übertrieben laut auf. Daraufhin drehten sich ein paar Mitschüler zu ihr um und musterten sie mit hochgezogenen Augenbrauen, sagten aber nichts.

Auch Dora nickte nur und ging zu ihrem Platz, doch ihr Gesichtsausdruck verriet, dass sie Kiara nicht glaubte. Als sie sich auf ihren Sitzplatz in der letzten Reihe niederließ, wandte sie sich sofort an ihre beste Freundin Shari.

Zwar sprach sie leise, dennoch konnte Tian ihre Worte verstehen: »Kiara meint, sie wird krank. Ich glaube ihr das nicht. Sie hat mir kaum in die Augen sehen können, als ich mit ihr geredet habe.«

Shari raunte zurück: »Stimmt, da ist sicher was faul, in letzter Zeit benimmt sie sich öfter eigenartig.«

Ihre Freundin nickte. »Hast du letztens beim Test auch bemerkt, wie sie nicht still sitzen bleiben konnte?«

»Ja, sie ist auf ihrem Platz die ganze Zeit hin und her gerutscht. Es war so auffällig, ich habe mich kaum auf mich konzentrieren können.«

»Da ist es ihr eindeutig nicht gut gegangen.«

Shari warf einen Seitenblick auf Kiara, bevor sie erwiderte: »Schon im letzten Jahr ist mir aufgefallen, dass ihre Noten immer schlechter geworden sind. Sie tut immer so, als wäre es ihr egal, doch dann lacht sie so übertrieben laut und lenkt gleich ab. Das kaufe ich ihr nicht ab.«

»Und heute bekommen wir den Geschichtetest zurück, das weiß auch sie. Ich glaube, dass sie Prüfungsangst hat, es aber nicht zugeben will.«

»Ganz sicher, wieso sonst sollte sie sich so komisch verhalten?«, meinte Shari.

Die beiden nickten sich zu.

Tian beobachtete Kiara von hinten. Obwohl Nele und Steve neben ihr in ein Gespräch vertieft waren, beteiligte sie sich nicht daran. Untypisch für sie saß sie stumm und mit gebückter Haltung an ihrem Platz und zuckte unaufhörlich mit ihrem Bein. Für die Mitschüler mochte es wohl so wirken, als wäre sie nervös, doch Tian vermutete, dass sie zu kämpfen hatte, ihr Unwohlsein zu verbergen. Sie schlug ihren Cardigan fester um ihren Bauch und fuhr sich vergeblich über die Wangen, um etwas Röte in ihr Gesicht zu bekommen.

Nele und Steve tauschten fragende Blicke aus, bevor Steve sich zu Kiara wandte. Behutsam legte er ihr eine Hand auf die Schulter und flüsterte ihr ins Ohr: »Hey Kiki, ist wirklich alles okay?«

Kiara fuhr herum, schüttelte seine Hand ab und zischte leise: »Das fragst du mich schon zum fünften Mal. Und zum fünften Mal ist meine Antwort: Ja!«

Dann wandte sie sich sofort ab.

»Du ...«, wollte Steve weitersprechen.

»Alles gut!«, unterbrach ihn Kiara und warf ihm einen warnenden Blick zu.

Vergeblich seufzte er und sie drehte sich wieder von ihm weg. Abermals tauschten Nele und Steve Blicke aus und zuckten ratlos mit den Schultern. Als die Klassenzimmertür aufging und die Geschichtslehrerin eintrat, wandte sich Steve ab.

Mit klackernden Stöckelschuhen schritt Frau Nakamura auf

das Lehrerpult zu, während die Tür hinter ihr ins Schloss fiel. Die Schüler mochten sie, sie trat immer mit einem breiten Lächeln in die Klasse ein und war stets bemüht, den langwierigen Geschichtestoff abwechslungsreich zu gestalten.

Dieses Mal holte sie zuerst einen Stapel Zettel aus ihrer Tasche und legte sie vor sich auf den Tisch, während sie wartete, dass Ruhe einkehrte.

Dann begann sie zu sprechen: »Ich werde euch gleich zu Beginn den Geschichtetest von letzter Woche zurückgeben.« Dabei deutete sie auf den Stapel vor sich. »Was soll ich sagen? Er ist sehr durchwachsen ausgefallen. Es gibt einige von euch, die haben sehr gut abgeschnitten und andere, die sehr wenige Fragen richtig beantworten konnten. Dabei habe ich gedacht, dass wir die Zwischenkriegszeit gut besprochen haben?« Frau Nakamura blickte fragend in die Runde.

Kiara senkte bei den Worten ihren Kopf. Aus dem Augenwinkel bemerkte Tian, wie sich Dora und Shari einen vielsagenden Blick zuwarfen. Kurz beugten sie ihre Köpfe zusammen und flüsterten sich etwas zu, bevor sie ihre Aufmerksamkeit wieder Frau Nakamura zuwandten. Diese begann gerade damit, die Tests auszuteilen und gab den Schülern kurze Kommentare zu ihren Leistungen.

Als sie Nele den Zettel auf den Tisch legte, meinte sie: »Gut gemacht.« Dann ging sie weiter.

Nele hob das Blatt an und ein Lächeln breitete sich auf ihrem Gesicht aus. Verstohlen warf Tian einen Blick darauf, ihr fehlten nur vier Punkte von zwanzig. Auch Steve drehte sich zu ihr um.

»Ich glaube, so gut war ich noch nie«, sagte Nele freudig und Steve gratulierte ihr. »Wie siehts bei dir aus?«

»Na ja«, antworte er und zuckte gleichgültig mit den Schultern, »wie immer eine Vier.«

Gleichzeitig blickten die beiden zu Kiara, als Frau Nakamura auf ihren Platz zuging. Die Lehrerin legte den Test hin und meinte mit gesenkter Stimme: »Falls dir der Unterrichtsstoff unklar ist, kannst du dich jederzeit bei mir melden und ich beantworte deine Fragen.«

Kiara zeigte keine Reaktion auf die Worte ihrer Lehrerin. Ohne den Kopf zu heben, schnappte sie den Zettel und stopfte ihn in ihre Tasche. Ob sie überhaupt einen Blick darauf geworfen hatte, konnte Tian nicht sagen, doch Steve drehte sich zu Nele und schnitt eine Grimasse. Offensichtlich hatte er das Blatt und die Punkteanzahl gesehen. Heimlich hob er zwei Finger zu Nele, die daraufhin mitleidig das Gesicht verzog.

Frau Nakamura schritt auf Tian zu und sagte, als sie ihm seinen Zettel überreichte: »Wie immer, ohne Worte.«

Er hatte alle Punkte erreicht. Darüber war er nicht überrascht, wäre es anders gewesen, hätte er sich Gedanken gemacht.

Noch bevor Tian den Test wegpacken konnte, beugte sich Nele neugierig zu ihm. Ihr Kopf berührte dabei fast seine Schulter, als sie auf das Blatt sah. Verwundert riss sie die Augen auf und blickte zwischen Tian und den Zettel hin und her.

»Du hast alles richtig?«, fragte sie erstaunt.

Er wollte den Test wegräumen, aber Nele war schneller und schnappte ihn sich. Immer noch mit großen Augen überflog sie die Antworten, bevor sie ihn an Tian zurückreichte.

»Freust du dich nicht?«, fragte sie und musterte ihn.

Wie immer saß er aufrecht an seinem Platz und verzog keine Miene.

Er wandte sich ihr zu und meinte: »Doch.«

Fragend hob sie die Augenbrauen, sie wartete wohl auf eine längere Antwort, aber er wusste nicht, was er noch sagen sollte. Natürlich war er froh, wieder gut bei einer Prüfung abgeschnitten zu haben, doch er war nicht der Typ, der das seinen Mitschülern erzählte. Das hatte er noch nie getan, deswegen war Nele wohl über seine volle Punkteanzahl überrascht. Tian war sich sicher, dass seine anderen Klassenkameraden ebenfalls keine Ahnung hatten, dass er bei allen Prüfungen der

Klassenbeste war.

»Aber?«, fragte sie.

»Kein Aber«, antwortete er und zuckte mit den Schultern.

Nele stützte ihr Kinn auf der Hand ab und betrachtete ihn. Ihr Blick war nachdenklich und durchdringend, er machte Tian nervös. Dennoch konnte er sich nicht von ihr abwenden.

»Wahrscheinlich hast du immer gute Noten, stimmts?«, erriet Nele.

Er konnte nur nicken.

»Und es fällt niemandem auf, weil du nie etwas sagst«, meinte sie weiter.

Wieder nickte er.

Sie schmunzelte und meinte belustigt: »Das ist gut, dann brauch ich nächstes Mal nichts mehr lernen und kann bei dir abschreiben.«

Als sie lachte, hob sie ihren Kopf und ihre Blicke lösten sich voneinander. Schnell sah Tian zur Seite und versuchte, nicht rot zu werden.

»War nur Spaß«, meinte Nele, die seine Reaktion nicht deuten konnte.

Tian nickte und meinte: »Ich weiß.« Er wandte sich wieder ihr zu. »Du kannst aber trotzdem abschreiben.« Dabei zuckte er mit den Schultern, um ihr zu zeigen, dass er auf ihren Witz einging.

»Und du verpfeifst mich nicht?«, fragte Nele und hob belustigt eine Augenbraue.

»Na ja, solange du immer einen Punkt weniger hast als ich, nicht«, meinte er.

»Abgemacht«, sagte sie mit einem breiten Schmunzeln und hielt ihm die Hand hin.

Tian zögerte kurz und betrachtete den entgegengestreckten Arm. Am Handgelenk baumelte eine goldene Kette mit vielen kleinen Steinen und die Fingernägel waren pastellgrün gestrichen.

Neles Offenheit ihm gegenüber verunsicherte ihn. Sie verwickelte ihn in längere Gespräche über Themen, die nicht unbedingt besprochen werden mussten. Außerdem konnte er sich nicht daran erinnern, wann er das letzte Mal mit einer anderen Person gewitzelt hatte. Vielleicht war es mit Ava gewesen, wenn sie versucht hatte, ihn zu necken.

Doch obwohl Nele viele Fragen in ihm aufwarf, hatte er nicht das Bedürfnis, sich von ihr zurückzuziehen, wie er es sonst bei seinen Klassenkameraden getan hatte. Manchmal ertappte er sich sogar dabei, wie er es genoss, länger als nötig mit ihr zu sprechen.

Aber als sie ihm die Hand entgegenstreckte, brauchte er einen Moment, um zu überlegen. Allein der Gedanke daran, Nele zu berühren, ließ ihn zurückschrecken. Er gab anderen Menschen lediglich die Hand, um sie zu begrüßen, und das tat er auch nur, wenn ein einfaches Kopfnicken zu unpassend wäre.

Neles Arm zuckte kaum merklich und Tian wurde bewusst, dass sie sein Zögern bemerkt hatte. Also überwand er sich, streckte seine Hand aus und schüttelte Neles, bevor er weiter darüber nachdenken konnte.

»Abgemacht«, sagte er.

Seine Gedanken schwirrten im Kopf. Hatte er nicht kurz zuvor noch gemeint, dass er anderen die Hand nicht gab? Und im nächsten Augenblick hatte er Neles geschüttelt.

Während er wegen sich selbst verwirrt war, spürte er die Wärme von Neles Hand. Sanft und doch entschlossen hielt sie seine fest und er fragte sich, ob er ihre zu verkrampft schüttelte.

»Nele und Tian«, ertönte Frau Nakamuras Stimme und augenblicklich ließen sie sich los und wandten sich nach vorne.

Die Lehrerin stand bereits vorne am Lehrerpult und sagte streng: »Ruhe bitte, ich fahre nun mit dem Unterricht fort.«

Nele nickte ihr zu, während Tian sich aufrichtete und seine Hände unter die Oberschenkel schob. Er wagte es nicht, Nele einen weiteren Blick zuzuwerfen.

Aus dem Augenwinkel bemerkte er die fragenden Gesichter der anderen Schüler, insbesondere von Kiara und Steve, die nun bemerkt hatten, dass sie sich unterhalten hatten. Bei Nele war es nicht verwunderlich, doch alle kannten Tian gut genug, um zu wissen, dass sie mit ihm kein Gespräch führen konnten.

Während er versuchte, seinen neutralen Gesichtsausdruck beizubehalten, nicht rot zu werden und seine Aufmerksamkeit dennoch beim Geschichtsunterricht zu lassen, wandten sich nach und nach die anderen Klassenkollegen wieder um.

Frau Nakamura schritt zur Tafel, nahm eine Kreide in die Hand und begann zu schreiben. Im selben Moment kramten die Schüler ihre Stifte hervor und öffneten die Hefte. Tian tat es ihnen gleich und drehte sich ein klein wenig zu Nele, ohne sie direkt anzusehen, um sich zu vergewissern, dass sie etwas zum Schreiben hatte.

Sie bemerkte seine Bewegung und flüsterte: »Darf ich ...?«

Im selben Moment hielt er ihr einen Kugelschreiber hin.

Nele lächelte. »Danke.«

Tian

Zuerst fühlte Tian den Luftzug an seinen Füßen, dieser wanderte über seine Beine hinauf, hüllte seinen Bauch, die Brust und die Arme ein, bevor der Wind, den nur er spüren konnte, über seinen Kopf schwappte.

Eine Stunde zuvor waren Coletta und Tian in das Arbeitszimmer ihres Vaters gegangen. Er hatte sie zu sich gerufen, um weiter die Teleportation zu üben. Mit der Zeit wurde es immer besser, doch bisher war es weder Tian noch Coletta gelungen, bis in den Kreidekreis, den der Vater jedes Mal aufs Neue auf dem Boden aufmalte, zu teleportieren.

Dennoch hatten sie in den letzten Unterrichtseinheiten Fortschritte gemacht. Ein paar Tage nach der ersten Teleportationsstunde hatte es schließlich auch Coletta geschafft, sich gänzlich in Nebel aufzulösen und ein kleines Stück weiter vorne wieder aufzutauchen. Trotzdem war sie offensichtlich nicht mit sich zufrieden gewesen. Mürrisch hatte sie ihre Zähne zusammengebissen und einen kontrollierenden Blick auf Tian geworfen. Somit vermutete er, dass sie sich das Ziel vorgenommen hatte, es vor ihm in den Kreidekreis zu schaffen. Vor etwa einer halben Stunde war es ihr gelungen, ungefähr einen Meter weit zu teleportieren. Doch auch Tian hatte es geschafft.

Nun wurde der Wind immer stärker. Er genoss den Moment, denn er wusste, jede Sekunde konnte es so weit sein, dass er seine ganze Aufmerksamkeit auf die Schlüsselstelle legen musste. Im selben Augenblick blieb ihm die Luft weg, sofort lenkte er seine Konzentration auf den Kreidekreis und dachte ganz intensiv daran, während er einen Schritt vortrat.

Als er den Boden nicht mehr unter seinen Füßen spürte, atmete er erleichtert die wiedergekehrte Luft ein und sah sich um.

Während Damian in seine Richtung blickte, bekam Coletta nichts von ihm mit. Sie war darauf konzentriert, selbst zu teleportieren.

Ein Sog drückte Tian in Richtung des Kreidekreises und während er seine volle Aufmerksamkeit darauf richtete, gab er dem Ziehen nach. Sofort riss es ihn nach vorne. Das passierte so schnell, dass er gar nicht mitdenken konnte. Keinen Moment später fand er sich in der Luft über dem Kreis wieder. Tian hielt inne, er hatte es geschafft.

»Verwandle dich zurück«, hörte er die Stimme seines Vaters. Tian war sich sicher, dass Damian gerade nur seinen grau-blauen Nebel sehen konnte.

Also folgte er der Anweisung seines Vaters und ließ die Anspannung, die ihn innerlich durchzog, los. Tian fühlte regelrecht, wie sich der Nebel auflöste und spürte zuerst den Boden unter seinen Füßen, bevor sich der Jeansstoff und der Pullover gegen seinen Körper drückten.

Mit einem Schlag verschwand die restliche Anspannung und Tian geriet ins Taumeln. Er wankte einen Moment, fing sich wieder und atmete einmal durch, bevor er an sich hinunterblickte. Er war nicht nur gänzlich sichtbar, er bemerkte auch, dass er es genau in die Mitte des Kreidekreises geschafft hatte. Ein kleines, erleichtertes Lächeln konnte er sich nicht verkneifen, als er zu seinem Vater sah.

Damian beäugte sein Schmunzeln kritisch, doch er nickte anschließend anerkennend. Er nahm Tians Notizbuch zur Hand und schrieb den Fortschritt nieder.

Dann sagte er: »Nun hast du den Dreh raus, in der nächsten Unterrichtsstunde können wir die Distanz des Teleportierens erweitern.«

Schließlich legte er das Buch gemeinsam mit Colettas in die Schreibtischlade.

Tian wandte sich zu seiner Schwester um und bemerkte, dass sie nicht mehr in ihre Teleportation vertieft war. Sie hatte wohl mitbekommen, dass er es in den Kreidekreis geschafft hatte, und konnte sich nicht mehr auf sich selbst konzentrieren. Doch ob sie das ärgerte, konnte Tian nicht erkennen, denn sie stand steif und mit gefestigter Miene da, mied aber seinen Blick.

»Wir beenden den Unterricht für heute«, verkündete Damian. »Coletta, bitte wisch den Kreidekreis auf dem Boden weg und rücke den Teppich zurecht.«

Ohne etwas zu erwidern, drehte sie sich um und ging aus dem Büro, um ein Tuch zu holen.

Damian ließ sich auf dem Lederstuhl nieder und meinte zu Tian gewandt: »Gib bitte Ava Bescheid, dass sie zum Unterricht kommen soll.«

Er nickte und verließ das Arbeitszimmer. Während Tian die Treppe hochstieg, breitete sich ein Lächeln über sein ganzes Gesicht aus. Er war stolz, die Teleportation so gut gemeistert zu haben. Zusätzlich fühlte er sich nicht mehr so erschöpft wie nach den ersten Versuchen.

Im Flur ging er an seinem und Colettas Zimmer vorbei nach hinten zu Avas. Dort klopfte er an die Tür und wartete auf eine Antwort.

Ava

»Ja?«, sagte Ava.

Tian drückte ihre Schlafzimmertür auf und schob gleichzeitig ein paar Bücher mit, die dahinter lagen. Das war immer so, Ava ließ in ihrem Zimmer ihre Sachen genau dort fallen, wo sie sich im Moment befand. Der Boden war übersät mit Kleidungsstücken, Zeitschriften, Büchern und Verpackungen von Süßigkeiten. In der Ecke beim Fenster standen Blumentöpfe. In ein paar wuchsen Pflanzen, in anderen sammelte sie Perlen, Knöpfe und Steine und die restlichen waren leer. Auf ihrem Schreibtisch stapelten sich Schulhefte, Parfümfläschchen und leere Tassen.

Ava lag auf ihrem Bett, um sie herum hatte sie ihre Hausaufgaben ausgebreitet. Gerade kritzelte sie in ihr Englischbuch.

»Was los?«, fragte sie Tian.

Er wich einem Planetenmobile aus, das von der Decke hing und das sie in der Volksschule gebastelt hatte.

»Vater will dich im Arbeitszimmer sehen«, sagte er.

Ava konnte es sich nicht verkneifen, die Augen zu verdrehen. Für eine Unterrichtseinheit bei ihrem Vater hatte sie im Moment keine Zeit. Sie wollte noch schnell ihre Hausaufgaben erledigen und danach hatte sie Franzi versprochen, sich mit ihr zu treffen.

»Wann?«, fragte sie und hoffte, dass Damian sie erst am Abend sehen wollte.

»Jetzt«, meinte Tian und machte sich auf den Weg aus dem Zimmer, während Ava schwer seufzte.

Es hatte keinen Zweck, ihren Vater zu fragen, ob sie später lernen könnten. Er würde wissen, dass sie sich mit Franzi treffen wollte, und den Unterricht extra in die Länge ziehen. Also war es das Beste, schnell ins Arbeitszimmer zu laufen, um keine Zeit zu verlieren. Sie würde viel mitarbeiten, aber auch nervige Fragen stellen, damit ihr Vater keinen Verdacht schöpfen konnte und von selbst den Unterricht bald beenden würde.

Ava folgte Tian aus ihrem Zimmer und fragte: »Wie war eure Übungsstunde?«

»Gut«, antwortete er. »Ich habe es zum ersten Mal geschafft, in den Kreis zu teleportieren.«

»Oha«, meinte Ava beeindruckt. »Coletta auch?«

Tian schüttelte den Kopf und Ava zog eine Grimasse, als sie neckend sagte: »Auweia, da wird das Abendessen später sauer.«

Vor seiner Zimmertür drehte sich Tian nochmals zu Ava um und meinte nur: »Zieh sie nicht damit auf.«

Verwundert blickte sie zu ihm und fragte: »Was denn? Ist doch so.«

Ohne ein weiteres Wort verschwand er in seinem Zimmer.

Ava zuckte nur mit den Schultern. Manchmal, fand sie, sah ihre Familie alles zu eng. Damian, der durch seine Strenge schon ganz versteift war, Aislinn, die immer recht hatte, Tian, der keiner Fliege was zuleide tun konnte, Coletta, die immer mürrisch war, wenn jemand etwas besser konnte und Runa, die nie etwas sagte. Ihrer Meinung nach waren sie alle zu sehr auf die Arbeit der Seelendiener fokussiert. Für Ava war es ebenfalls wichtig, doch sie sah die ganze Sache lockerer. Wieso durfte sie nicht mit anderen Menschen befreundet sein? Wieso wurde nur das Nötige gesprochen? Wieso wurden so wenig Witze erzählt?

Ava atmete tief ein und aus. Genau diese Einstellung benötigte sie nun für den Unterricht mit ihrem Vater. Etwas Provokation, um seine Ungeduld zu reizen, damit auch er so früh wie möglich aus dem Arbeitszimmer verschwinden wollte.

Sie lief die Treppe ins Erdgeschoss hinunter und flitzte zum Büro, um keine Zeit zu verlieren. Als sie hineinsauste, stieß sie mit Coletta zusammen. In der Hand hielt sie ein Tuch mit

Kreidestaub. Als sie zusammenkrachten, biss Coletta verärgert die Zähne zusammen, lockerte aber sofort ihr Kiefer, um gefasst zu wirken. Sie zwängte sich, ohne etwas zu sagen, an Ava vorbei aus dem Arbeitszimmer und schloss die Tür hinter sich.

Ava drehte sich um und entdeckte ihren Vater, der bereits am Schreibtisch saß und auf sie wartete. Er deutete auf einen Stuhl, um ihr zu signalisieren, dass sie sich setzen sollte. Hüpfend ging sie darauf zu, ließ sich darauf nieder und machte es sich gemütlich. Sie zog die Beine zur Sitzfläche hinauf und bemerkte, wie erwünscht, dass Damian ihr deswegen einen warnenden Blick zuwarf. Konsequent ignorierte sie das und sah ihm stattdessen erwartungsvoll entgegen.

Einen Moment lang schaute Damian sie weiterhin streng an, bis er merkte, dass es nichts brachte. Er griff nach einem Buch auf seinem Schreibtisch, dass er nun für den Unterricht benötigte und öffnete den Mund, um etwas zu sagen.

Darauf hatte Ava gewartet und kam ihm zuvor: »Was machen wir denn heute?«

Damian schloss überrumpelt den Mund, nur um ihn kurz darauf wieder zu öffnen. »Wir führen den vorherigen Unterricht fort. Wir haben über die Aufgaben des Ministeriums gesprochen.«

Ava nickte. Schon beim letzten Mal war das ein sehr langwieriges Thema gewesen, es war schwer, dazu provokante Fragen zu stellen. Nur mit halbem Ohr hatte sie dem Monolog ihres Vaters gelauscht und absichtlich den Kopf ein kleines bisschen nach links geneigt, weil sie einmal gelesen hatte, das würde kritisches Interesse signalisieren.

»Wo sind wir stehen geblieben?«, sagte Damian mehr zu sich selbst und warf einen Blick in Avas Notizbuch. »Wir haben besprochen ...«

»... mit welchen hochmodernen Technologien das Ministerium arbeitet, um Seelen zu finden, und wie diese Informationen schließlich die Ketten der Seelendiener erreichen«, unterbrach Ava und sah gelangweilt hoch zur Decke.

Ihr Vater war wohl sehr interessiert an dem Thema, ansonsten hätte er nicht bis ins kleinste Detail erklärt, wie hochkomplex und ausgereift diese Technologien waren.

Damian konnte nur verkrampft nicken. Ava wusste, dass er es nicht ausstehen konnte, unterbrochen zu werden. Und er mochte es nicht, wenn sie ihre Langeweile offen zeigte. Deswegen gähnte sie nun herzhaft.

Doch Damian ließ sich nicht beirren und fragte: »Und weiter?«

Nun atmete Ava laut aus, bevor sie sprach: »Na ja, dann war der Unterricht schon fast um. Du hast angefangen zu erklären, welche weiteren Aufgaben Seelendiener haben, die im Ministerium arbeiten. Da gibts die einen, die die Gesetze beschließen, die einen, die aufpassen, dass jeder sie einhält und andere, die entscheiden, ob die Gesetze passen und die Strafen für die Regelbrecher beschließen.«

»Nenne dazu die Fachbegriffe«, erinnerte Damian sie.

»Die Legislative macht die Gesetze, die Exekutive kontrolliert und die Judikative ist der Richter«, sagte Ava auf und grinste danach ihrem Vater ins Gesicht, da sie sich trotz ihrer nicht vorhandenen Motivation die Begriffe gemerkt hatte. Ironisch fuhr sie fort: »Wie bei der Gewaltenteilung der normalen Menschen.«

Sie betonte den Satz extra provokant. Damian hatte ihn im letzten Unterricht gesagt und sie hatten eine kurze Diskussion darüber, was normal sei und was nicht.

Er ignorierte ihre letzten Worte und meinte: »Dann fahren wir fort. Die Gesetze und Regeln haben wir bereits vor ein paar Monaten ausführlich besprochen, doch nun stellt sich die Frage, wie diese beschlossen werden.«

Während Damian sprach, lehnte sich Ava zurück und verschränkte die Arme. Sie warf einen Blick auf die Pendeluhr und sah, dass es bereits vier Uhr war. Franzi würde jederzeit bei ihrem gemeinsamen Treffpunkt der Parkbank auftauchen. Ava hoffte, dass ihre Freundin auf sie warten würde.

Während ihr Vater ununterbrochen über die Gesetzgebung sprach, zählte sie die Sekunden, die die Pendeluhr mit ihrem Ticken vorgab. Schließlich leitete er das Thema zur Exekutive über und Ava horchte auf. Vielleicht war nun die Chance, Damian zur Weißglut zu bringen.

»Regel- und Gesetzesverstöße werden von der Exekutive aufgenommen. Immer wieder gibt es unangekündigte Kontrollen und auch Anzeigen von aufmerksamen Seelendienern helfen bei der Erfassung. Kleine Verstöße werden von der Exekutive sofort bestraft. Handelt es sich um einen schweren Regelbruch, entscheidet die Judikative über das Strafausmaß«, erläuterte Damian.

»Wie schauen solche Strafen aus?«, fragte Ava und suchte nach einer Gelegenheit, eine provokante Aussage einzuwerfen.

»Bei leichten Verstößen, wie wenn beispielsweise ein Seelendiener unachtsam teleportiert, bekommt man eine Verwarnung. Bei mehrmaligem Missachten gibt es eine Geldstrafe und einen Kurs zur Auffrischung der Regeln«, erklärte er. »Bei schweren Verstößen reicht die Bestrafung von einer Geldstrafe bis zur Todesstrafe.«

Ava schluckte.

Damian merkte ihr Zögern und nutzte die Gelegenheit, um sie zu belehren: »Halte dir deswegen die Regeln immer vor Augen. Ich weiß, dass du deine Freiheiten brauchst, aber deine Freundschaft mit diesem Mädchen ist ein großes Risiko.«

Genervt schüttelte sie den Kopf. Sie hasste es, wenn ihre Eltern Franzi nicht beim Namen nannten, als wäre sie irgendein Ungeziefer.

»Ich habe dir und Mutter schon so oft gesagt, dass ich Franzi nichts von unseren Fähigkeiten erzähle!«, rief sie empört.

»Und wir haben dir schon oft gesagt, dass es nicht darum geht!«, entgegnete Damian und baute sich hinter dem

Schreibtisch auf. »Sie braucht nur einmal unangekündigt zu uns nach Hause kommen ...«

»Sie kommt nie hierher«, warf sie ein.

Doch er sprach unbeirrt weiter: »... oder dir rutscht einmal ein falsches Wort heraus.«

Ava wollte widersprechen, aber er unterbrach sie: »Sag ja nicht, dass dir so etwas nie passiert!«

Sie presste verärgert die Lippen aufeinander. Selbst wenn sie sich einmal versprechen würde, Franzi würde sie nicht bloßstellen. Sie stand immer hinter ihr und würde nie etwas tun, das ihr schaden könnte, da war Ava sich sicher. Doch sie konnte das ihrem Vater nicht sagen, er würde es nicht verstehen und anschließend alles dafür tun, dass sie ihre Freundin nie wiedersehen würde.

»Welchen Sinn hat es, dass du das Mädchen triffst? Weder ist sie besonders schlau, dass du dadurch Vorteile in der Schule hättest, noch hat sie einen außergewöhnlichen Ruf.«

»Sie ist meine Freundin, sie ist für mich da«, fauchte Ava.

Damian machte eine große Handbewegung. »Dafür hast du eine Familie. Die Familie ist für dich da.«

»Ach, wirklich? Wenn es euch mehr als nur einen Dreck angehen würde, was mir wichtig ist, würdet ihr mir nicht verbieten, mich mit Franzi zu treffen!«

»Sprich nicht so unangemessen! Da sehe ich bereits den schlechten Einfluss dieses Mädchens.«

»Wie ich spreche, hat nichts mit Franzi zu tun.«

Ihr Vater schüttelte den Kopf. »Bevor du sie kennengelernt hast, warst du nicht so unausstehlich.«

»Unausstehlich?«, rief Ava ihm empört entgegen.

Er erklärte seine Worte: »Ganz egal worüber wir sprechen, immer musst du dagegenreden und provozieren. Dein Verhalten ist unangemessen und frech. Wenn du so weiter machst, trittst du von einem Fettnäpfchen in das nächste und schneller als du denken kannst, steht die Exekutive vor deiner Tür.«

Ava schnaubte empört. Ihrer Meinung nach tat sie nichts Verbotenes, die Angst ihrer Eltern war irrational. Gerade wollte sie noch etwas erwidern, da unterbrach Damian sie mit einer energischen Handbewegung.

»Denk darüber nach«, betonte er mit strengem Blick. Er machte eine Pause, bevor er meinte: »Lass uns mit dem Unterricht fortfahren.«

Doch Ava dachte nicht daran. Vor Wut wurde ihr Gesicht knallrot und ihr Atem stockte. Sie hatte es satt, weiterhin mit ihrem Vater in einem Raum zu sitzen. Anstatt hier zu sein und sich abermals eine Moralpredigt anhören zu müssen, könnte sie bei Franzi sein, die nie versucht hatte, etwas an ihr zu ändern.

Sie öffnete den Mund und sagte süßlich: »Arbeitet nicht dein Bruder im Ministerium?«

Damian hielt auf der Stelle inne, damit hatte sie ihn getroffen. Seine Familie anzusprechen, von der sie kaum etwas wusste, außer dass Damian seit Jahren keinen Kontakt zu ihr wollte, war nicht fair. Ihr war das bewusst und ansonsten umgingen sie und ihre Geschwister das Thema. Doch sie war in Gedanken bei Franzi und musste jede Gelegenheit nutzen, um vom Unterricht wegzukommen.

Während sie ihre Hände zu Fäusten ballte und ihre Fingernägel schmerzend in die Handflächen stachen, war es unangenehm still im Raum. Nur das Ticken der Uhr zeigte, dass die Zeit nicht stillstand.

»Wie war noch mal sein Name? Konstantin? Konrad?«, fuhr Ava fort.

»Konradin«, antwortete Damian knapp.

»Ah ja, genau. Wie gehts ihm?«

»Die Exekutive ...«, sprach er weiter, ohne auf ihre Frage einzugehen.

Sie ließ sich nicht ablenken, sondern säuselte: »Wie gehts deinen anderen Geschwistern? Du erzählst so wenig von ihnen. Wie viele hast du noch mal? Zehn, richtig?«

»Die Exekutive ...«, startete Damian einen weiteren Versuch, doch er hielt inne, als Ava die Luft einzog, um weiter zu sticheln.

Er hob die Hand und sie schloss den Mund, um darauf zu warten, was er zu sagen hatte.

»Wir beenden für heute den Unterricht ...«

»Super«, warf sie sarkastisch ein.

»... Geh zu deiner Mutter und hilf ihr im Haushalt!«

Darauf sagte sie nichts, denn das würde sie bestimmt nicht tun. Sie sprang auf und stürmte aus dem Arbeitszimmer. Bevor sie mit einem Knall die Tür hinter sich zuwarf, blickte sie ein letztes Mal zu ihrem Vater. Er stand vornübergebeugt über dem Schreibtisch, seine Haltung war aufrecht und seine Miene undurchlässig und starr. Was ihm gerade durch den Kopf ging, konnte Ava nicht sagen.

Sie eilte zur Eingangstür, ließ auch diese mit einem Knall ins Schloss fallen. Ihre Eltern sollten mitbekommen, dass sie das Haus verlassen hatte. Dass die beiden somit wissen würden, wohin sie unterwegs war, war ihr im Moment egal. Insgeheim hoffte sie nur, dass Franzi sich noch nicht auf den Heimweg gemacht hatte.

Ohne nach links oder rechts zu sehen, lief Ava die Straße hinunter zum Park, in dem sie sich immer mit Franzi traf. Sie rannte so schnell sie konnte, einerseits wollte sie keine Zeit mehr verlieren, andererseits verflog dadurch die Wut ein wenig. Ihre Hände waren immer noch zu Fäusten geballt, doch ihre Fingernägel pressten sich nicht mehr schmerzhaft in das Fleisch ihrer Handflächen.

Von Weitem sah sie ihre alte Nachbarin Frau Domke entgegenkommen. Sie wohnte in derselben Straße wie Ava, nur drei Häuser trennten ihre Grundstücke. In ihrem kleinen Haus wohnte sie mit ihren zwei französischen Bulldoggen, die immer bellten, wenn jemand vorbei ging.

So wie jetzt, als Ava versuchte, einen möglichst großen

Bogen um sie zu machen, ohne ihr Laufen abbremsen zu müssen. Als sie näherkam, fingen die Hunde zu bellen an, fletschten mit den Zähnen und machten sich breit, um ihr den Weg zu versperren. Abrupt musste Ava vor ihnen stoppen und warf ihrer alten Nachbarin einen genervten Blick zu, die keine Anstalten machte, auch nur einen kleinen Schritt auf die Seite zu gehen oder die Hunde zu sich zu ziehen. Sie wich auf die Straße aus und blickte zu den Hunden, die laut bellend in ihre Richtung hüpften. Zügig ging sie an ihnen vorbei, bevor sie wieder in einen Laufschritt verfiel.

»So eine egoistische Göre«, schimpfte Frau Domke ihr mit ihrer kratzigen Raucherstimme hinterher. »Die Jugend heutzutage! Hat keinen Respekt vor alten Leuten!«

Ava machte sich nicht die Mühe, ihr etwas zu entgegnen. Frau Domke rief jeder Person, die ihren Weg kreuzte, gemeine Worte hinterher. Selbst wenn eine Person ihr freundlich anbot, die schwere Einkaufstasche nach Hause zu tragen, beschimpfte sie denjenigen als geizigen Dieb.

Avas Schritte auf dem asphaltierten Gehweg übertönten die weiteren Worte der alten Nachbarin und sie lief augenblicklich schneller, als sie die ersten Bäume des kleinen Parks erblickte.

Die Bank von Franzi und ihr stand versteckt hinter ein paar blumigen Sträuchern. Früher hatten sie dort Käfer, Schnecken und Schmetterlinge beobachtet, gesammelt und für jedes ein kleines Blätterhaus gebaut. Nun machten sie es sich lieber gemütlich und plauderten, bis es Zeit war, nach Hause zu gehen.

Ava bog in den Park ein und unter ihren Füßen knirschten die Kieselsteine des Weges. Sie entdeckte die Sträucher, hinter denen die Parkbank lag und nahm eine Abkürzung über die Wiese, um so schnell wie möglich dort zu sein. Empört regten sich zwei fußballspielende Kinder auf, als sie durch ihr Spiel lief. Sie stolperte auf den Kieselweg vor ihr und bog um die Ecke zu der Parkbank.

»Du bist noch da«, entfuhr es Ava erleichtert.

Sie stützte die Arme auf die Knie und atmete vor Anstrengung schwer ein und aus.

»Na klar«, meinte Franzi und steckte ihr Handy in ihren Rucksack. Neckend deutete sie auf Avas hochroten Kopf. »Bist du wegen mir so schnell gelaufen? Du bist nur über eine halbe Stunde zu spät.«

Ava entschuldigte sich: »Tut mir leid, ich bin nicht früher von zu Hause weg gekommen.«

»Was war los?«

»Ach, nicht so schlimm«, log sie und rückte ihre Brille zurecht, »meine Eltern wollten, dass ich noch die Hausaufgaben fertig mache.«

Sie wischte sich den Schweiß von der Stirn und dachte kurz an das verdrießliche Gespräch mit ihrem Vater. Am liebsten wollte sie Franzi die Wahrheit erzählen, wollte sich bei ihr ausjammern und sich trösten lassen. Doch stattdessen zwang sich zu einem schrägen Lächeln.

»Und als ich hergelaufen bin, bin ich fast mit Frau Domke zusammengestoßen«, sagte sie ablenkend und setzte sich neben ihre Freundin auf die Bank. »Dieses Mal war ich für sie eine egoistische Göre.«

Franzi fing an zu kichern. »Ich habe sie vorhin vorbeigehen sehen, sie war mit den Hunden im Park spazieren. Sie hat sogar die Spatzen als Mistviecher beschimpft.«

Ava stimmte in das Lachen mit ein. Die restliche Wut verrauchte, es tat ihr gut, an etwas anderes zu denken.

»Weißt du noch, als wir in der Volksschule bei ihrer Haustür geklingelt haben und dann weggelaufen sind?«, fragte Franzi.

»Ja«, meinte Ava, »wir waren so aufgebracht, weil sie uns am Vortag als kleine Mädchen bezeichnet hat.« Sie lachte laut auf und fügte als Spaß hinzu: »Das müssten wir mal wieder machen.«

Ihre Freundin nickte. »Stimmt, wieso nicht gleich heute?«

Ava verstummte. Sie musste überlegen, ob sie gerade

witzelte oder es wirklich durchziehen wollte. Oft war sie sich da bei Franzi nicht sicher.

»Ich meins ernst«, sagte Franzi, als sie ihren Blick bemerkte.

Nachdenklich kratzte sich Ava am Kinn. Sie wollte zusagen, schließlich war es eine Weile her, seitdem sie das letzte Mal Frau Domke einen Streich gespielt hatten, und nach dem Gespräch mit ihrem Vater konnte sie etwas Nervenkitzel gebrauchen. Doch genau das war der Grund, wieso sie zögerte.

Die Worte ihres Vaters hallten in ihrem Kopf wider: »Wenn du so weiter machst, trittst du von einem Fettnäpfchen in das nächste und schneller als du denken kannst, steht die Exekutive vor deiner Tür.«

»Heute ist der perfekte Tag«, erklärte Franzi. »Das Wetter ist schön, die Hausaufgaben sind erledigt und Frau Domke hat dich als egoistisch bezeichnet. Das. Ist. Unerhört.«

Ava musste lachen. Sie würden nichts Verbotenes tun. Ein einfacher Streich wie in Volksschulzeiten, das ging den Rest der Seelendienergemeinschaft nichts an. Und ihre Eltern würden es sowieso nie erfahren.

»Okay«, sagte Ava und grinste ihre Freundin an.

Dann sprangen sie von der Parkbank auf und machten sich auf den Weg. Sie schlenderten über den Kieselweg und schmiedeten Pläne, wie sie am besten vorgingen.

»Sie darf uns auf keinen Fall sehen«, meinte Franzi.

Ava fügte hinzu: »Und auch niemand anderer darf uns erwischen.«

Ihre Freundin kicherte bei den Worten.

»Am besten schleichen wir uns an den Büschen entlang. Wenn sie immer noch so unregelmäßig ihren Garten pflegt wie vor ein paar Jahren, dann sind sie so buschig, dass sich darunter auch ein Elefant verstecken könnte«, dachte Franzi laut.

Ava nickte. »Ja, das müsste gehen, doch nach dem Klingeln müssen wir schnell zurück in den Park. Wenn Frau Domke merkt, dass wir in der Nähe sind, lässt sie ihre Hunde raus.«

»Auweia, die sind zwar klein, aber denen will ich nicht begegnen. Ihr Sabber markiert die ganze Gassistrecke.«

»Sie darf nicht die leiseste Ahnung haben, dass wir das sind, die Frau macht uns sonst die Hölle heiß«, meinte Ava.

»Auf alle Fälle, aber sie soll sich am besten nicht mit uns anlegen. Wir haben mehr drauf als nur Klingelstreiche«, meinte Franzi selbstsicher und grinste.

Sie blieb stehen und drehte sich zu Ava um, bevor sie ihre Hand hochhielt und meinte: »Na, dann ist so weit alles geklärt. Legen wir los?«

Ava lachte auf und schlug ein, bevor sie geheimnisvoll raunte: »Los gehts!«

Sie verließen den Park und marschierten zu Frau Domkes Haus. Unauffällig sah sich Ava um. Doch wie erwartet war die Hecke, die das Grundstück der alten Nachbarin umzäunte, eine Weile nicht gestutzt worden, sodass die Büsche die Sicht auf ihr eigenes Haus blockierten. Franzi stellte sich auf die Zehenspitzen, um einen Blick dahinter zu werfen, doch auch sie konnte die Höhe der Staude nicht überragen.

Als sie die Zufahrt erreichten, sah sich Ava nochmal um und bemerkte erleichtert, dass niemand sie beobachtete.

»Alles gut?«, flüsterte ihre Freundin.

Ava nickte und grinste. Die Vorfreude wuchs. Sie wusste, dass es egal war, ob Frau Domke sie erwischte oder nicht. Von diesem einfachen Streich würden sie viele Jahre später noch reden.

Franzi hielt nochmals die Hand hin und sie schlug leise ein. Vorsichtig ging Ava vor und lugte um den Rand der Hecke die Zufahrt hinauf. Es war still, auf dem Asphalt parkte ein kleiner Pkw, das Garagentor stand offen. Neben der Haustür stand ein Schaukelstuhl und an den Fensterbänken hingen Pflanzentöpfe mit bunten Blumen.

»Die Luft ist rein«, raunte Ava.

Gebückt liefen sie so schnell und leise wie möglich die

Zufahrt zur Eingangstür hinauf. Sie pressten sich gegen die Hauswand und hielten die Luft an. Lauschend nahmen sie alle Bewegungen in der Umgebung wahr. Doch es tat sich nichts. Weder vom Haus noch vom Garten kamen Geräusche, die bezeugen konnten, dass jemand sie bemerkt hätte.

Franzi deutete auf die Wand neben Ava. Der Klingelknopf befand sich genau neben ihrem Oberarm. Sie blickte zurück zu Franzi, die mit der Hand auf den eisernen Türklopfer zeigte und zu verstehen gab, dass sie diesen klopfen würde.

Ava flüsterte: »Auf drei?«

Ihre Freundin nickte und hob drei Finger in die Höhe. Nach jeder Sekunde senkte sie einen Finger.

Augenblicklich schnappte sie sich den Türklopfer und schlug ihn so fest sie konnte gegen das Holz. Ava drückte die Klingel und läutete Sturm. Im Haus hallten die beiden Geräusche wider und sofort begannen die Hunde zu bellen. Die Tiere wurden lauter und ein paar Sekunden später kratzten sie mit ihren Pfoten gegen die Innenseite der Tür.

Ava und Franzi rissen die Augen auf und läuteten und klopften noch ein letztes Mal. Dann rannten sie eilig die Zufahrt hinunter zum Gehweg und begannen zu lachen, noch bevor sie diesen erreichten. Schnell hüpften sie in den Schatten der Hecke. Ava wollte schon zurück zum Park laufen, doch Franzi hielt sie am Oberarm zurück. Sie lugte vorsichtig hinter der Staude hervor und wartete auf Frau Domke und ihre Reaktion.

Ava hielt sich den Mund zu, um sich ihr Lachen zu verkneifen, und stellte sich hinter ihre Freundin.

Die Hunde bellten wie verrückt und ein paar Augenblicke später wurde die Eingangstür geöffnet und die alte Nachbarin trat in Pantoffeln und mit einer schmutzigen Kochschürze nach draußen. Ihre Haltung war angespannt und in ihrer Hand hielt sie hocherhoben eine Pfanne, aus der frisch geschmolzene Butter tropfte.

Ava und Franzi sahen sich an und warteten dann keinen

Moment länger, sondern liefen so schnell sie konnten in Richtung Park. Sie konnten sich vor Lachen kaum halten, als sie den Kieselweg erreichten. Während Franzi sich die Tränen aus den Augen wischte, hielt sich Ava den Bauch, da sie vom gleichzeitigen Laufen und Lachen Seitenstechen bekommen hatte.

Sie wandte sich ein letztes Mal um, doch Frau Domke war außer Sichtweite. Ein paar andere Menschen drehten sich verwundert zu ihnen um, während sie lachend zu ihrer Parkbank schlenderten.

Franzi konnte zuerst wieder sprechen und japste: »Das war super! Genauso wie früher.«

Ava konnte nur nicken. Bis zu ihrer Parkbank sagten sie nichts, doch ihr Grinsen reichte von einem Ohr zum anderen. Zwischen den Sträuchern ließen sie sich auf der hölzernen Bank nieder und atmeten tief durch.

Ava lehnte sich zurück und schloss die Augen. Sie genoss die warmen Sonnenstrahlen auf ihrem Gesicht und lauschte dem Surren der Käfer und Bienen. Am liebsten hätte sie die Zeit angehalten, genau hier an ihrem Lieblingsplatz mit ihrer besten Freundin Franzi.

Sie hörte das Öffnen eines Rucksackes und sah sich um. Als sie sich zu Franzi wandte, bemerkte sie, dass sie ihr den Rücken zugekehrt hatte.

»Ich habe noch etwas für dich«, meinte ihre Freundin, ohne sich umzudrehen. »Nicht schauen!«

Ava war neugierig, gehorchte aber. Sie hörte, wie sich eine Box öffnete, und anschließend wieder schloss, und einen Moment später das Klicken eines Feuerzeugs.

Mit einer Hand schob Franzi ihren Rucksack zur Seite, bevor sie sich umdrehte. Sie lächelte, während sie ihre Hand hob und Ava zeigte, was sich darin befand.

»Alles Gute zum Geburtstag«, sagte sie sanft und blickte Ava direkt in die Augen.

Ava richtete sich überrascht auf. Franzi streckte ihr einen

Schokomuffin mit bunten Streuseln entgegen. In der Mitte steckte eine kleine dünne Kerze, deren Wachs langsam nach unten zur Schokoglasur lief.

Franzi sprach: »Du bist meine allerbeste Freundin, ich wüsste nicht, was ich ohne dich täte. Kein anderer hört sich immer und immer wieder meine Probleme an, mit niemandem kann ich so viel lachen wie mit dir. Ich weiß, dass ihr in eurer Familie keine Geburtstage feiert, aber ich möchte dir heute zeigen, wie wichtig du mir bist.«

Ava hielt einen Augenblick die Luft an. Ihr fehlten die Worte, so etwas Liebes hatte noch nie jemand für sie gemacht.

»Hier«, sagte Franzi und drückte ihr den Muffin in die Hand. »Du darfst die Kerze ausblasen und dir etwas wünschen.«

Behutsam, als wäre es etwas sehr Zerbrechliches, hielt Ava den Muffin in der Hand und sah ihn mit großen Augen an. Dann schaute sie zu Franzi und lächelte glücklich. Mit dem Blick zu ihrer Freundin pustete sie die Kerze aus und wünschte sich nichts sehnlicher, als dass die Zeit nun stillstehen würde.

Franzi lächelte ebenfalls breit, bevor sie sich zu ihrem Rucksack umdrehte und noch eine Kleinigkeit hervorholte. Sie tauschte ein kleines, eingepacktes Geschenk gegen den Muffin ein.

»Pack es aus«, forderte sie Ava auf, die nicht wusste, was sie tun sollte.

»Wieso ...?«, brachte sie nur hervor.

»Weil du es bist.«

Mit behutsamen Fingern löste Ava das bunte Geschenkpapier und eine samtige Schachtel kam hervor. Als sie sie aufklappte, entdeckte sie eine silberne Kette mit einem kleinen Herzanhänger. Vorsichtig strich sie mit ihrer Fingerkuppe darüber.

»Ich habe uns die gleichen gekauft«, meinte Franzi und zog unter dem T-Shirt ihre Kette hervor. »Nur ist meine in Gold und deine in Silber. Damit wissen alle, dass wir zusammengehören und auch wenn wir mal getrennt sind, haben wir ein

Stück bei uns, dass uns verbindet.«

Ava blieb der Mund offen stehen und als sie aufsah, merkte sie, dass ihre Freundin von ihren eigenen Worten genauso berührt war wie sie. In Franzis Augen glitzerten Tränen, aber dennoch lächelte sie breit.

Am liebsten hätte Ava etwas gesagt, dass genauso schön war, doch keine Worte der Welt konnten diesen Moment noch besser machen. Also tat sie das, was sie nur machte, wenn der Augenblick dafür passte. Und gerade war so einer. Sie streckte die Arme aus und zog Franzi in eine lange Umarmung.

Tian

Es klingelte zum Unterrichtsende und einen Augenblick später wurde das Geräusch von erleichterndem Stöhnen, zuschlagenden Büchern und nach hinten geschobenen Stühlen überdeckt.

Herr Olsen bemühte sich vergeblich, über den Lärm hinweg nochmals auf die Hausaufgaben aufmerksam zu machen und seinen Schülern einen schönen Nachmittag zu wünschen. Tian, der in der letzten Reihe saß, horchte zwar auf, konnte aber nur einzelne Wortfetzen verstehen.

Als er sein eigenes Buch zuklappte, spürte er etwas Kaltes auf seinem Unterarm, das dort verharrte. Er blickte zur Seite und sah Nele mit seinem Kugelschreiber in der Hand, der ihn berührte. Wie fast jeden Tag hatte sie zu Unterrichtsbeginn an seine Schulter getippt und sich einen Stift ausgeborgt. Meist brauchte sie gar nichts mehr zu sagen, Tian steckte ihr einen Moment später einen zu, den sie immer mit einem dankenden Grinsen entgegennahm. Danach drehte er sich schnell weg und versuchte sich auf den Unterricht zu konzentrieren. Er wollte es zwar nicht zugeben, aber er mochte Neles Lächeln.

»Du kannst den Stift behalten«, meinte Tian und beugte sich nach unten, um seinen Turnbeutel aufzuheben.

Sie machte keine Anstalten, den Kugelschreiber und ihre Bücher einzupacken, stattdessen entgegnete sie: »Danke, aber das wäre eine schlechte Idee.« Als Tian ihr einen fragenden Blick zuwarf, fügte sie hinzu: »So wie ich mich kenne, finde ich ihn morgen schon nicht mehr.«

Entschuldigend zuckte sie mit ihren Schultern und setzte ein schiefes Lächeln auf. Unwillkürlich gingen Tians Mundwinkel ein Stückchen hoch.

Gerade wollte er noch etwas erwidern, da rief Herr Olsen

seinen Namen laut durch das Klassenzimmer: »Tian, kannst du bitte noch kurz zu mir nach vorne kommen?«

Ein paar Schulkollegen hielten beim Einpacken ihrer Sachen inne und drehten sich verwundert zu ihm um. Noch nie hatte ein Lehrer ihn am Ende der Stunde zu sich gebeten. Doch einen Moment später achteten sie nicht mehr auf ihn, sondern schnappten sich ihre Rucksäcke und eilten zur Tür hinaus.

Zögernd legte Tian seinen Jutebeutel auf den Tisch und stand auf. Dora und Shari drängten sich an ihm vorbei und liefen plaudernd aus dem Klassenzimmer, während er sich den Weg nach vorne bahnte. Ihn beunruhigte es, dass Herr Olsen mit ihm sprechen wollte. Selten holte er Schüler nach dem Unterricht zu sich und wenn, dann meist nur, um sie zu bitten, in der nächsten Stunde nicht auf dem Handy zu spielen. Doch das konnte auf Tian nicht zutreffen, weil seine Eltern ihm und seinen Geschwistern kein Handy erlaubten.

Tian blieb vor dem Lehrerpult stehen, richtete sich gerade auf und setzte trotz des unwohlen Gefühls einen neutralen Gesichtsausdruck auf.

Herr Olsen stützte sich an der Tischkante ab, vor ihm verstreut lagen Lehrbücher, rote Kugelschreiber und Tafelkreiden. Er machte keine Anstalten, diese einzupacken, sondern wandte sich sofort Tian zu, als er zu ihm trat.

»Ich möchte mit dir über deine Aufsätze reden«, begann er zu sprechen und zog die Stirn kraus.

In Tians Kopf begann es zu rattern. Er überlegte, was daran nicht passen könnte, sodass es nötig war, persönlich mit ihm zu sprechen. Die Aufsätze hatte er immer zeitgerecht abgegeben und außer den Anmerkungen seines Lehrers am Ende der Texte, dass er seine eigene Meinung mehr einbauen sollte, gab es kaum Korrekturen.

»Du hast ...«, Herr Olsen kratzte sich am Kinn, um die richtigen Worte zu finden, »einen sehr eigenen Schreibstil, deine Aufsätze muss ich mir immer mehrmals durchlesen.«

Tians Lehrer blickte zu ihm und obwohl er seine Mimik nicht verzog, hielt Herr Olsen kurz inne und versuchte sich zu verbessern: »Also ich meine, im guten Sinne, ich gehe deine Texte gerne öfters durch, da sie sehr flüssig zu lesen sind. Daran gibt es nichts auszusetzen, du machst kaum Rechtschreibfehler und schreibst immer sachlich. Aber das ist auch das Thema, worüber ich mit dir reden möchte.«

Tian verstand nicht, worauf Herr Olsen hinauswollte. Natürlich wusste er, dass er emotionaler schreiben konnte, doch das war nicht seine Art. Trotzdem hatten seine Aufsätze bisher immer für gute Noten gereicht.

»Du hast sicher meine Notizen unter deinen letzten Aufsätzen bemerkt. Wenn du deine eigene Sichtweise noch mehr einfließen lässt, kritischer und emotionaler schreibst, dann hast du sehr großes Potenzial«, meinte der Lehrer und an seiner Stimme erkannte Tian, dass er es wirklich so meinte.

Anstatt etwas zu sagen, nickte er langsam. Insgeheim ahnte er, dass das Lob nur der Anfang des Gesprächs war.

»Hast du schon von der Herbstaufführung gehört?«, fragte Herr Olsen.

»Ja, habe ich.«

»In einigen Wochen habt ihr Schüler wie jedes Jahr die Möglichkeit, ein eigenes Werk vorzustellen. Es ist ganz egal, ob ihr musiziert, tanzt, ein Gedicht vortragt oder Zaubertricks herzeigt. Dieses Jahr wird es besonders, da ein Dreierteam ein kurzes Theaterstück schreibt und vorführt«, schwärmte der Lehrer. »Beim letzten Treffen haben sie schon sehr gute Ideen gehabt, die super umgesetzt werden können. Ich unterstütze das Team, dass das Theaterstück schreibt, möchte es aber gerne um eine vierte Person erweitern und das wärst du.«

Tian öffnete den Mund, um dankend abzulehnen, doch Herr Olsen fuhr dazwischen: »Ihr würdet alle voneinander profitieren. Die drei anderen könnten viel von deiner objektiven Schreibweise lernen und du könntest sehr viel dazu beitragen, dass das Stück realistisch und nicht zu kitschig wird. Im Gegenzug könntest du dir von ihnen viel abschauen. Die drei Schüler schreiben sehr gute, emotionale Aufsätze, bei denen ich immer mitfiebere.«

Unter dem hoffnungsvollen Blick seines Lehrers musste Tian schwer schlucken, bevor er antworten konnte. Trotzdem dachte er nicht darüber nach, ob er bei der Herbstaufführung mitmachen wollte oder nicht. Die Entscheidung stand schon fest, als Herr Olsen davon zu sprechen begonnen hatte.

»Danke, aber ich verzichte«, sagte Tian höflich und wollte sich umdrehen und gehen.

»Nein, nein«, hielt sein Lehrer ihn zurück, »du musst das nicht gleich entscheiden. Ich verstehe, wenn dich das jetzt überrumpelt. Schlaf am besten eine Nacht darüber. Und ich bin mir sicher, wenn ihr vier zusammenarbeiten würdet, wird das die beste Aufführung des Abends werden.«

Kopfschüttelnd lehnte Tian ab. Er wollte seinem Lehrer keine unnötigen Hoffnungen machen, denn es war unmöglich, dass er sich umentschied. Allein der Gedanke daran, dass er Teil eines Schreibteams sein könnte, war absurd. Er müsste mit drei anderen, fremden Schülern zusammenarbeiten und sich mehrmals die Woche mit ihnen treffen. Außerdem war die Herbstaufführung zwar eine Schulveranstaltung, aber die Teilnahme war freiwillig. Egal, wie zielstrebig Tian und seine Geschwister in der Schule waren, sie mieden zusätzliche Angebote. Schlussendlich lag ihre Priorität bei der Seelendienergemeinschaft.

»Meine Entscheidung steht fest«, antworte Tian mit fester Stimme, »ich mache nicht mit.«

Bevor Herr Olsen einen weiteren Versuch starten konnte, ihn zu überreden, drehte sich Tian schnell um. Er ging zurück zu seinem Sitzplatz und holte seinen Jutebeutel.

Aus dem Augenwinkel bemerkte er Nele, die ihn mit hochgezogenen Augenbrauen ansah, trotzdem wandte er sich ihr nicht zu. Sie trat zu ihren Freunden, die bei der Klassentür auf sie gewartet hatten, und im nächsten Moment verschwanden die drei im Flur.

Tian hörte, wie Herr Olsen seine Bücher und Stifte in die Umhängetasche stopfte, und auch er beeilte sich, seine Schulsachen in den Turnbeutel zu legen.

Schließlich warf sich sein Lehrer die Tasche über die Schulter und ging zur Tür. Dort blieb er nochmals stehen und sah zu Tian.

»Schönen Nachmittag«, meinte er.

Tian blickte vom Einpacken nicht auf. Er erwartete, dass Herr Olsen ein letztes Wort zur Herbstaufführung sagen würden. Doch stattdessen wandte sich der Lehrer ab und verließ das Klassenzimmer.

Vorsichtig sah sich Tian um, nun war er allein. Er hielt einen Moment inne. Das war knapp gewesen. Hätte sein Lehrer nicht lockergelassen, hätte er nicht mehr gewusst, wie er sich herausreden könnte.

Er fuhr sich über das Gesicht und setzte eine neutrale Mimik auf. Anschließend schob er seinen Beutel auf den Rücken und rückte den Stuhl an den Tisch, bevor er ebenfalls aus dem Klassenzimmer trat.

Zügig schlängelte er sich im Gang durch den Strom der Schüler und machte sich auf den Weg zu seinem Spind. Er vermutete, dass Coletta dort schon auf ihn warten würde.

Coletta

Doch gerade als Tian sein Klassenzimmer verließ, kam sie bei ihrem Schließfach an. Sie zwickte sich die Schulbücher, die sie darin verstauen wollte, zwischen den Oberarm und die Brust und öffnete die Tür. Behutsam, als wären sie zerbrechlich, nahm sie ihre Bücher in die Hand und schob sie sorgfältig zwischen die anderen. Anschließend holte sie ihr Biologieheft hervor und packte es in ihren Rucksack. Sie hatte vor, am Nachmittag das Kapitel zu lernen, das ihre Lehrerin im nächsten Unterricht durchgehen wollte. Als der Reißverschluss wieder zugezogen war, wandte sie sich erneut ihrem Spind zu und richtete die Bücher gerade aus. Sie achtete immer darauf, dass sie ordentlich nebeneinanderstanden und keines vorgerückt war. Während sie mit ihren Fingern über die Buchrücken fuhr, entdeckte sie auf ihren Sportsachen einen Zettel, der am Morgen dort noch nicht gelegen war.

Coletta fragte sich, wie dieser dorthin gekommen war. Sie zögerte nicht lange, sondern schnappte sich das Blatt Papier und faltete es auseinander. Der Zettel war kariert und offensichtlich aus einem Schulheft herausgerissen.

Sie hätte am liebsten verächtlich ausgeatmet, als sie die blauen Tintenflecke und die krakelige Schrift sah. Doch als sie die Handschrift erkannte, hielt sie inne. Ihr Atem zitterte, als sie die Nachricht las: »Sehr geehrte Coletta, du bist eine eingebildete Sau und obwohl du es denkst, gar nicht schlau. Wir mögen dich nicht, denn du bist innerlich ein Wicht. Immerhin passt zu dir Kartoffelpüree, deswegen sagen wir jetzt Adieu!«

Die letzten Worte verschwammen vor ihren Augen. Anstatt den Zettel wegzulegen, wischte sie sich über ihr Gesicht und las die Nachricht ein zweites Mal. Gerne hätte Coletta den schlechten Reim missbilligend kritisiert, aber er ging ihr näher als ihr lieb war.

Sie fühlte sich, als wäre sie in einer Zeitschleife gefangen, als ihr Blick ein drittes Mal über die Zeilen flog. Die Hitze stieg über ihren Kragen zu ihrem Kopf hinauf. Sie spürte jede einzelne Haarwurzel wie Nadelstiche auf ihrer Kopfhaut.

Sie wusste, wer den Text geschrieben hatte. Bei dem Gedanken, dass sie nichts gegen diese gemeine Nachricht tun konnte, fühlte sie sich einerseits hilflos, andererseits wuchs innerlich ihre Wut. Sie wollte den Zettel zerreißen oder verbrennen, doch irgendetwas hielt sie davon ab. Ihre Finger verkrampften sich in dem Papier. Wie erstarrt blieb sie vor ihrem Spind stehen und registrierte die vorbeilaufenden Schulkameraden nicht mehr. Sie merkte weder ob sie beobachtet wurde noch ob Schüler hinter ihrem Rücken kicherten.

Ihr Blick war von Michaels Handschrift gefangen und sie wurde die Vorstellung nicht los, wie er einen Zettel aus seinem Mathematikheft herausgerissen hatte. Ganz sicher hatte er sich mit seinen Freunden Oliver und Leon vor Lachen gekrümmt, als sie sich den Text zusammengereimt und auf das Papier gekritzelt hatten. Noch unangenehmer war ihr der Gedanke, wie die drei das Blatt durch ihren Spind geschoben hatten. Wahrscheinlich wurden sie von den herumstehenden Schülern angefeuert und hatten sich wie Helden gefühlt, als sie davon marschiert waren.

»Hey«, riss jemand Coletta aus ihren Gedanken.

Sie löste sich aus ihrer Starre, sah aber nicht auf, sondern blickte zu den Schuhspitzen des Gegenübers. Es waren Tians Schuhe. Hektisch knüllte Coletta den karierten Zettel zusammen und stopfte ihn in ihre Hosentasche, in der Hoffnung, dass Tian ihn nicht bemerkt hatte.

Während sie ein letztes Mal kontrollierte, ob ihre Bücher im Schließfach geradestanden, fuhr sie sich durch die Haare und löste absichtlich ein paar Strähnen aus ihrem Zopf, um ihr gerötetes Gesicht besser verdecken zu können.

Mit einem Knall schloss sie die Spindtür, zwängte sich an Tian vorbei, ohne ihn anzusehen, und ging mit zügigen Schritten zum Ausgang. Sie musste sich nicht zu ihm umdrehen, denn sie wusste, dass er ihr folgen würde.

Ava

Ein paar Stunden später stand Ava in der Küche, um Wasser zu trinken, als die Türklingel ertönte. Augenblicklich erstarrte sie in ihrer Bewegung und der Rand des Glases lag kühl auf ihren Lippen. Sie brauchte einen Moment, um zu realisieren, dass es keine Einbildung gewesen war, sondern wirklich jemand vor der Haustür stehen musste.

Sie konnte sich kaum daran erinnern, wann sie das letzte Mal den dreitönigen Gong gehört hatte. Wahrscheinlich war es ein Briefträger gewesen, der versehentlich das Paket der Nachbarn ihnen zustellen wollte. Vielleicht hatte sich auch dieses Mal einer an der Hausnummer geirrt. Oder es war Franzi.

Bei dem Gedanken riss Ava erschrocken die Augen auf und setzte das Wasserglas so ruckartig ab, sodass der Inhalt ein klein wenig überschwappte. Doch bereits im nächsten Moment schüttelte sie den Kopf. Franzi war noch nie hier gewesen und sie hatte keinen Grund, an diesem Tag herzukommen. Aber wer sonst vor der Tür stehen konnte, war ihr rätselhaft.

Eines war Ava klar: Sie wollte vermeiden, dass ihr Vater zuerst die Tür öffnete und auf das mögliche Gegenüber abweisend reagierte. Außerdem war sie selbst neugierig zu erfahren, wer geklingelt hatte.

Ava wischte sich die nasse Hand an ihrer Hose ab und sprintete durch das Esszimmer. Im Eingangsbereich stoppte sie abrupt, sodass sie fast auf dem olivgrünen Teppich ausrutschte. Als sie sich wieder gefangen hatte und umsah, merkte sie, dass kein anderer aus ihrer Familie auf dem Weg zur Tür war.

Tief einatmend versuchte Ava einen selbstsicheren Gesichtsausdruck aufzusetzen, richtete sich gerade auf und drückte die Türklinke nach unten.

Beinahe hätte sie erleichtert geseufzt, als nicht Franzi auf der Veranda stand. Sie wollte sich nicht vorstellen, welche Predigt ihre Eltern vorgetragen hätten, wäre ihre Freundin bei ihnen zu Hause aufgetaucht.

Vor der Tür stand ein Mädchen und Ava fiel sofort deren selbstbewusste Ausstrahlung auf, die sie insgeheim bewunderte. Obwohl sie sich noch nie begegnet waren, breitete sich auf dem Gesicht der Unbekannten ein Lächeln aus.

Ava überlegte, wieso sie bei ihnen geklingelt hatte. Vermutlich hatte sie sich in der Hausnummer geirrt und wollte eigentlich den Nachbarn besuchen.

»Hallo«, begrüßte das dunkelhäutige Mädchen sie.

»Hi«, antworte Ava und lehnte sich gegen den Türrahmen.

Innerlich bereitete sie sich schon vor, den Weg zum Nachbarn zu beschreiben.

»Ist Tian da?«, fragte das Mädchen.

Ava öffnete ihren Mund und wollte gerade vortreten, um ihr das Haus eines Nachbarn zu zeigen, als sie die Frage realisierte. Vor lauter Verwunderung verschlug es ihr die Sprache und sie starrte die Unbekannte mit großen Augen an.

Tian? Sie musste sich verhört haben. Woher sollte ihr Bruder ein Mädchen kennen? Oder besser gesagt, woher sollte er sie so gut kennen, dass sie zu ihm nach Hause kam? Tian war zurückhaltend und nachdenklich. Ava konnte sich nie im Leben vorstellen, dass er jemals die passenden Worte gefunden hatte, um eine andere Person anzusprechen.

»Du meinst Tim? Oder Liam?«, fragte Ava deshalb zurück.

Das Mädchen schmunzelte. »Nein, ich meine Tian. Wohnt er nicht hier?«

Sie trat mit hochgezogenen Augenbrauen einen Schritt zurück, um einen Blick auf die Hausnummer zu werfen.

»Nein ... ähm ... doch, er wohnt hier«, stotterte Ava verwirrt.

Sie war so erstaunt darüber, dass sie beinahe sprachlos war. Aber der Fakt, das Tian ein Mädchen gut kannte, überraschte sie. Wieso sie sich das breite Grinsen nicht verkneifen konnte, wusste sie selbst nicht. Vielleicht wurde ihr bei dem Gedanken, dass sie nicht die Einzige in der Familie war, die eine Freundin hatte, warm ums Herz. Außerdem bestand die Möglichkeit, dass in Zukunft ihr Bruder bei den Diskussionen mit ihren Eltern hinter ihr stehen könnte. Doch ganz sicher freute sie sich für Tian, dass er aus sich herausgekommen war, um dieses Mädchen kennenzulernen.

Sie schien Avas Verwunderung zu merken und meinte schnell: »Aja, ich habe noch gar nicht gesagt, wer ich bin: Mein Name ist Nele.«

Wäre es möglich gewesen, hätte Ava noch breiter gegrinst, als sie es schon tat.

»Hi Nele, ich bin Ava«, stellte auch sie sich vor.

Sie lächelten sich freundlich an und einen Moment war Stille, bis Nele fragte: »Ist er da?«

»Wer?«

»Tian.«

»Ah ja, klar«, sagte Ava und musste über sich selbst lachen. »Ich hole ihn.«

Während sie sich umdrehte, rief ihr Nele noch ein »Danke« hinterher.

So schnell wie möglich flitzte Ava die Treppe hoch. Sie konnte es nicht abwarten, Tians Gesicht zu sehen, wenn sie ihm verkündete, dass er Besuch hatte. Zwei Stufen auf einmal nehmend sauste sie nach oben und hielt sich am Treppenende am Geländer fest, um so schnell wie möglich die Kurve zu kriegen. Dabei lief sie so schnell, dass sie vor Tians Zimmertür nicht mehr rechtzeitig abbremsen konnte. Also stürzte sie mit Krach in sein Zimmer. Erschrocken hob er seinen Kopf und starrte Ava mit großen Augen an.

Er saß an seinem Schreibtisch und las ein Buch, den Kopf hatte er in seine Hand gestützt, während er gerade mit der anderen umblättern wollte. Seine Haare waren zerzaust, aber Ava fand, dass es niedlich aussah, deswegen sagte sie dazu nichts.

»Wa...«, setzte er zum Sprechen an, doch Ava unterbrach in voller Aufregung: »Du hast Besuch!«

Sie konnte kaum stillhalten, hibbelig trat sie von einem Bein auf das andere. Tians Gesichtsausdruck nach zu urteilen, fragte er sich, ob sie ihm einen Streich spielte.

Langsam fragte er: »Wer sollte das sein?«

Ava biss sich auf die Lippen, als sie realisierte, dass Nele überraschend gekommen war und er keine Ahnung hatte.

»Sieh selbst nach«, meinte sie keck und ein Lachen breitete sich erneut über ihrem Gesicht aus.

Tian überspielte seine Verwirrung nicht, sondern legte ganz langsam sein Lesezeichen in das Buch, bevor er es zuklappte und den Stuhl nach hinten schob.

»Du kannst mir glauben«, rief Ava ungeduldig. »Komm, beeil dich!«

Er stand auf und ging zur Zimmertür, ohne sie aus den Augen zu lassen. Sie folgte ihm und streckte die Arme aus, um sein Shirt an den Schultern glatt zu streichen.

»Hey«, protestierte er und schüttelte sie ab.

»Schon gut, schon gut.« Sie gab nach und ließ die Arme sinken.

Hüpfend ging sie hinter ihm aus seinem Zimmer und steuerte im Flur ihr eigenes an. Doch sie dachte nicht daran hineinzugehen. Wenn Tian außer Sichtweite war, würde sie sich ans Treppengeländer schleichen und lauschen. Sie wusste, dass sie es nicht tun sollte, war aber viel zu neugierig, um es sein zu lassen.

Tian

Am Treppenende warf Tian Ava einen letzten Blick zu und stieg anschließend nach unten. Es war noch nie Besuch für ihn da gewesen, doch aufgrund der Reaktion seiner Schwester schloss er darauf, dass es eine besondere Überraschung sein musste. Er wusste nicht, wer es sein konnte.

Im Erdgeschoss angekommen trat er zur Haustür, die offen stand und blickte nach draußen. Mit dem Rücken zu ihm stand eine Person auf der Veranda und betrachtete den Vorgarten.

»Nele?«, fragte er verwirrt.

Als sie ihn hörte, drehte sie sich um und lächelte ihn an, bevor sie ihn begrüßte: »Hi.«

Tian wusste nicht, was er sagen sollte, also blieb er stumm. Am Kopf kratzend überlegte er, ob er beim Lesen eingeschlafen war und das nun ein Traum war. Er hatte noch nie daran gedacht, Nele einmal bei sich zu Hause zu sehen, schon allein deshalb, weil ihm kein logischer Grund einfiel, wieso sie vorbeikommen sollte. Deswegen sah er sie an, als würde sie verschwinden, wenn er nur einmal blinzeln würde.

»Deine Schwester ist süß«, unterbrach sie die Stille.

»Mhm«, meinte Tian nur, hatte aber gar nicht richtig zugehört. »Ava, ja.«

Ava ... Tian kam wieder zu Sinnen. Er drehte sich mit einem Schlag um und warf einen Blick die Treppe hinauf. So wie er seine Schwester kannte, würde sie nicht einfach in ihr Zimmer gehen und ihn in Ruhe lassen, wenn etwas Spannendes passieren könnte. So wie sie vorhin auf und ab gehüpft war, würde sie sicher irgendwo im Flur lauern und spionieren.

Insgeheim war er dennoch froh, dass es Ava gewesen war, die die Tür geöffnet hatte. Bei ihr konnte er hoffen, dass sie ihren Eltern nichts davon erzählen würde. Er wollte sich nicht ausmalen, was gewesen wäre, hätte sein Vater oder seine Mutter die Haustür geöffnet und Nele gesehen. Und schon gar nicht konnte er sich vorstellen, was passieren könnte, wenn sie mitbekamen, dass er nun mit Nele sprach.

»Lass uns draußen reden«, meinte Tian eilig.

Er trat zu ihr auf die Veranda und zog die Tür ins Schloss. Unter seinen Socken spürte er die kalten Fliesen. In der Hektik hatte er vergessen, sich Schuhe anzuziehen.

»Ist es gerade ungünstig?«, fragte sie.

»Was gibts?«, meinte Tian, der ihre Frage ignorierte.

Nele erklärte: »Nach dem Unterricht habe ich dein Buch eingepackt. Ich habe nicht aufgepasst, sondern einfach alles in meine Tasche gestopft.« Sie öffnete den Reißverschluss und zog Tians Deutschbuch hervor. Er hatte noch gar nicht gemerkt, dass es ihm fehlte. »Wir haben bis morgen eine Hausübung auf, deswegen habe ich mir gedacht, dass du es brauchen wirst.«

Tian nahm das Buch entgegen und sie fügte noch hinzu: »Sorry.« Dabei lächelte sie entschuldigend.

Obwohl er gewollt hätte, konnte er ihr Grinsen nicht erwidern. Irgendwo zwischen seinen Rippen steckte die Angst, dass seine Eltern jeden Moment die Haustür öffnen könnten und ihn später zur Rede stellen würden, wer Nele war und wieso sie bei ihnen zu Hause war. Er könnte sich besser erklären, wenn er nur das Deutschbuch in der Hand hielt und nicht gemeinsam mit ihr lachte.

Deswegen meinte er nur: »Macht nichts. Ich habe es noch gar nicht vermisst.«

»Wäre es das erste Mal gewesen, dass du eine Hausaufgabe vergisst?«, witzelte Nele.

Zögerlich zuckte er mit den Schultern und meinte: »Wahrscheinlich.«

Er sah Nele in die Augen und etwas von der Anspannung in seinem Bauch verflog.

»Obwohl«, überlegte Nele laut, »wahrscheinlich würdest du die Aufgaben ganz schnell fünf Minuten vor Unterrichtsbeginn machen und wärst fein raus.«

Er kratzte sich am Kopf und sagte: »Oder ich schreibe bei dir ab.«

Sie sah ihn erstaunt mit hochgezogenen Augenbrauen an. »Das würdest du nicht tun.«

Daraufhin erwiderte er: »Schließlich wäre es deine Schuld gewesen, dass ich das Buch nicht gehabt habe.«

Nele lachte auf und fragte: »Du hast noch nie bei jemanden abgeschrieben, stimmts?«

Er nickte.

Einatmend biss sie sich auf die Lippen und meinte: »Was für eine Ehre. Hätte ich dir das Buch nur nicht vorbeigebracht.«

Nun musste Tian schmunzeln, bevor er sagte: »Ja, hättest du nur nicht.«

Während er mit einem leichten Lächeln auf den Lippen nickte, kamen ihm seine Eltern wieder in den Sinn und das Schmunzeln verflog. Der Gedanke war ihm unangenehm, aber es wäre besser gewesen, hätte sie ihm das Buch erst am nächsten Schultag zurückgegeben. Eine vergessene Hausübung war weniger schlimm, als dass Nele beim Abendessen Hauptgesprächsthema wäre. Ungern erinnerte er sich an die vielen Streitgespräche über Franzi zwischen Ava und den Eltern. Dabei war es die Familie von ihr gewohnt, dass sie rebellierte. Doch keiner würde von Tian erwarten, dass er mit einer Klassenkollegin mehr als das Nötigste sprach.

Deswegen sagte er abschließend: »Danke.«

Er nahm die Türklinke in die Hand und öffnete gerade den Mund, um Tschüss zu sagen, da ergriff Nele noch einmal das Wort: »Da ist noch eine Sache ...«

Tian blieb stehen und wandte sich zu ihr zurück.

Sie schien verlegen, als sie weitersprach: »Ich habe heute das Gespräch zwischen dir und Herrn Olsen gehört.«

Zwar wusste er nicht, was sie ihm sagen wollte, dennoch versuchte Tian, sie zu unterbrechen: »Schon gut.«

»Ich habe gehört, dass er dir vorgeschlagen hat, bei der Herbstaufführung mitzumachen«, fuhr Nele unbeirrt fort.

»Ja, ich werde nicht mitmachen«, meinte Tian eilig, um das Gespräch schnell zu beenden.

»Aber wieso?«, fragte Nele.

Er musste ein paar Mal blinzeln, denn er hatte keine passende Antwort parat. Ihn verwirrte es, dass Nele einen Grund wissen wollte, wenn es eigentlich nicht ihre Angelegenheit war.

Da sie so lange zu warten schien, bis er antwortete, meinte er schließlich: »Einfach so.«

»Es gibt keinen bestimmten Grund?«

Tian schüttelte den Kopf. »Es passt nicht zu mir.«

Nach diesem Satz wollte er sich verabschieden und wandte sich zum Gehen. Doch Nele ließ nicht locker und hielt ihn am Arm zurück.

»Tian«, sagte sie bestärkend, »ich finde, Herr Olsen hat recht. Du hast großes Potenzial zum Schreiben und das Theaterstück wäre eine gute Möglichkeit, daran zu feilen. Woher willst du wissen, ob es zu dir passt, wenn du es nicht ausprobierst?«

»Manche Dinge weiß man einfach«, meinte Tian trocken.

Er wollte nicht weiter darüber sprechen, schließlich hatte er schon längst den Entschluss gefasst, nicht mitzumachen. Es war nur deprimierend, zu überlegen, ob es ihm Spaß machen könnte.

Tian sah Nele direkt an, deren Hand immer noch auf seinem Arm ruhte und ihre Blicke verfingen sich. Sie standen so nah beieinander, dass er ihre einzelnen Wimpern voneinander unterscheiden konnte. Unbewusst begann Tian, die goldbraunen Tupfen in ihren Augen zu zählen. Er verlor sich darin, bis ein mitleidiger Ausdruck über Neles Gesicht huschte. Ruckartig blickte er zur Seite, er wollte nicht, dass sie ihn bedauerte.

Nele ließ seinen Arm los und wandte sich ab. Deswegen

dachte Tian, dass sie nun gehen würde und wollte sich verabschieden.

Doch er missdeutete die Situation.

Nele drehte sich zu ihm zurück und fragte: »Möchtest du dem Ganzen nicht eine Chance geben?«

Tian fuhr mit der Hand über sein Gesicht, er wollte nun wirklich nicht mehr darüber diskutieren. Leider verstand Nele nicht, dass es für nicht einmal die Möglichkeit einer Entscheidung gab. Würde er seiner Familie nur von dem Angebot erzählen, würden ihn alle kritisch mustern und den Kopf schütteln.

»Einfach mal ausprobieren, vielleicht gefällt es dir. Und wenn nicht, dann kannst du jederzeit aussteigen«, versuchte sie ihn zu motivieren. »Wenn du mich fragst, ich finde, dass es gut zu dir passen würde.«

Tian spürte ihren Blick auf sich, dennoch wandte er sich ihr nicht zu. Er sah schnurstracks auf die säuberlich gestutzte Hecke im Garten. Ihm fehlten die Worte, das zu erklären, was in seinem Kopf vorging.

Neles Stimme ertönte: »Was meinst du?«

»Machst du mit?«, fragte Tian, um ihr nicht antworten zu müssen. Dabei konnte er ihr immer noch nicht in die Augen sehen.

»Nein, aber hier geht es auch nicht um mich«, sagte sie.

Schulterzuckend meinte er: »Wieso nicht?«

»Weil es einmal um dich gehen soll«, meinte sie und Tian kniff die Lippen zusammen, als er das Mitleid in ihrer Stimme hörte.

Er konnte nicht erklären wieso, aber ihr bedauernder Tonfall ärgerte ihn. Im Moment wollte er einfach nur zurück in sein Zimmer und weiterlesen, als wäre es das Einzige, was dem Leben Sinn gäbe. Er wollte nicht nachdenken, nicht über das Theaterstück und auch nicht darüber, wieso es Nele wichtig war, dass er mitmachte.

»Nein«, meinte Tian, »es sollte nicht um mich gehen.«

»Aber ...«, erwiderte sie.

»Nein, Nele!«, entfuhr es Tian härter, als er wollte. Vor Wut konnte er seine Stimme nicht mehr zügeln. »Ich mache nicht mit. Wieso? Einfach so und das muss als Grund genügen!« Sie war über seinen Tonfall sichtlich verwundert, doch Tian konnte sich nicht stoppen: »Du musst das nicht verstehen, aber bitte lass mich mit dem Theater in Ruhe!«

Nele holte Luft, um etwas zu sagen.

»Geh!«, fauchte Tian und war selbst über seine bissige Stimme überrascht.

Ihr blieb der Mund offen stehen. Gekränkt nickte sie. Dann drehte sie sich um und ging.

Tian sah ihr nach, bis sie aus seinem Blickfeld verschwunden war. Dann blickte er sich hastig um. Mit Erleichterung stellte er fest, dass niemand gesehen hatte, dass er mit Nele gesprochen hatte.

Ein Stich durchzog seine Brust. Nele hatte es nur gut gemeint, als sie ihn für das Theaterstück motivieren wollte. Und er hatte sie verscheucht.

Tian fuhr sich durch die Haare, drehte sich nach links und anschließend wieder nach rechts. Seine Wut war verschwunden, stattdessen machte sich ein schlechtes Gewissen breit. Was sollte er nun tun? Er konnte Nele nicht hinterherlaufen, sie war längst weg.

Doch eine andere Sache, die ihm Sorgen bereitete, konnte er noch vermeiden. Auch wenn Nele gegangen war, wollte er seinen Eltern nicht begegnen und erklären müssen, wieso er sich in Socken und mit dem Deutschbuch in der Hand draußen aufhielt. Also wandte er sich der Haustür zu und trat ein. Er streifte seine Füße am Teppich ab, bevor er leise die Stufen in den ersten Stock hinauf huschte.

Plötzlich blieb Tian mitten auf der Treppe stehen. Er spitzte die Ohren. Was war das? Er vernahm ein leises Singen. So eine schöne, klare Stimme hatte er noch nie gehört. Mit geschlossenen Augen lauschte er ein paar Sekunden. Sofort zog ein warmer Schauer über seinen Rücken und seine Gedanken schienen sich ein klein wenig zu beruhigen.

Er ging weiter. Die Stimme war ihm fremd, was kein Wunder war, denn zu Hause sang nie jemand. Das Deutschbuch legte er auf seinem Schreibtisch ab, dann ging er wieder in den Flur. Er wollte unbedingt herausfinden, wer so schön singen konnte. Er blieb vor Colettas Tür stehen und spitzte die Ohren. Doch dahinter war es still.

»Was tust du da?«, ertönte eine Stimme und Tian schreckte auf.

Ava stand vor ihrem Zimmer und blickte ihn verwundert an.

»Solltest du nicht bei N…«

»Pst«, unterbrach Tian sie und legte einen Finger auf seine Lippen.

Im selben Moment ging Colettas Zimmertür auf. Argwöhnisch betrachtete sie Tian, der direkt vor ihr stand. Dann wanderte ihr Blick zwischen Ava und ihm hin und her.

»Was macht ihr hier?«, fragte Coletta misstrauisch.

»Pst«, machte er wieder.

Wenn seine Schwestern sprachen, konnte er das Singen nicht mehr hören.

»Keine Ahnung, was Tian will«, meinte Ava und verschränkte die Arme vor ihrer Brust.

Belustigt betrachtete sie ihn, während Coletta ihn mit ihrem Blick durchbohrte und auf eine Erklärung wartete.

»Hört ihr es nicht?«, flüsterte er.

Er spitzte wieder die Ohren, der Gesang war sehr leise. Seine Schwestern blickten ihn weiterhin so an, als hätte er den Verstand verloren.

»Da singt jemand«, wisperte er.

Ein paar Augenblicke lang sagte keiner etwas. Coletta und Ava runzelten die Stirn, während sie aufhorchten. Dann hellten sich ihre Mienen auf. Wie angewurzelt standen sie da und lauschten für ein paar Augenblicken.

»Wartet …«, sagte Ava und zählte durch. »Wenn ihr es nicht seid …? Und ich bezweifle stark, dass Vater und Mutter überhaupt singen können … Wer ist das?«

Sie blickten sich verwundert an. Dann sahen sie gleichzeitig zu Runas Zimmertür am Ende des Flurs. Entschieden schüttelte Coletta den Kopf. Und dennoch schlich sie zu dem Zimmer ihrer kleinen Schwester. Ava und Tian folgten ihr leise. Vorsichtig legten sie ihre Ohren gegen die Tür und lauschten.

Tian blieb die Spucke weg. Das zarte Singen drang aus Runas Zimmer.

Ava stolperte ein paar Schritte zurück.

»Was?«, sprach sie aus, was sich alle dachten. »Runa kann singen?!«

Runa

Runa wusste, dass sich ihre Familie Sorgen um sie machte. Sie glaubten, sie sei stumm.

Zusätzlich äußerten die Lehrer die Vermutung, ob Runa nicht auch taub sein könnte. Sie reagierte nie, wenn sie angesprochen wurde. Egal wie lange ihre Lehrer auf eine Antwort warteten und die anderen Schüler sie drängten, endlich zu sprechen, Runa blieb stumm auf ihrem Platz sitzen und starrte ins Nichts.

Als die Direktorin das bei ihren Eltern angesprochen hatte, hatten die beiden gemeint, dass alles in Ordnung sei. Und weil Runa bei allen schriftlichen Überprüfungen fehlerfrei war, hatte die Schule schnell aufgegeben, mit Aislinn und Damian darüber zu diskutieren.

Doch immer wieder hörte Runa ihre Eltern darüber reden, dass sie sich Sorgen machten. Ihr größtes Bedenken war aber nicht, ob sie jemals sprechen würde. Sie befürchteten, dass Runa keine Fähigkeiten besitzen könnte.

Sie machte sich keine Gedanken darüber. Und wenn schon, dann war sie eben keine Seelendienerin, sondern eine Außenstehende ihrer Gemeinschaft. In die Gesellschaft der anderen Menschen durfte sie sich nicht einfügen, dafür wusste sie zu viel. Aber das wollte sie sowieso nicht. Sie hatte alles, was sie brauchte auf ihrem Schoß: Esha. Sie streichelte sanft über ihr Fell.

Plötzlich hielt sie inne. Hatte es gerade vor ihrer Zimmertür gerumpelt?

Sie musste sich verhört haben.

Runa kraulte Esha hinter dem Ohr und sang weiter. Ihr Lied war in einer fremden Sprache. Welche es war, wusste sie selbst nicht. Als sie letztens von der Schule nach Hause gegangen war, hatte sie zwei Frauen in einer unbekannten Sprache reden gehört. Die Melodie und die Worte hatten ihr gefallen. Vielleicht war es arabisch oder persisch. Die Sätze, die sie beim Vorbeischleichen aufgeschnappt hatte, sang sie nach. Die Melodie dazu erfand sie selbst.

Runa sang leise, ihre Familie sollte sie nicht hören. Das Lied galt nur Esha.

Tian

Tian biss gerade von seinem Brot ab, als sich Coletta vom Frühstückstisch erhob, um ihr Geschirr wegzuräumen. Dicht gefolgt von Runa stellten die beiden ihre Schüsseln und Teller in die Spüle. Als sie durch den Türrahmen zurück ins Esszimmer gingen, schluckte Tian den letzten Bissen seines Brotes hinunter und stand ebenfalls auf. Ava blieb sitzen und rührte genüsslich mit dem Löffel in ihrer halb vollen Joghurtschüssel.

Tian beobachtete im Vorbeigehen seine Familie. Über die Zeitung hinweg betrachtete Damian Ava kritisch. Es schien, als hätten sich die beiden gestritten. Die Atmosphäre war angespannt, hauptsächlich von Avas Seite aus. Offensichtlich versuchte sie ihre Eltern zu provozieren, indem sie ihre Hausaufgaben und Schulhefte auf dem Esstisch liegen ließ oder ihre Zimmertür so laut ins Schloss fallen ließ, dass Tian in der Nacht vom Tiefschlaf hochschreckte. An Schultagen stand sie noch später auf als üblich und kam erst zum Frühstück, wenn die anderen schon fast fertig waren. Sie beeilte sich nicht, sondern aß gelassen, als hätte sie alle Zeit der Welt. Was sie dadurch zu erreichen hoffte, wusste Tian nicht.

Es schien, als würde Avas Provokationen Damian kalt lassen. Hingegen ermahnte Aislinn sie: »Ava, bitte beeil dich! Ansonsten kommst du erst knapp vor Unterrichtsbeginn in die Schule.«

Ava sah auf und schob sich die Haare hinter beiden Ohren. Dann beugte sie sich vor und schaufelte das Joghurt so schnell in sich hinein, dass sie kaum Zeit hatte zu schlucken. Damian musterte sie ein paar Sekunden, bevor er die Zeitung ein Stück hoch hob, damit sie aus seinem Blickfeld verschwand.

Es wunderte Tian, dass es Ava nicht zu stören schien, jeden

Morgen Stress zu haben und das nur, um möglicherweise ihre Eltern ärgern zu können.

Im Eingangsbereich öffnete Coletta die Haustür, als er seinen Jutebeutel auf den Rücken schob und zu ihr trat. Er warf einen letzten Blick zu seinen Eltern, um sich mit einem Nicken zu verabschieden, da sah Aislinn auf ihre Kette. Sie hatte eine Nachricht auf dem achteckigen Anhänger erhalten, betrachtete diese und erhob sich gleichzeitig von ihrem Stuhl.

»Tian«, hielt sie ihn zurück und ließ ihre Kette sinken. »Stell deinen Turnbeutel ab.«

Er hielt inne und ging die paar Schritte zum Esszimmer zurück. Fragend sah er seine Mutter an, doch sie hatte ihren Blick auf Damian gerichtet, der seine Zeitung zusammenfaltete und ebenfalls auf eine Erklärung wartete. Wortlos zeigte Aislinn ihm die Nachricht auf der Kette, während Tian seinen Jutebeutel abstellte.

»Wasn los?«, sprach Ava mit vollem Mund das aus, was auch er sich dachte.

Coletta war ebenfalls zurück ins Haus gekommen, während sich Runa allein auf den Weg zur Schule machte.

Aislinn sagte knapp: »Ich nehme dich mit zur Arbeit. Wir machen uns sofort auf den Weg.«

Während sie um den Esstisch ging, fragte Tian: »Was ist mit der Schule?«

Damian stimmte ihm zu: »Tian kann nicht den Unterricht schwänzen.«

Aislinn blieb am Tischende stehen und meinte bestimmend: »Doch, er kann die Schule heute ausfallen lassen. Das ist ein besonderer Fall, er muss sehen und lernen, wie ein Seelendiener in dieser Situation handelt.«

Meistens widersprach niemand, wenn sie mit dieser festen Stimme sprach, aber Damian hatte Bedenken: »Der Unterricht hat seine Berechtigung! Er kann nicht ohne Begründung fernbleiben.«

Tian musterte seine Eltern. Das hier war einer der seltenen Fälle, bei denen sie nicht einer Meinung waren. Selbst Ava hatte aufgehört zu essen und sah mit großen Augen von einem Elternteil zum anderen.

»Ich rufe an, dass er sich nicht wohlfühlt«, meinte sie und fuhr fort, bevor Damian ihr wieder widersprechen konnte. »Das ist ein wichtiger Auftrag. Das weißt du am besten.«

Damian sah zu seiner leeren Kaffeetasse hinab, hielt einen Moment inne und nickte schließlich.

Aislinn wandte sich nochmals zu Ava, um sie in die Schule zu schicken. »Tian und ich gehen. Beeil …« Weiter brauchte sie nicht sprechen. Womöglich merkte Ava, dass sie jeden Moment allein mit ihrem Vater im Esszimmer sitzen könnte. Während ihre Mutter noch sprach, sprang sie auf und brachte ihr Geschirr in die Küche, obwohl noch etwas Joghurt in der Schüssel war. Dann huschte sie an Tian vorbei, nahm ihre Tasche und marschierte zielstrebig nach draußen.

Als Tians Mutter zu ihm in den Flur trat, versuchte er vergeblich, ruhig zu wirken. Doch ihre Spontanität verunsicherte ihn, er war darauf eingestimmt, sich auf den Unterrichtsstoff zu konzentrieren und nicht, etwas Neues über die Arbeit der Seelendiener zu lernen. Aislinn sagte nichts, als würde sie nicht bemerken, dass er aufgeregt von einem Bein auf das andere trat.

»Was ist mit mir?«, fragte Coletta, die immer noch bei der Haustür stand.

Tian vermutete, dass sie auch mit zur Arbeit wollte.

»Du gehst in die Schule«, meinte Aislinn und zog sich ihre Jacke an.

Mürrisch biss Coletta ihre Zähne zusammen, drehte sich weg und folgte ihren anderen Geschwistern, ohne ein weiteres Wort zu sagen.

Aislinn warf sich ihre große, schwarze Handtasche über die Schulter und meinte zu Tian: »Wir müssen uns beeilen.«

Sie traten auf die Veranda und zogen die Haustür hinter sich ins Schloss. Zügig gingen sie den Weg zur Straße hinunter und anschließend nebeneinander den Gehweg entlang. Anders als Damian fragte Tians Mutter nicht sein Wissen ab oder versuchte, ihn auf die kommende Situation vorzubereiten. Er wusste nicht, ob er es gut fand, denn einerseits brauchte er Ruhe, um sich auf die Arbeit zu fokussieren, andererseits gab ihm das Abprüfen Sicherheit. Doch Aislinn wirkte entspannt und diese Ausstrahlung übertrug sich auf ihn. Deswegen hatte er auch nicht das Bedürfnis, nach dem Weg zu fragen.

Sie waren erst ein paar Minuten unterwegs, als in der Ferne Sirenen ertönten. Augenblicklich verfiel Tians Mutter in einen Laufschritt. Sie bog in eine Seitengasse ein und Tian folgte ihr.

Aislinn zog ihre Handtasche enger an sich und wurde noch schneller, bis sie das Ende der Gasse erreichten. Sie bog um die Hausecke und stoppte abrupt. Tian stolperte gegen ihre Schulter. Als er sich umsah, erkannte er die Häuser der Umgebung, er war schon ein paar Mal hier gewesen. Doch etwas war anders, Tian fiel sofort die eigenartige Stimmung auf. Zwar befanden sie sich an einer wenig befahrenen Straße, aber es war ruhiger als sonst. Keine Passanten marschierten bei den Cafés ein und aus oder bummelten an den Schaufenstern der kleinen Boutiquen. Die Sirenen im Hintergrund verstärkten die Stimmung.

Tian sah sich um und entdeckte vor einem Lebensmittelgeschäft eine kleine Ansammlung von Leuten. Sie hatten einen Kreis gebildet, aber er konnte aus der Ferne nicht erkennen, was sich in dessen Mitte befand.

Aislinn warf einen Blick auf ihn und nickte, dann ging sie darauf zu. Dicht folgte er ihr und versuchte, einen weiteren Blick in die Menschenmenge zu erhaschen.

Die meisten Passanten standen erstarrt auf der Stelle, als hätten sie einen Schock. Andere flüsterten leise mit ihrem Nachbarn, doch keiner wagte es, laut zu sprechen.

Aislinn und Tian näherten sich der kleinen Menschenmenge.

Leise stellten sie sich dazu. Mit der Hand auf Tians Schulter schob Aislinn ihn vor sich, damit er einen besseren Blick auf die Mitte des Geschehens werfen konnte. Am Boden lag eine Einkaufstüte, aus der Gemüse und Brötchen herausgefallen waren. Eine Milchflasche lag dazwischen, sie war zersprungen und der Inhalt über das Kopfsteinpflaster verteilt. Doch niemand kümmerte sich darum, die Lebensmittel oder Scherben aufzuheben. Die Aufmerksamkeit war auf einen Mann mit Bierbauch und schütterem Haar gerichtet, der auf dem Boden lag. Sein Hemd war aufgerissen und er atmete nicht.

Eine Frau Mitte zwanzig hockte neben ihm und beugte sich über seinen nackten Oberkörper. Ihre Hände lagen übereinander auf seiner Brust und sie presste mit aller Kraft dagegen.

Tians Blick blieb an der Seele des Mannes hängen. Sie befand sich halb in der Luft, der andere Teil war noch im Körper. Der Loslösungsprozess würde noch eine Weile dauern, dennoch überstrahlte die Schönheit der Seele die gesamte Situation. Während Tian sie betrachtete, vergaß er fast die Sirenen, die immer lauter wurden.

»Herzstillstand«, hauchte Aislinn ihm so leise ins Ohr, dass er Mühe hatte, sie zu verstehen.

Er wandte sich zu ihr um und wollte etwas fragen, doch sie unterbrach ihn, bevor er zu sprechen begann: »Schau gut hin, wir reden später.«

Dabei blieb ihr Blick auf der Seele. Ihren Augen glitzerten und das Funkeln gab Tian zu verstehen, dass sie ebenfalls von der Schönheit der Seele berührt war.

Ihrer Anweisung folgend drehte er sich zurück und beobachtete den Mann und den Loslösungsprozess. Die Frau Mitte zwanzig biss vor Anstrengung die Zähne zusammen und Schweißperlen bildeten sich auf ihrer Stirn. Mit jedem Druck der Herzrhythmusmassage schien die Seele ein kleines Stück zurück in den Körper zu wandern.

Tian blinzelte und sah nochmals genauer hin, er musste sich

geirrt haben. Mit zusammengekniffenen Augen, um besser sehen zu können, konzentrierte er sich auf die sanften Bewegungen und die Größe der Seele. Verwundert kratzte er sich am Kopf, er hatte es sich nicht eingebildet. Die Seele zog sich langsam in den Körper des Mannes zurück. Er drehte sich wieder zu seiner Mutter um, doch ihr Blick war auf die Situation vor ihnen gerichtet.

Während er sich zurückwandte, merkte er, dass nun das Heulen der Sirene so laut wurde, dass das Geräusch in seinen Ohren schmerzte. Er blickte sich um und sah ein Rettungsauto und einen Notarztwagen auf die Menschenmenge zukommen. Mit quietschenden Reifen hielten sie ein paar Meter davor an.

Nun passierte alles sehr schnell. Sanitäter und ein Arzt sprangen aus den Wägen und eilten zu dem Mann am Boden. Ohne zu zögern, kontrollierten sie den Puls und die Atmung, und lösten die junge Frau bei der Herzrhythmusmassage ab. Sie ging ein paar Meter nach hinten und setzte sich, um tief durchzuatmen.

Die Seele war fast gänzlich zurück in den Körper eingetaucht, ein kleiner Teil flackerte noch in der Luft, dennoch rührte sich der Mann nicht.

Gespannt beobachtete Tian die Seele, die zuerst noch einen Zentimeter hervorstand, einen Druck der Herzrhythmusmassage später nur noch einige Millimeter. In seinem Hals bildete sich ein Kloß und er traute sich nicht zu blinzeln, um den Moment nicht zu verpassen, an dem sie völlig verschwinden würde. Nur einen Augenblick später war es so weit und gleichzeitig atmete der Mann mit dem schütteren Haar wieder.

Der Arzt vergewisserte sich, dass die Atmung regelmäßig war und kontrollierte den Puls. Gleichzeitig sprach er beruhigend mit dem Patienten, doch bis zu Tian drangen nur ein paar unverständliche Wortfetzen. Einen Moment lang wandte sich der Arzt der Ersthelferin zu und bedankte sich mit einem Nicken. Sie wischte sich den Schweiß von der Stirn und ihre

Mundwinkel zogen sich erleichtert nach oben.

Während die Sanitäter losliefen, um eine Trage zu holen, klatschten die Passanten, die die Situation beobachtet hatten, Beifall. Doch weder der Arzt noch die Ersthelferin reagierten darauf.

Die ersten Schaulustigen wandten sich ab und auch Tian wurde von Aislinn von der Menge weggezogen. Er wollte gerade um eine Erklärung der Situation bitten, da zischte ein Passant so nahe an ihnen vorbei, dass er dessen Luftzug spürte. Mit einem Blick um sich merkte er, dass das Risiko noch zu hoch war, dass jemand ihr Gespräch mitbekam. Deshalb folgte er stumm seiner Mutter.

Anstatt den Weg nach Hause einzuschlagen, überquerte Aislinn die Straße und schritt auf einen kleinen Gehweg zu, der von den Geschäften und Cafés wegführte. Stumm ging er neben ihr, während seine Gedanken im Kreis schwirrten. Ihm war nicht bewusst gewesen, dass die Loslösung einer Seele verhindern werden konnte. Das fand er faszinierend.

Nach ein paar Minuten betraten sie einen lichten Wald am Stadtrand. Dort verlangsamte Aislinn ihren Schritt merklich und schlenderte über den sandigen Weg. Sie drehte sich im Gehen zu Tian und er registrierte, dass sie nun über das Geschehene sprechen konnten.

»Das war ...«, versuchte er die Situation in Worte zu fassen, gab aber schnell auf.

»Ich weiß«, verstand sie ihn dennoch und nickte. Verträumt wandte sie ihren Blick nach vorne und sprach weiter: »Wir waren heute nicht da, um eine Seele einzusammeln. Ich bin dorthin gerufen worden, um die Situation zu beobachten. Manchmal funktioniert es, dass Menschen mit starker Willenskraft den Loslösungsprozess verhindern können. Wenn sich die Seele dennoch gelöst hätte, weil beispielsweise der Körper nicht mehr lebensfähig ist und nicht von selbst ins Licht geht, dann wäre ich da gewesen.« Sie hielt einen Moment inne. »Was möchtest du noch wissen?«

Tian stellte die erste Frage, die ihm einfiel: »Hast du gewusst, dass wir heute keine Seele einsammeln werden?«

»Gewusst? Nein«, antwortete Aislinn, »aber ich habe es geahnt. In meiner Nachricht habe ich gelesen, dass Erste Hilfe geleistet wird, deswegen hat sich der Loslösungsprozess verlangsamt. Ich vermute, die Seele hätte ansonsten meine Hilfe nicht benötigt, um ins Licht zu gehen.«

Tian nickte und konnte das Erstaunen in seiner Stimme nicht zurückhalten: »Ich hätte nicht gedacht, dass so etwas geht.«

»Was meinst du genau?«

»Dass wir Seelen zurück in den Körper bringen können.«

»Nein«, warf Aislinn hastig ein und blieb stehen. Sie sah Tian an, bevor sie weitersprach: »Wir bringen keine Seelen zurück in den Körper. Wir mischen uns nicht in den Loslösungsprozess ein. Niemals!«

Sie war aufgebracht, so hatte Tian sie noch nie erlebt. Ihre Stimme war hart, als wäre er ein Kind, das etwas Schlimmes angestellt hatte. Gleichzeitig sah er in ihren aufgerissenen Augen einen Funken Sorge.

»Aber ...«, wollte er fragen, doch sie hatte noch nicht fertig gesprochen,

»Seelendiener sind dazu da, Seelen ins Licht zu bringen, nicht in ihr altes Leben zurück«, setzte sie fort. »Geduldig warten wir, bis die Seelen von selbst so weit sind, sich gänzlich zu lösen. Weder verhindern wir es, noch versuchen wir, den Prozess zu verkürzen. Wir lassen einfach passieren, was passiert.« Sie sog angespannt die Luft ein. »Das bedeutet auch, dass wir nicht eingreifen, wenn ein Mensch einen Körper reanimieren möchte. So wie heute. Wir warten und beobachten und nehmen es an, egal was geschieht.« Die Sorge in ihren Augen blitzte nochmals auf und sie wiederholte ihre Worte, nun mit etwas ruhigerer Stimme: »Wir warten und beobachten.«

Tian nickte, um ihr zu versichern, dass er die Bedeutung ihrer

Worte verstanden hatte, und fragte vorsichtig: »Liegt es daran, dass wir die Seelen sehen können?«

Aislinn ging weiter, während sie ihm antwortete: »Unter anderem. Es liegt auch daran, weil wir eine besondere Wirkung auf die Seelen haben. Zwar können wir nicht mit ihnen kommunizieren, dennoch bin ich der Meinung, dass sie wissen, dass wir sie sehen und helfen können. Das merkt man allein daran, dass Seelen unseren Berührungen ausweichen. Bei normalen Menschen tun sie das nicht, da bleiben sie in ihrer Form und auf ihrem Platz.«

Ein paar Augenblicke lang schlenderten sie stumm nebeneinander weiter.

»Wir warten und beobachten«, wiederholte Aislinn abermals, nun mit leiser Stimme, als würde sie mit sich selbst sprechen.

Tian schluckte, denn er spürte, dass irgendetwas nicht stimmte. Gerade waren seine Gedanken wie weggeblasen, nur eine Frage schwirrte in seinem Kopf, diese dafür umso deutlicher. Er kratzte sich hinter seinem Ohr, denn er wusste nicht, ob es angemessen war, sie zu stellen. Doch er konnte an nichts anderes denken.

Langsam und mit behutsam gewählten Worten fragte Tian: »Was würde theoretisch passieren, wenn ein Seelendiener sich in einen Loslösungsprozess oder in das Reanimieren eines Menschen einmischen würde?«

Aislinn blieb stehen. Ihr Blick war starr nach vorne gerichtet. Ein paar Sekunden lang sagte sie nichts. Wahrscheinlich dachte sie nach, ob sie ihm überhaupt antworten sollte.

Sie fragte: »Kennst du Tante Ophelia?«

»Nein.«

»Deswegen.«

Zögerlich bohrte er nach: »W... Was ist passiert?«

»Das braucht dich nicht zu kümmern«, meinte sie knapp und drehte sich anschließend schnell um. Während sie von Tian wegmarschierte, rief sie ihm zu: »Lass uns nach Hause gehen!«

Er lief ihr nach und überlegte hastig, wie er noch mehr erfahren konnte. Denn er war neugierig geworden und schon wieder flogen in seinem Kopf gefühlt tausend Fragen, aber nun konnte er keine einzige davon fassen. Vielleicht, weil ihn sein Unterbewusstsein davon abhalten wollte, noch etwas zu sagen. Denn hätte seine Mutter gewollt, dass er Bescheid wusste, dann hätte sie ihm mehr erzählt. Doch ihr Blick, der Funken Sorge und ihre Stimme, sie alle hatten ihm zu verstehen gegeben, dass es ein heikles Thema war. Es wäre wohl besser, so wenig wie möglich darüber zu wissen.

Dennoch fragte er sich, wer Tante Ophelia war. Sie war keine Schwester von Aislinn, sie hatte nur eine und das war Aleidis. Obwohl er sie bisher nur wenige Male gesehen hatte, hatte Tian gemerkt, dass sich seine Mutter gut mit ihr verstand.

Doch über die Familie seines Vaters wurde kaum gesprochen, nur einzelne Details waren Tian bekannt. Einerseits wusste er, dass seine Großeltern noch lebten und Damian viele Geschwister hatte und andererseits, dass er früh ausgezogen war und seitdem keinen aus seiner Familie je wieder gesehen hatte. Noch nie war einer von ihnen auch nur ein einziges Mal zu Besuch gewesen. Manchmal hatte Tian Wortfetzen aufgeschnappt, wenn Aislinn und Damian über sie sprachen. Beispielsweise, dass eine Schwester, Melisande, wenn sich Tian richtig erinnerte, ein Kind bekommen hatte. Oder sie redeten über einen Bruder, der im Ministerium arbeitete. Doch sobald eines der Kinder in den Raum trat, beendeten ihre Eltern sofort das Gespräch. Da er so wenig über die Familie und Vergangenheit seines Vaters wusste, musste Tante Ophelia eine seiner Schwestern sein.

»Wie geht es dir in der Schule?«, unterbrach Aislinn Tians Gedanken.

Ihm war bewusst, dass sie vom vorherigen Gespräch ablenken wollte, und er ließ sich darauf ein. Er vertraute auf sein Gefühl, dass es besser wäre, so wenig wie möglich über Tante

Ophelia zu wissen.

Nur ein paar Minuten später waren sie gänzlich in die Unterhaltung vertieft. Tian erzählte seiner Mutter, welchen Unterrichtsstoff sie im Moment durchgingen, und erwähnte die letzten Tests, bei denen er gut abgeschnitten hatte. Anders als sonst, fragte Aislinn viel nach und er glaubte, dass sie selbst versuchte, Tante Ophelia aus ihren Gedanken zu bekommen.

Während sie sprachen, schlenderten sie noch entspannt eine Runde durch den Wald, bevor sie einen Umweg nach Hause einschlugen. Sie mieden bewusst die Straße mit dem Lebensmittelgeschäft, in der vorhin der Mann einen Herzstillstand gehabt hatte.

Im Moment genoss Tian es, über die Schule zu reden, als wäre Aislinn eine gewöhnliche Mutter, die mit ihm spazieren ging. Selbst die Gesprächspausen waren nicht unangenehm. Im Gegenteil, ein paar Minuten lang war jeder in seinen eigenen Gedanken versunken, bevor erneut einer von ihnen das Wort ergriff und etwas Neues erzählte. Tian sprach ausführlich über die Schule und Aislinn empfahl ein Buch, das sie vor ein paar Tagen gelesen hatte und an das sie immer wieder denken musste. Außerdem erwähnte sie, dass sie in der Zeitung ein Rezept für einen Obstkuchen gefunden hatte, das sie am Wochenende ausprobieren wollte. Und sie fragte Tian, was er von der Brombeermarmelade hielt, die sie letztens gekauft hatte.

Die Zeit verstrich wie im Flug und als sie schließlich zu Hause ankamen, war es schon nach Mittag.

Sie traten auf die Veranda und nachdem Aislinn die Tür aufgeschlossen hatte, drehte sie sich noch einmal zu Tian um und meinte: »Schön, dass du heute mit dabei warst.«

Unwillkürlich musste er schmunzeln. Er hatte es ebenfalls genossen, hätte aber nicht erwartet, dass seine Mutter es laut aussprechen würde.

Einen Moment später verkniff er sich das Lächeln, setzte einen neutralen Gesichtsausdruck auf und auch sie wandte sich um und öffnete die Haustür.

Damian war nicht im Haus, sie vermuteten, dass er bei einem Auftrag war. Doch er hatte bereits gekocht, im Haus roch es nach Nudeln und Brokkolisoße. Während Aislinn das Essen aufwärmte, deckte Tian den Tisch.

Als er die Gabeln austeilte, öffnete sich die Haustür und Coletta trat ein. Ein Blick auf die Uhr verriet ihm, dass sie sich beeilt hatte, nach Hause zu kommen. Eigentlich brauchten sie beide für den Heimweg ein paar Minuten länger.

Sie zog sich ihre Jacke und die Schuhe aus und stellte ihren Rucksack zum Treppenanfang. Schleichend kam sie ins Esszimmer, nickte ihrer Mutter zur Begrüßung zu und ignorierte Tian. Er merkte, dass ihr etwas auf der Zunge lag, doch sie blieb zuerst einen Moment am Tischende stehen und betrachtete das aufgedeckte Geschirr. Behutsam strich sie die Tischdecke glatt, obwohl es nicht nötig gewesen wäre, und ging um Tian herum, ohne ihn anzusehen. Sie blickte durch den offenen Türbogen zu ihrer Mutter in die Küche.

»Wieso darf ich nie mit zur Arbeit?«, sprudelte es schließlich aus ihr heraus.

Überrascht drehte sich Aislinn zu ihr um und auch Tian war erstaunt. Coletta wirkte gekränkt und bemühte sich nicht, diese Emotion zu überdecken, wie sie es sonst tat. Es war unüblich für sie, Arbeits- und Unterrichtsweisen ihrer Eltern zu hinterfragen.

»Du bist noch zu jung«, meinte Aislinn.

»Ich bin fünfzehn!«, erwiderte Coletta hartnäckig.

»Ich weiß und dennoch bist du um ein Jahr jünger als Tian. Nächstes Jahr um diese Zeit wirst du mit zur Arbeit gehen dürfen.«

»Erst in einem Jahr?«, fragte Coletta ungläubig.

Aislinn nickte, wandte sich von ihr ab und den Kochtöpfen zu, als wäre das Gespräch beendet.

Doch Coletta ließ nicht locker und zählte auf: »Ich habe

gleichzeitig mit Tian die Ausbildung begonnen und mehr theoretisches Wissen als er. Bei der Teleportation mache ich Fortschritte und ich habe keine Probleme unsichtbar zu werden. Wieso darf ich nicht mit zur Arbeit? Nur weil ich um ein paar Monate jünger bin als er?«

Tian betrachtete sie mit großen Augen, hielt sich aber im Hintergrund. Er wusste, dass es besser war, sich nicht in das Gespräch einzumischen, auch wenn sie über ihn sprachen.

Aislinn schaltete die Kochplatte aus und erklärte ruhig: »Wie stellst du dir das denn vor? Allein einen von euch mitzunehmen, bringt sehr viel mehr Arbeit mit sich, als du denkst. Ich muss aufpassen, dass Tian keinen einzigen, klitzekleinen Fehler macht, und darauf achten, dass er meine Arbeit nicht behindert und trotzdem etwas dabei lernt. Nur die Vorstellung zwei unerfahrene Seelendiener mitzunehmen … Nein« Aislinn hob den Kochlöffel, um ihre folgenden Worte besser zu verdeutlichen, und sagte mit bestimmendem Tonfall: »Egal wie wichtig dir der Unterricht ist, das Einsammeln der Seelen hat Vorrang.«

Coletta erwiderte nichts und biss für einen Moment die Zähne zusammen. Dann lockerte sie ihr Kiefer und setzte einen gefassten Gesichtsausdruck auf.

Aislinn betrachtete sie kurz und meinte: »Setzt euch bitte, das Essen ist fertig.«

Tian

Tians Schuhsohlen schlurften über den Fliesenboden der Aula. Neben ihm ging Coletta, die kurz darauf bei ihrem Spind stehen blieb, um ihre Schulsachen für den kommenden Unterricht zu holen. Ohne sich zu verabschieden, machte Tian sich weiter auf den Weg zu seinem Klassenzimmer und wich einer Gruppe von Schülern aus, die ihm in ein Gespräch vertieft entgegenkamen.

Der gestrige Nachmittag war entspannt gewesen. Nach dem gemeinsamen Mittagessen hatte Tian es sich in seinem Zimmer gemütlich gemacht und ein Buch gelesen. Am Abend hatte Damian Coletta und ihn zu einer Übungsstunde ins Büro geholt und Tian hatte es zum ersten Mal geschafft, durch die geschlossene Bürotür in den Flur zu teleportieren. Doch er musste zugeben, dass er sich nach einem freien Tag nun wieder auf die Schule freute, denn damit hatte er neben der Arbeit als Seelendiener noch etwas anderes, auf das er sich konzentrieren konnte.

Tian sah die offene Tür seines Klassenzimmers und trat ein. Es war merklich ruhiger als im Flur, nur eine Handvoll Plätze waren besetzt. Ein paar Schüler sprachen mit ihren Sitznachbarn, wodurch ein leises Murmeln entstand.

Tian wandte sich zu seinem Tisch und hielt einen Moment inne, als er Nele erblickte. Er war erstaunt, denn noch nie war sie so früh in der Klasse gewesen. Ansonsten kam sie immer erst mit Kiara und Steve kurz vor dem Klingeln.

In den letzten Tagen hatte er viel an Nele und ihr Gespräch auf der Veranda gedacht. Er hatte ein schlechtes Gewissen, weil er sie mit seinem bissigen Tonfall verjagt hatte. Doch Nele durfte nicht noch einmal zu ihm nach Hause kommen. Um das zu verhindern, überlegte Tian, sich nicht zu entschuldigen und mit dem unangenehmen Stechen in der Brust zu leben.

Nele sah auf, aber Tian konnte weder in ihrem Blick noch an ihrem Gesichtsausdruck ergründen, ob sie gekränkt war. Mit ausdrucksloser Miene schaute sie ihm entgegen, er musste sich von ihrem Gesicht abwenden, als er auf sie zuging.

Er stellte seinen Jutebeutel zu dem Tischbein, bevor er seinen Stuhl zurückschob und sich setzte. Obwohl er Nele dabei nicht ansah, bemerkte er ihren Blick, der auf ihn gerichtet war. Während er seine Hände unter seine Oberschenkel schob, wandte er sich ihr zu.

»Morgen«, sagte er verlegen. Es war das erste Mal, dass er am Morgen zuerst das Wort ergriff.

Nele erwiderte seine Begrüßung.

Sollte er noch einmal ihr letztes Gespräch aufgreifen und klarstellen? Doch weil sie weniger als einen Meter entfernt saß, konnte er keinen Entschluss fassen. Weder fiel ihm eine passende Entschuldigung ein, noch war er in der Lage, so zu tun, als wäre alles wie immer. Das schlechte Gewissen drückte zu sehr in seiner Brust.

Kurz warf er Nele einen Blick zu und bereute es sofort. Ihre Haare trug sie an diesem Tag offen und gerade schob sie sich die Locken hinter ihre Ohren. Ihre Nägel waren dunkelrot lackiert und goldene Ringe zierten ihre Finger.

»Du, Tian«, meinte sie schließlich und rückte ihr Armband mit den vielen Steinchen zurecht. »Ich habe nachgedacht.«

Er nickte und warf ein: »Ja, ähm, ich auch.«

Immer noch überlegte er, was er sagen sollte, aber alle möglichen Aussagen in seinen Kopf schienen ihm entweder zu emotional oder zu unempathisch.

»Bist du wütend auf mich?«, fragte Nele.

Tian sah sie fragend an. Ihm fiel kein Grund ein, der ihn berechtigen würde, aufgebracht zu sein. Natürlich hätte er gerne, dass sie verstand, wieso er bei der Herbstaufführung nicht mitmachen konnte. Doch schließlich wusste sie nichts von den Seelendienern. Da er ihr nicht erklären durfte, dass er deswegen so zurückgezogen lebte, konnte sie seine Entscheidung klarerweise nicht verstehen.

»Nein, wieso sollte ich das sein?«, fragte Tian zurück.

»Na ja«, antwortete Nele und suchte nach den richtigen Worten, »auf der Veranda warst du sehr unruhig und als ich dich zu dem Theater überreden wollte, warst du verärgert.« Er öffnete den Mund, um etwas zu sagen, doch sie fügte noch hinzu: »Was ich vollkommen verstehe, ich weiß, ich habe mich eingemischt. Auch wenn ich finde, dass du beim Theaterstück mitmachen solltest, ist das deine Entscheidung.«

»Du hast es nur gut gemeint«, brachte Tian lediglich hervor, denn er hatte nicht mit einer Entschuldigung ihrerseits gerechnet.

»Ja, aber trotzdem«, meinte sie und verzog bedauernd den Mund, »es tut mir leid, falls ich dir zu nahegetreten bin.«

»Schon gut«, erwiderte er und als er ihr Gesicht betrachtete, stand sein Entschluss fest. »Ich sollte mich entschuldigen, weil ich so hart mit dir gesprochen habe.«

Nele sagte scherzhaft: »Das bin ich gar nicht von dir gewohnt.«

»Also bist du mir nicht böse?«, fragte Tian nach und sah vorsichtig in ihre Richtung.

Sie stützte ihren Kopf in ihre Hand und musterte ihn, bevor sie mit einem verschmitzten Lächeln kopfschüttelnd verneinte. Augenblicklich hatte sich sein Blick in ihrem Lachen verfangen.

»Wenn du nicht wütend auf mich bist, wieso warst du dann gestern nicht da?«, drang Neles Stimme gefühlt von ganz weit weg an sein Ohr.

Kaum merklich schüttelte er den Kopf, um sich auf ihre Frage zu konzentrieren.

Aislinns Ausrede kam ihm in den Sinn und er antwortete automatisch: »Mir ging es nicht so gut.«

Neles Blick verriet, dass sie ihm nicht glaubte. »Geht es dir jetzt wieder besser?«

»Ja«, meinte Tian knapp und nickte.

Obwohl es offensichtlich war, dass sie seine Lüge durch-schaute, ging sie nicht weiter darauf ein, sondern erwiderte sein Nicken.

Die Klassentür fiel mit einem Knall ins Schloss. Erschrocken drehten sich Nele und Tian gleichzeitig danach um. Sie waren so in das Gespräch vertieft gewesen, dass sie nicht bemerkt hatten, dass die anderen Schulkollegen bereits Platz genommen hatten. Ein Blick auf die Uhr verriet, dass es schon zum Unterricht geklingelt hatte.

Nun richtete sich der Englischlehrer Gruber in der Klasse zu seiner vollen Größe auf und wartete mit gerunzelter Stirn, dass Ruhe einkehrte.

In diesem Moment sah Tian, dass der Platz vor ihm leer war. Kiara fehlte. Es machte nicht den Anschein, als würde sie sich nur verspäten, denn Steve hatte bereits seinen Rucksack auf ihren Stuhl gestellt und stützte sich lässig an dessen Lehne ab.

Nele bemerkte Tians fragenden Blick, beugte sich näher an sein Ohr und flüsterte: »Kiki ist krank.«

Ohne sich ihr zuzuwenden, fragte Tian: »Was hat sie?«

Schon in den letzten Tagen war ihm ihre Unruhe aufgefallen. Es war nur eine Frage der Zeit gewesen, bis sie von der Schule fernbleiben würde.

»Sie hat geschrieben, dass sich ihre Erkältung verschlimmert hat, und nun hat sie eine Grippe«, erzählte Nele leise.

Er drehte seinen Kopf zu ihr und merkte in ihren Augen, dass sie die Ausrede glaubte. Daraus schloss er, dass Kiara ihren Freunden noch nichts von ihrer eigentlichen Krankheit erzählt hatte.

Tian nickte und Nele sprach weiter: »Kiki meint, dass es ein paar Tage dauern wird, bevor es ihr besser geht und sie wieder ...«

»Nele and Tian!« Die Stimme des Englischlehrers

durchschnitt den Raum.

Augenblicklich wandten sie sich nach vorne.

»Please be quiet, the lesson already started!«, bat er streng um Ruhe.

Ein paar Klassenkameraden konnten sich ein leises Kichern bei der Aussprache von Herrn Gruber nicht verkneifen, doch die meisten sahen verwundert zwischen Nele und Tian hin und her. Es war bereits das zweite Mal binnen weniger Tage, dass ein Lehrer sie zur Ruhe ermahnte.

Unter den Blicken seiner Klassenkollegen schob Tian seine Hände unter die Oberschenkel und bemühte sich um eine aufrechte Haltung.

Nele antwortete ihrem Lehrer: »Sorry, Mister Gruber.«

Schnaubend wandte sich der Englischlehrer erneut dem Unterrichtsstoff zu und allmählich konzentrierten sich auch die restlichen Schüler wieder auf seine Worte.

Beruhigt schluckte Tian, als keiner mehr die Aufmerksamkeit auf ihn richtete. Dennoch tat er sich schwer, Herrn Gruber zuzuhören, denn gedanklich war er noch damit beschäftigt, das Gespräch mit Nele zu verarbeiten. Er war erleichtert, dass sie nicht wütend auf ihn war und wusste, dass es die richtige Entscheidung gewesen war, sich bei ihr zu entschuldigen.

»... please take notes ...«, sprach der Englischlehrer und gleichzeitig wurde seine Stimme von dem Kramen der Schüler nach ihren Heften und Stiften übertönt.

Da erst bemerkte Tian, dass er völlig vergessen hatte, seine Schulsachen auf den Tisch zu legen. Er schnappte sich seinen Turnbeutel, platzierte ihn auf den Schoß und legte seine Englischbücher vor sich hin. Anschließend nahm er noch zwei Stifte heraus.

»Brauchst du einen?«, fragte er flüsternd Nele.

Sie grinste. »Das fragst du wirklich?«

Er erwiderte ihr Lächeln und reichte ihr den Kugelschreiber.

»Danke«, flüsterte sie.

Tian öffnete den Mund, um noch etwas zu sagen, da ertönte erneut Herr Grubers strenge Stimme: »Nele and Tian! If you chat again, someone of you will sit in the front row.« Er deutete auf den leeren Platz in der ersten Reihe. Auf diesen wollte sich keiner setzen, da er direkt vor dem Lehrerpult war.

Während Nele pflichtbewusst nickte, hatten sich erneut alle Klassenkollegen zu ihnen umgewandt. Erfolglos bemühte sich Tian, nicht rot zu werden, und senkte seinen Kopf ein Stück.

Mit lautem Tonfall führte der Englischlehrer den Unterricht fort.

Als Tian ein letztes Mal zu Nele sah, lächelte sie ihn an und er erwiderte es.

Coletta

Einige Stunden später klingelte es zum Ende der letzten Unterrichtseinheit. Coletta blieb an ihrem Platz sitzen und packte in aller Ruhe ihre Schulsachen in ihren Rucksack. Sorgfältig ordnete sie ihr Federmäppchen und die Hausaufgaben ein, während sie die Bücher der letzten Stunden stapelte, um sie später im Spind zu verstauen.

Plötzlich prallte jemand gegen ihre Schulter und das Gewicht eines Schülers drückte sich gegen ihre rechte Körperseite. Überrascht knickte sie etwas nach links ein. Dabei fiel ihr Rucksack um und der halbe Inhalt verteilte sich auf dem Boden. Als wäre das nicht genug, fegte die unbekannte Hand ihren Bücherstapel mit einem zügigen Wisch vom Tisch. Das passierte mit einer solchen Wucht, dass einige ein paar Meter flogen und laut gegen den nächsten Tisch krachten.

»Ach Mann, Coletta«, raunte ein Mädchen namens Romy genervt, das an diesem Tisch saß. Dabei verdrehte sie übertrieben die Augen.

Coletta sagte nichts, einerseits war es nicht ihre Schuld, andererseits war es nicht ihre Art, sich für etwas zu entschuldigen. Stattdessen wandte sie sich nach rechts, um zu sehen, wer gegen sie gestolpert war.

Sie war nicht verwundert, als sie die Person erkannte. Trotzdem verkrampften sich automatisch ihre Finger und ihr Kiefer.

»Ups, sorry«, sagte Oliver sarkastisch und warf ihr einen kecken Blick zu.

Michael kam zu ihm und meinte gespielt besorgt: »Macht doch nichts, Oliver, das kann jedem Mal passieren.«

Er klopfte seinem Freund kumpelhaft auf die Schulter und die beiden marschierten zur Tür, ohne Rücksicht auf Colettas

Schulsachen zu nehmen. Dabei war sie sich sicher, dass die zwei absichtlich fester als nötig auf ihre Hefte und Bücher stiegen. Sie hörte, wie die Mienen ihrer Bleistifte im Federmäppchen zerbrachen.

Michael und Oliver lachten auf und die Hitze stieg über Colettas Hemdkragen bis zu ihren Haarwurzeln. Weder konnte sie etwas sagen noch etwas tun, stocksteif saß sie auf ihrem Platz. Sie musste zusehen, wie die Seiten ihres Physikhefts und die des Buches, das sie in ihrer Freizeit las, zerknitterten, als einer der Jungs darauf stieg. Mit verkrampftem Kiefer spürte sie, wie die Schweißflecken unter ihren Achseln immer größer wurden.

Als Oliver und Michael bei der Klassentür ankamen, drehten sie sich nochmals zu Coletta um und blickten ihr direkt ins Gesicht. Bei ihrem Anblick breitete sich ihr Grinsen von einem Ohr zum anderen aus und als sie schließlich in den Flur traten, drang ihr schadenfrohes Lachen so laut in das Klassenzimmer, als würden sie direkt vor ihr stehen.

Mit stockendem Atem wandte Coletta ihr Gesicht ab, sie verstand es einfach nicht. Was hatte sie ihnen angetan, dass sie so gemein zu ihr waren? Wieso waren sie so glücklich darüber, ihr wehzutun? Wie in all den Sommernächten, an denen sie sich dieselben Fragen gestellt hatte, fand sie auch dieses Mal keine Antwort darauf. Dieses Unwissen zog wie ein kalter Schauer über ihren Rücken.

Aus dem Augenwinkel bemerkte sie, wie Romy aufstand und es den Jungs gleichtat. Provozierend stieg sie auf möglichst viele Sachen von Coletta, die sich immer noch nicht aus ihrer steifen und verkrampften Haltung lösen konnte.

Rasch leerte sich das Klassenzimmer. Zwar wichen die anderen Klassenkollegen den am Boden liegenden Büchern und Stiften aus, dennoch machte keiner Anstalten, auch nur den kleinsten Radiergummi aufzuheben.

Als sie schließlich allein im Raum saß, brauchte sie ein paar Minuten, um ihre aufkochenden Emotionen zu ersticken. Tief ausatmend saß sie auf ihrem Stuhl und starrte ins Nichts. Bei jedem Atemzug versuchte sie sich auf sich zu konzentrieren und alles andere auszublenden. Zuerst drückte sie ihren Rücken durch und stellte ihre Füße parallel auf den Boden. Dann entkrampfte sie ihre Finger und das Kiefer, bevor sie ihren Kopf ein Stück weit nach oben streckte.

Langsam stand sie auf und hockte sich mit ihrem Rucksack auf den Boden. Sie packte die Gegenstände zurück in das Innere, als hätte sie alle Zeit der Welt. Dabei machte sie sich nicht die Mühe, ihr Federmäppchen auf kaputte Stifte zu kontrollieren, denn sie wusste bereits, dass sie zu Hause alle in den Müll werfen konnte. Sie nahm jedes Schulbuch und Heft einzeln in die Hand und stapelte sie behutsam vor sich. Als sie nach ihrem eigenen Buch über die Geschichte der Frau griff, stockte ihr der Atem. Zwei Seiten waren komplett herausgerissen, drei weitere waren eingerissen und der unzählbare Rest waren zerknittert. Doch bevor sich das Brennen in Colettas Augen auch nur ankündigen konnte, klappte sie das Buch mit einem sanften Knall zu und stopfte es in ihren Rucksack. Langsam fuhr sie mit dem Aufräumen fort.

Schließlich stand sie auf und klopfte sich den Staub von den Knien. Nachdem sie ihren Stuhl zum Tisch gerückt hatte, schob sie den Rucksack auf den Rücken und hob die restlichen Bücher auf. Bewusst achtete sie auf jeden einzelnen Schritt, als sie sich auf den Weg zu ihrem Spind machte. Sie fühlte sich so, als würde sie stark wanken, doch eigentlich ging sie aufrecht und steif wie immer. Während die Hitze in ihr nachließ, klebte das Hemd unter den Achseln immer noch unangenehm an ihrer Haut.

Im Schulflur wich sie den anderen Schülern großräumig aus. Zwar streckte sie den Kopf nach oben, aber sie achtete darauf, ihre Augenlider gesenkt zu halten. Sie beeilte sich nicht, zu ihrem Schließfach zu kommen, obwohl Tian längst auf sie warten würde. Sie wusste, dass es besser war, noch etwas Zeit vergehen zu lassen, damit ihr Bruder nicht bemerken würde, dass sie aufgewühlt war. Sie wollte sich auf keinen Fall erklären müssen.

Leider kam der Spind früher in ihr Blickfeld, als Coletta lieb war und wie sie erwartet hatte, stand Tian aufrecht davor und sah in ihre Richtung. Er musterte sie länger als üblich und er löste den Blick selbst dann nicht, als sie ihr Schließfach mit flinken Fingern aufschloss.

Doch sie ließ ihm keine Zeit, um nachzufragen. Sie legte ihre Bücher ungeordnet in den Spind, worüber sie sich sofort ein klein wenig ärgern musste, und warf die Tür mit Schwung zu. Dann lief sie zum Ausgang, ohne sich noch einmal nach ihrem Bruder umzudrehen.

Ava

»Willst du noch ein Eis?«, fragte Franzi.

Die Bremsen ihres Fahrrades quietschten.

»Ja, gerne«, rief Ava ihr ins Ohr, die auf dem Gepäckträger saß.

Franzi bog in eine ruhige Straße ein und verlangsamte ihr Tempo, während sie nach dem Eiscafé Ausschau hielt. Sie fuhren an Boutiquen und einem kleinen Lebensmittelgeschäft vorbei, bevor sie anhielten. Ava sprang zuerst vom Gepäckträger, nach ihr stieg Franzi ab. Ihre Helme hängten sie an den Lenker, dann schob Franzi ihr Fahrrad neben sich her.

Sie gingen auf ein kleines, weißes Gebäude zu. Davor standen Tische mit Stühlen, die auf dem Kopfsteinpflaster wackelten, wenn man sich setzte. Durch die große geöffnete Tür sahen Ava und Franzi eine breite Theke, die mit den verschiedensten Eissorten gefüllt war.

»Teilen wir uns eines?«, fragte Ava und ihre Freundin nickte.

Während sie sich hinter einem älteren Ehepaar anstellten, kramten sie in ihren Hosentaschen Kleingeld zusammen und sammelten es in Franzis Hand.

Sie zählten das Geld und Franzi meinte: »Es geht sich schon eine Kugel aus.«

Sie lugten zwischen dem Ehepaar hindurch zur Theke.

»Welche Sorte möchtest du?«, fragte Franzi, die in einer Hand den Fahrradlenker hielt und in der anderen mit den Münzen klimperte.

Ava betrachtete die Sorten und kratzte sich am Kinn, als sie überlegte.

»Wie wäre es mit Waldbeere?«, schlug sie vor.

Franzi nickte und schritt zur Theke, als das Ehepaar zur Seite trat und sich einen Platz bei den Tischen suchte.

Helen, die Verkäuferin, lächelte ihnen breit entgegen. Ava und Franzi waren eine ihrer Stammkundinnen.

»Hallo, ihr Lieben«, sagte sie freundlich, »was darf es denn heute sein? Karamell oder doch Limette, die habt ihr schon eine Weile nicht gehabt?«

Helen wusste, dass sie immer eine andere Sorte aßen.

»Nein, heute eine Kugel Waldbeere in der Streuseltüte, bitte«, bestellte Franzi und grinste.

»Gerne«, meinte Helen und schöpfte aus der violetten Masse mit dem Eisportionierer eine große Kugel heraus. Sorgfältig steckte sie diese in die Tüte und hielt sie Ava entgegen. Sie nahm dankend das Eis und schleckte gleich genüsslich darüber, während Franzi bezahlte.

Helen verabschiedete sich wie immer gleich: »Noch einen schönen Nachmittag.«

»Ebenfalls«, riefen Ava und ihre Freundin im Chor und traten zur Seite.

Franzi steckte die restlichen Münzen in ihre Hosentasche und balancierte gleichzeitig mit der anderen Hand ihr Fahrrad. Dann hielt Ava ihr das Eis hin, damit sie ebenfalls kosten konnte.

Gemütlich machten sie sich auf den Weg zu Avas Haus und steuerten eine Gasse als Abkürzung an. Ava vermutete, dass ihre Eltern schon auf sie warten würden. Doch davon wollte sie sich nicht stressen lassen, besonders als sie zu Franzi sah und bemerkte, dass sie ihre Stirn krausgezogen hatte.

»Alles okay?«, fragte Ava und wandte sich im Gehen ihrer Freundin zu.

»Was meinst du?«

»Du wirkst so in Gedanken versunken«, erklärte sie. »Ist es wegen deiner Mutter und Henry?«

Nach der Schule war sie bei Franzi zu Hause gewesen. Dort hatten sie ihre Hausaufgaben erledigt und gemeinsam gelernt.

Anschließend waren sie so schnell wie möglich aus der Wohnung geflüchtet, da Henry, der neue Freund von Franzis Mutter, zur Tür hereingekommen war.

»Ich will ihn einfach nicht mehr sehen«, gab Franzi kleinlaut zu.

»Versteh ich«, meinte Ava, »anstatt euch unter die Arme zu greifen, schafft er euch noch mehr Arbeit auf.«

Sie fand Henry unausstehlich. Er machte sich in der Wohnung breit, kommandierte Franzis Mutter Jessica herum und meckerte, wenn Franzi ihn nicht bediente. Auch wenn Ava zu Besuch war, verhielt er sich nicht besser.

Franzi nickte und schüttelte schließlich den Kopf, bevor sie schimpfte: »Aber Mama will das nicht sehen. Als würde sie sich mit zwei Jobs nicht schon genug antun, kocht sie, wann und was er will, putzt ihm hinterher und wäscht seine Wäsche.«

Ihr Blick zeigte, dass sie sich ernsthaft Sorgen machte.

Ava hielt ihr im Gehen das Eis hin und sagte: »Das klingt nicht gut.«

»Nein, tut es ganz und gar nicht. Letztens ist sie zu spät zum Elternabend gekommen, weil Henry seine Bierflasche beim Aufmachen kaputt gemacht hat. Der ganze Küchenboden war voll mit Bier und Scherben. Aber anstatt es selbst wegzuputzen, hat er es Mama aufgetragen. Sie macht alles für ihn, ohne auch nur eine Kleinigkeit zu hinterfragen. Und während sie geputzt hat, hat er es sich mit einem neuen Bier auf der Couch gemütlich gemacht.« Franzi schüttelte abermals den Kopf und ihre Augen füllten sich mit Tränen. »Wieso merkt sie nicht, dass sie von ihm gar nichts zurück bekommt?«

Da Ava darauf keine Antwort wusste, schleckte sie über das Eis.

Die Tränen machten für Franzi das Sprechen schwer. »Immer, wenn ich ihr sagen möchte, sie wäre ohne Henry besser dran, wird sie gereizt und schickt mich auf mein Zimmer. Liege ich etwa falsch?«

»Nein, ganz und gar nicht! Henry ist ... nicht in Worte zu fassen. Deine Mutter wird bald einsehen, dass du recht hast und er ihr nicht guttut«, versuchte Ava sie aufzumuntern und strich ihr mit der Hand über die Schulter.

»Ich ...«, Franzi wischte sich mit dem Ärmel über die Augen, als sich eine Träne löste und auf ihrer Wange nach unten kullerte. »Ich weiß nicht. Ich will einfach nicht dabei zusehen, wie Mama an Henry zerbricht. Sie tut alles für ihn und ich weiß ganz genau, dass er sie am Ende fallen lassen wird.«

Vorsichtig stupste Ava ihre Freundin mit dem Ellbogen an und sagte sanft: »Wenn es so weit ist, werde ich für dich da sein.«

Obwohl Franzis Augen wässrig glitzerten, zwang sie sich zu einem Lächeln. »Danke.« Sie seufzte. »Und ich werde für Mama da sein. So wie immer.«

Stumm gingen sie weiter und teilten sich das Eis.

Es war nicht mehr weit bis zu Avas Haus. Dennoch wollte sie sich noch nicht von Franzi verabschieden. Ihre Freundin war traurig und Ava wollte noch ein paar Minuten bei ihr sein.

Nach einigen Augenblicken ergriff Franzi erneut das Wort: »Manchmal würde ich gerne wissen, wie es in anderen Familien ist.« Nach einer kurzen Pause fügte sie hinzu: »Wie bei dir zum Beispiel.«

Ava hielt die Luft an, sie wollte nicht über das Thema sprechen, da sie nicht in die Situation geraten wollte, ihre Freundin anlügen zu müssen.

Deshalb versuchte sie abzulenken: »Bei uns ist es schnurzlangweilig. Wir reden nur über die Schule, als gäbe es nichts Anderes im Leben.«

»Das glaub ich dir nicht«, meinte Franzi und schüttelte den Kopf. »Das glaube ich dir erst, wenn ich es selbst gesehen habe.«

Ava biss sich auf die Unterlippe und sah betreten auf den Boden, denn sie ahnte, dass sie nun lügen musste.

Sie rückte ihre Brille gerade, bevor sie zögerlich meinte: »Du weißt, dass das nicht geht.« Sie spürte das schlechte Gewissen, als sie log: »Meine Eltern wollen, dass ich mich ganz auf die Schule konzentriere, und meinen, jeder Besuch wäre nur eine Ablenkung.«

Franzi musterte sie. Womöglich überlegt sie, ob Ava die Wahrheit sagte.

Die Freundin sagte: »Du weißt, dass du mit mir über alles reden kannst.«

»Weiß ich doch«, meinte Ava rasch und ging etwas schneller. »Meine Eltern sind nur verkrampft und stur, so sind sie eben.«

Sie lachte unsicher, um abzulenken, aber sie merkte aus dem Augenwinkel, dass ihre Freundin sie weiterhin kritisch beobachtete. Deswegen stoppte sie abrupt ihr Lachen, knabberte stattdessen an der Eistüte und überlegte fieberhaft, über welches andere Thema sie sprechen konnten.

Doch ihr war noch nichts eingefallen, als Franzi vorsichtig meinte: »Manchmal glaube ich, du erzählst mir nicht alles.«

Augenblicklich stockte Avas Atem. Obwohl sie versuchte, sich nichts anmerken zu lassen, spürte sie, wie sie rot wurde. Ein Eistropfen lief auf ihre Hand, doch sie wischte ihn nicht weg.

Franzi sprach weiter: »Ich stelle mir öfters vor, dass ihr eine Geheimagentenfamilie seid.«

Ruckartig blieb Ava stehen und blickte ihre Freundin an.

»Deswegen darf ich auch nie zu dir nach Hause kommen, weil ihr dort eure geheimen Pläne schmiedet und eure super speziellen Waffen versteckt«, erzählte sie und grinste belustigt.

Erleichtert atmete Ava aus und erwiderte das Schmunzeln, als sie auf die Anspielung einging: »Ja, du hast mich ertappt. Genauso ist es.«

Franzi lachte, bevor sie weitersprach: »Krass cool, ich habe eine Geheimagentenfreundin!«

»Aber du darfst es niemanden erzählen!«, meinte Ava mit

geheimnisvoller Stimme und trat zur Verdeutlichung etwas näher.

»Und was bekomme ich dafür?«, erwiderte Franzi und sah sie mit frechem Blick an. Als sich Ava nachdenklich am Kinn kratzte, fügte sie hinzu: »Schließlich kenne ich jetzt dein Geheimnis und könnte es gegen dich verwenden.«

Ava streckte die Hand aus und hielt ihr den letzten Rest der Tüte mit dem Waldbeereis entgegen.

»Hier«, meinte sie, »du darfst es fertig essen.«

»Überzeugt!«, rief Franzi breit grinsend und nahm das Eis.

Ava blickte nach vorne und sah bereits die Hecke ihres Vorgartens. Es war höchste Zeit, sich von ihrer Freundin zu verabschieden, ansonsten würden ihre Eltern sie zusammen sehen.

Sie atmete tief ein und raunte: »Jetzt muss ich aber los, ich habe einen neuen Fall. Henry ist nämlich ein Bösewicht und nur ich kann ihn aufhalten!«

Franzi verschluckte sich beinahe am Eis, als sie zu lachen begann und sie stimmte mit ein.

»Tschüss«, verabschiedete sich Ava schließlich, streckte rasch die Arme aus und drückte ihre Freundin für einen Moment an sich.

Franzi hatte nicht einmal Zeit, die Umarmung zu erwidern, deswegen sagte sie nur schmunzelnd: »Viel Glück, Agentenfreundin!«

Sie grinsten sich zum Abschied an, dann wandte sich Ava um und ging zu ihrem Haus.

Als sie auf den gepflasterten Weg des Vorgartens trat, sah sie sich ein letztes Mal nach Franzi um. Sie setzte sich gerade auf das Fahrrad und fuhr in die entgegengesetzte Richtung nach Hause.

Ava lief über den Weg und die paar Stufen die Veranda nach oben. Dort fuhr sie sich mit dem Handrücken über den Mund, um mögliche Krümel von der Eistüte wegzuwischen, bevor sie die Türklinke nach unten drückte und eintreten wollte.

Doch als sie ins Innere des Hauses sah, machte sie erschrocken einen Satz zurück. Ihre Eltern standen genau vor ihr.

»Was erschreckt ihr mich so?«, entfuhr es Ava und trat kopfschüttelnd ein.

Als sie sich die Schuhe ausziehen wollte, merkte sie, dass etwas nicht stimmte. Langsam wandte sie sich ihren Eltern zu, sie standen wie versteinert auf der Stelle und blickten ihr entgegen, als würden sie ihr nicht trauen. Verwirrt sah sie von Aislinn zu Damian und wieder zurück.

»Was ist los?«, fragte sie vorsichtig und unterdrückte ihre Befürchtung.

»Du fragst, was los ist?«, rief Aislinn gereizt und verschränkte ihre Arme.

Ava richtete sich mit einem angezogenen Schuh auf, den anderen Schuh hielt sie in der Hand. Sie erwiderte nichts. Es war besser, zuerst ihre Eltern sprechen zu lassen, um herauszufinden, weswegen sie verärgert waren.

»Du widersetzt dich all unseren Regeln!«, meinte Aislinn.

»Na ja, alle ist jetzt ein bisschen übertrieben«, warf Ava mit verdrehten Augen ein.

Doch ihre Mutter ließ sich nicht stoppen und rief aufgebracht: »Nein, das tust du und du weißt es ganz genau!«

Damian sprach wie immer mit strenger und fester Stimme: »Ava, so kann es nicht weitergehen.«

»Brich sofort, und wenn ich sofort sage, dann meine ich das auch so«, fuhr Aislinn mit mahnendem Ton fort, »brich sofort den Kontakt zu diesem Mädchen ab!«

Ava sah einen Moment zur Decke hoch und atmete tief ein. Ihre Befürchtung hatte sich bewahrheitet, ihre Eltern hatten sie eben mit ihrer Freundin gesehen.

»Dieses Mädchen, wie ihr sie nennt, hat einen Namen, und zwar Franzi«, warf sie ein und sie spürte die Wut in sich.

Damian ging nicht darauf ein. »Du hast deine Mutter gehört, Ende der Diskussion.«

Verärgert schnaubte sie, sie hatte noch nie auf ihre Eltern gehört, wenn es um Franzi ging, und würde es auch dieses Mal nicht tun. Aber sie wollte nicht weiter darüber sprechen, es würde nichts bringen. Deswegen stellte sie den Schuh in ihrer Hand ab, um den anderen ausziehen zu können.

Doch es schien so, als hätte Aislinn ihre Gedanken gelesen, denn sie fuhr fort: »Und wenn du dich uns weiterhin widersetzt, dann ...«

»Dann was?«, fauchte Ava.

Mit bestimmender Stimme sagte ihre Mutter: »Das willst du nicht wissen!«

»Ja, genau«, meinte Ava mit einem ungläubigen Lachen.

»Seelendiener haben keine Freunde!«, stellte Aislinn klar.

»Sagt wer?«

»Das Ministerium.«

»Nein«, widersprach Ava. »Das Ministerium verbietet, dass wir anderen von unseren Fähigkeiten erzählen, und erlaubt romantische Beziehungen nur zwischen Seelendienern. Aber keine Regel sagt, dass ich keine Freundin haben darf.«

Ava warf ihrem Vater einen provokanten Blick zu. Sie hatte in ihren Büchern nachgelesen, wie die Regeln der Seelendiener lauteten. Seitdem hatte sie nur auf den Moment gewartet, ihren Eltern vor Augen zu führen, dass sie im Recht war.

»Es ist meine Regel!«, sagte Damian streng, aber dennoch ruhig.

»Auf deine Regeln höre ich nicht«, säuselte sie.

Nun zeigte sich ein Hauch von Ungeduld in seiner Stimme, obwohl er immer noch aufrecht und mit strenger Miene im Eingangsbereich stand. »Solange du nicht angemessen mit uns sprichst, solange werden wir dich ermahnen! Ab in dein Zimmer!«

»Dorthin wollte ich sowieso gehen, wenn ihr mich nicht so unnötig aufgehalten hättet!«, rief Ava verärgert, riss sich ihren Schuh vom Fuß und warf ihn achtlos zu dem anderen auf den

Boden.

Schnaubend lief sie an ihren Eltern vorbei, rempelte dabei absichtlich an die Schulter ihrer Mutter und stampfte die Treppe nach oben. Ihre Zimmertür ließ sie so laut wie möglich ins Schloss fallen.

Damian

Damian und Aislinn sahen einander an. Er versuchte, seine starre Miene beizubehalten, er wollte sich nichts von seiner inneren Unruhe anmerken lassen. Ihm war Avas Verhalten unerklärlich. Wieso horchte sie nie auf das, was er ihr sagte? Schließlich versuchte er nur, sie zu beschützen.

»So kann es nicht weitergehen«, meinte er.

Aislinn nickte, dann schüttelte sie den Kopf, bis der gereizte Ausdruck aus ihrem Gesicht verschwand. Doch in ihren Augen funkelte weiterhin der Ärger über ihre Tochter.

Sie schwiegen eine Weile, jeder in seinen eigenen Gedanken versunken.

Schließlich sprach Damian aus, was er sich dachte: »Ava wird nie zur Vernunft kommen und auf uns hören. Wir müssen etwas unternehmen. Je länger diese Freundschaft anhält, umso größer ist das Risiko, dass sie etwas über die Seelendiener verrät.«

Mit besorgtem Blick sahen sie sich an und Aislinn meinte: »Und das müssen wir verhindern.« Sie hielt einen Moment inne, als würde sie abwiegen, ob sie ihm Folgendes erzählen konnte: »Mir ist auch schon eine Möglichkeit eingefallen.«

»Und zwar?«, fragte er.

Aislinn beugte sich ein klein wenig vor und flüsterte geheimnisvoll: »Wir laden dieses Mädchen zu uns ein.«

Tian

Tian zog die Tür zum verwilderten Garten hinter sich ins Schloss. Da ihm der Kopf brummte, wollte er spazieren gehen.

Der Schultag war anstrengend gewesen, die Lehrer hatten ihn mit neuem Unterrichtsstoff gestresst und gefühlt in jeder Stunde einen neuen Testtermin verkündet. Zu Hause war es nicht ruhiger gewesen, Coletta und Tian waren gerade erst durch die Haustür getreten, da hatte Damian sie schon zu sich ins Arbeitszimmer gerufen und den Unterricht übers Teleportieren fortgeführt. Zwar hatte sich Tian trotz seiner kreisenden Gedanken halbwegs gut konzentrieren können, doch anschließend hatte er Mühe gehabt, seinen Kopf aufrecht zu halten, so erschöpft war er gewesen.

Als ihm nun die kühle Luft entgegenschlug, seufzte er erleichtert. Sofort merkte er, dass es ihm schon etwas besser ging. Träge stieg er die Stufen in den verwilderten Garten hinab und schlurfte über den sandigen Weg zum Ausgang. Den Blick ließ er über die wilden Blumen, die allmählich verblühten und die Bäume, deren Blätter sich verfärbten, schweifen. Der Garten wirkte, als wäre er genauso müde wie Tian und würde nur darauf warten, dass endlich Ruhe einkehrt.

Er öffnete das Tor und trat hinaus. Nun befand er sich auf einen breiten Weg, der aufgrund der hohen Backsteinmauer zuvor nicht einsehbar gewesen war, und hinter den Häusern entlangführte.

Am liebsten folgte er diesem Pfad, wenn er spazieren ging, weil er kaum anderen Menschen begegnete. Trotzdem überholte ihn manchmal joggend ein Nachbar oder er begegnete jemanden, der mit Kopfhörer im Ohr in seine eigenen Gedanken vertieft war. Nun achtete Tian auf seinen Gang und setzte eine neutrale Mimik auf. Seine Gedanken sortierten sich, so wie sie es immer taten, wenn er spazieren war.

Er schaute sich kaum um, dafür kannte er die Umgebung zu gut. Um manche Gärten war der Zaun niedrig und er konnte die herumliegenden Sandspielsachen der Kinder sehen oder einen Rasenmähroboter, der seine Runden zog. Größere Hecken machten es schwer, einen Blick dahinter zu werfen. Doch keine Mauer war so hoch wie die bei dem Garten seiner Familie.

Der Pfad führte zu einem Park, der allmählich vor ihm auftauchte. Wie immer hatte er vor, am Rand vorbeizugehen, ohne einen Blick hineinzuwerfen. Von Weitem hörte er bereits das Schreien der spielenden Kinder und eine Person lachte laut auf. Der Lärm war für Tian Grund genug, den Park zu meiden.

Gerade ließ er in seinem Kopf die Unterrichtsstunde mit Damian und Coletta Revue passieren, als er sich dem Eingang näherte, nur um kurz davor auf einen kleinen Schleichweg abzubiegen. Aus dem Augenwinkel bemerkte er einen Hund, der über die Wiese lief, um ein Stöckchen zu holen und ein weinendes Kind, das über die eigenen Füße gestolpert war. Doch noch etwas anderes weckte Tians Aufmerksamkeit. Ohne genau zu wissen warum, ging er nicht blindlings am Eingang vorbei. Stattdessen hielt er inne und wandte sich dem Park zu.

Augenblicklich pochte sein Herz schneller, als er Nele allein auf einer Bank sitzen sah. Zwar hatte sie ihren Blick von ihm abgewandt, dennoch erkannte er sie sofort. Wie angewurzelt blieb er am Eingang stehen. Sollte er zu ihr gehen?

Er wollte nicht in den Park. Der Lärm, das weinende Kind, der verspielte Hund, Tian fand mehr als genug Gründe, um den Park zu meiden. Und schon gar nicht wusste er, was er überhaupt zu Nele sagen sollte, wenn sie ihn entdeckte.

Doch Tian konnte seinen Blick nicht von ihr abwenden und irgendetwas zog ihn zu ihr. Seine Beine machten sich selbstständig und er trat in den Park ein.

Er kratzte sich am Kopf, während er fieberhaft überlegte, wie er das Gespräch mit ihr beginnen sollte, aber keine Möglichkeit schien ihm passend. Deswegen sah er sich heimlich um und fragte sich, wie auffällig es wäre, wenn er sich auf der Stelle umdrehen und den Park so schnell wie möglich wieder verlassen würde. Doch mit jedem weiteren Schritt kam er Nele näher und ein Ausweg schien immer unpassender.

Gerade ging er an dem Kind vorbei, das sich mit dem Handrücken die Tränen von den Wangen wischte und im nächsten Moment aufsprang und weiterlief, als wäre nichts gewesen.

Augenblicklich war es ruhiger im Park. Trotzdem konnte er den kalten Schauer auf seinem Rücken nicht ignorieren, der ihm signalisierte, dass er umkehren sollte. Doch er war nur noch wenige Meter von Nele entfernt. Die letzten Schritte ging er langsamer, er hätte sich gerne noch mehr Zeit genommen, um sich die passenden Worte im Kopf zurechtzulegen.

Schließlich entschied er sich für eine banale Begrüßung. »Hallo.«

Sie wandte sich zu ihm und hob überrascht die Augenbrauen, als sie ihn erblickte.

»Tian? Ähm ... Hi«, sagte sie und es war offensichtlich, dass sie nicht mit ihm gerechnet hatte. »Was tust du hier?«

»Ich gehe spazieren«, meinte er und deutete mit einer kleinen Handbewegung in Richtung des Schleichweges am Rand des Parks. »Und was machst du?«

»Ich brauche etwas Abstand von daheim«, meinte Nele und seufzte, »du weißt schon, es ist gerade viel los. In der Schule folgt eine Prüfung der nächsten und nun nerven mich auch meine Eltern, dass ich ja gute Noten schreibe. Dabei lerne ich schon die ganze Zeit. Da musste ich einfach mal raus.«

Tian nickte und ein paar Sekunden lang sagte keiner ein Wort. Es ärgerte ihn insgeheim, dass er sich kein passendes Gesprächsthema überlegt hatte.

»Aber«, unterbrach sie die Stille, »ich will dich nicht weiter von deinem Spaziergang abhalten. Wir sehen uns morgen in der Schule?«

»Du kannst mitkommen«, rutschte es ihm heraus und hastig fügt er noch hinzu, »wenn du willst.«

Tian wusste nicht, wieso er sie eingeladen hatte. Noch nie hatte er jemanden zu seinen Spaziergängen mitgenommen. Ihm war es immer lieber gewesen, allein unterwegs zu sein. Doch andererseits merkte er, dass es ihm nichts ausmachen würde, wenn es Nele war, die ihn begleitete.

Sie zögerte einen Moment, offensichtlich überrascht, dass er sie bat mitzukommen.

Als sie ihm antwortete, konnte sie sich ein verschmitztes Lächeln nicht verkneifen. »Gerne.«

Unwillkürlich erwiderte Tian ihr Grinsen, als sie sich von der Bank erhob und neben ihm den Weg im Park entlangging.

Nach einer Weile ergriff Nele das Wort: »Stressen dich deine Eltern auch wegen der Schule?«

Er überlegte kurz, bevor er sagte: »Nein, sie fragen kaum nach. Ich denke, solange meine Noten so bleiben, werden sie auch nicht damit anfangen.«

»Hast du ein Glück«, meinte sie. »Es ist doch schon genug, dass unsere Lehrer solchen Druck machen und uns mit neuem Teststoff überhäufen. Ich weiß gar nicht, wo ich zu lernen anfangen soll. Wenn ich da noch von meinen Eltern höre, dass ich zu wenig für die Schule mache und ich nicht so negativ denken soll, dann ...« Sie machte eine Pause und ihre Augen blitzten verärgert.

Besänftigend beendete Tian ihren Satz: »... Dann ist es einfach zu viel auf einmal.«

Nele runzelte die Stirn, als sie darüber nachdachte und nickte. »Ja, so ist es wohl.«

Sie verließen den Park und traten auf den Pfad, den Tian ursprünglich gehen wollte. Es wurde merklich ruhiger um sie herum. Der Lärm des Parks geriet allmählich außer Hörweite und Tian entspannte sich. Das Laub, das von den Büschen und

Bäumen der angrenzenden Grundstücke auf den Weg gefallen war, raschelte unter ihren Schuhen.

»Ich freue mich schon auf die Weihnachtsferien«, meinte Nele wie aus dem Nichts.

Ein klein wenig verwundert darüber sagte er zu ihr: »Bis dahin dauert es aber noch eine Weile.«

»Ich weiß«, erwiderte sie und seufzte sehnsüchtig. »Leider.«

»Wieso freust du dich jetzt schon auf die Ferien?«, fragte Tian genauer nach.

Sie sah zu ihm und für einen kurzen Moment kreuzten sich ihre Blicke. Beinahe stolperte er über seine eigenen Füße.

Während er schnell wegsah, antwortete sie: »Da besuchen meine Eltern und ich meine Schwester Maja. Sie studiert in London und ich habe sie seit einer gefühlten Ewigkeit nicht mehr gesehen.«

»Oh«, meinte Tian und hielt seinen Blick fest auf den Weg vor sich, »verständlich.«

Sie sprach: »Im Sommer war sie kurz zu Besuch, aber nur für ein paar Tage, dann ist sie schon weitergereist. Schade, weil ich gerne mehr Zeit mit ihr verbracht hätte. Andererseits verstehe ich sie. Ich möchte genauso wie Maja um die Welt reisen, immer dorthin, wo es mir gerade gefällt.«

Weil er nichts dazu sagte, fragte sie nach: »Reist du gerne?«

Er zuckte mit den Schultern, als er meinte: »Ich habe noch nie darüber nachgedacht.«

»Nicht?«, entfuhr es ihr überrascht und sie fügte vorsichtig hinzu: »Warst du noch nie woanders?«

Nein, er war noch nie außerhalb dieser Stadt gewesen. Soweit er sich erinnern konnte, auch keiner aus seiner Familie. Es war ihm noch nie in den Sinn gekommen, selbst zu verreisen, obwohl nach dem Sommer alle seine Klassenkollegen von ihren Urlauben schwärmten.

Tian schüttelte als Antwort zu Neles Frage den Kopf.

»Würdest du gerne?«, bohrte sie weiter nach.

»Ganz ehrlich, ich weiß es nicht«, gab er zu und wandte sich im Gehen zu ihr. »Wieso möchtest du gerne reisen?«

Sie überlegte, bevor sie bedacht antwortete: »Immer, wenn ich mit meiner Familie unterwegs war, habe ich es geliebt, ich wollte nie wieder nach Hause. Es ist ein Traum von mir, jeden Tag an einem anderen Ort aufzuwachen, neue Kulturen kennenzulernen, neue Orte zu entdecken und neue Abenteuer zu erleben.« Nach einem Zögern fügte sie noch hinzu: »Ich würde am liebsten alles von der Welt wissen und kennen. Natürlich weiß ich, dass das nicht geht, aber immerhin will ich es versuchen.«

Kurz dachte Tian über ihre Worte nach. »Ich finde, das klingt schön.«

So wie Neles Stimme klang, wenn sie vom Reisen sprach, überkam ihn selbst die Sehnsucht, neue Orte zu besuchen. Dabei wusste er nicht, ob er es von sich aus wollte oder es daran lag, weil Nele davon erzählte. Ob ihm das Reisen wirklich gefallen könnte? Schließlich waren selbst die Wege seiner Spaziergänge immer gleich. Er wusste, dass dieser Pfad zum Stadtrand führte, schon bald würde die Gegend ländlicher werden. Doch als Nele ihn anlächelte, waren all seine Gedanken wie weggeblasen.

»Wie geht es deiner Schwester Ava?«, fragte sie.

Tian löste seinen Blick von ihr, bevor er ihr antworten konnte: »Soweit ich weiß, gut.«

»Als ich letztens bei dir war, fand ich sie einfach nur entzückend«, meinte Nele und grinste.

Er zuckte mit den Schultern und erwiderte: »Du müsstest sie besser kennenlernen, dann würdest du wissen, wie nervig sie sein kann.«

Während sie auflachte, winkte sie ab, als würde sie ihm nicht glauben.

Deswegen fuhr Tian fort: »Wirklich, gerade hat sie eine Phase, bei der sie jedes Mal ohne Klopfen ins Zimmer kommt und nie die Türe schließt, wenn sie wieder geht. Dabei weiß sie ganz genau, dass es alle anderen nervt, aber deswegen macht sie es ja.« Noch nie hatte er so ehrlich über seine Schwester gesprochen. Doch er schob den Gedanken zur Seite und fuhr fort: »Ich mag sie, aber sie ist mit Abstand die anstrengendste Schwester, die ich habe.«

Mit gerunzelter Stirn überlegte Nele laut: »Na ja, Coletta ist auch keine große Konkurrenz.«

»Wenn du wüsstest«, sagte er und stellte erleichtert fest, dass sie über seine Aussage grinsen musste.

»Wenigstens hast du deine zwei Schwestern noch bei dir zu Hause, da wird es sicher nie langweilig«, meinte sie und er wusste nicht, ob er ihr zustimmen konnte.

Er sagte nur: »Drei.«

»Hm?«

»Ich habe drei Schwestern«, stellte er klar.

Nele blieb stehen und bemühte sich nicht, ihre Verwunderung zu überspielen.

»Wie heißt die dritte?«, fragte sie ehrlich interessiert.

»Runa.«

»Du hast noch nie von ihr erzählt«, stellte sie fest.

Vielleicht lag es daran, dass es bisher noch keine Möglichkeit gegeben hatte, seine kleine Schwester zu erwähnen. Andererseits konnte der Grund dafür sein, dass es nicht viel zu erzählen gab.

Nachdem er den zweiten Gedanken zu Ende geführt hatte, wollte er ihn am liebsten wieder streichen, denn er stimmte nicht. Über Runa gab es viel zu erzählen, dass sich nicht in Worte fassen ließ. Sie war ein rätselhaftes Mädchen. Tian konnte sich stundenlang über sie den Kopf zerbrechen und danach immer noch nicht wissen, wieso sie so war, wie sie eben war. Für ihn fühlte es sich so an, als würde er Runa kennen und dennoch war sie wie eine Fremde.

Nele merkte, dass ihm die Worte fehlten, und wollte ihm auf

die Sprünge helfen: »Wie ist sie so?«

Dabei war genau das die Frage, die seinen Eltern schon seit Jahren Kopfschmerzen bereitete.

Tian versuchte seine Schwester das erste Mal in seinem Leben einen anderen Menschen zu beschreiben: »Sie ist ... anders.« Nein, das stimmte nicht. Er versuchte, seine Worte klarzustellen. »Na ja, eigentlich nicht. Runa ist ganz besonders. Sie hat eine Katze.«

Er konnte nicht nachvollziehen, warum er Esha erwähnte. Doch insgeheim war ihm bewusst, dass es besser wäre, nicht weiter auf seine Schwester einzugehen, weil es nur weitere Fragen aufwerfen würde.

»Die Katze heißt Esha«, meinte er und hoffte, dass Nele nicht weiter nachbohren würde.

Zu seiner Erleichterung stellte er fest, dass sie ihn nur musterte, doch nur einen Moment später verunsicherte ihn ihr Blick. Weder wusste er, ob sie es tat, um noch mehr herauszufinden, noch ob sie noch etwas anderes beschäftigte. Deswegen ging er weiter.

Der Weg führte am Stadtrand entlang. Auf der einen Seite befanden sich Einfamilienhäuser, auf der anderen Wiesen und Felder. Einzelne Laub- und Obstbäume zierten die Landschaft und in der Ferne grasten Kühe.

Nach ein paar Schritten blickte Tian zurück, um sich zu vergewissern, dass Nele ihm folgte. Sie holte sofort die paar Meter zwischen ihnen auf und als sie neben ihm stoppte, stießen unbewusst ihre Arme aneinander. Augenblicklich musste Tian von ihr wegsehen. Zwar war es nur eine kurze Berührung gewesen, trotzdem konnte er sie noch Sekunden später spüren. Das Gefühl hielt an und verließ ihn selbst dann nicht, als er sich an der Stelle kratzte. Er verschränkte die Arme vor der Brust, damit Nele nicht bemerkte, was ihre Berührung in ihm ausgelöst hatte.

Aus dem Augenwinkel sah er, wie sie am Wegrand anhielt.

Sie stand mit dem Rücken zu ihm und betrachtete die Blumen. Die meisten waren schon verblüht, nur vereinzelt zierten bunte Blüten die Wiese. Die Blätter der Bäume waren gelbbraun verfärbt und in der Nachmittagssonne wirkte die Landschaft idyllisch. Nele passte mit ihren braunen Locken und ihrer olivgrünen Jacke perfekt ins Bild. Tian könnte so stundenlang verweilen und sie betrachten. Schließlich drehte sie sich zu ihm um und sah ihn mit funkelnden Augen an.

»Schau, hier blühen Ringelblumen«, sagte sie freudig.

Hätte sie sich anschließend nicht sofort wieder zurück zur Wiese gedreht, hätte Tian seinen Blick nicht von ihren haselnussfarbenen Augen abwenden können. Vorsichtig trat er näher zu ihr, angestrengt bemüht, sie nicht weiter zu mustern.

Währenddessen pflückte Nele ein paar Ringelblumen und erklärte: »Das sind meine Lieblingsblumen.«

Er starrte auf den kleinen Blumenstrauß in ihrer Hand.

»Mama erzählt immer, wie gerne Maja und ich als Kinder Blumen gepflückt und daraus Zaubertränke gebraut haben. Dabei haben bei mir immer Ringelblumen dabei sein müssen. Ich weiß nicht wieso, aber die habe ich schon immer am schönsten gefunden«, erzählte Nele und pflückte noch eine weitere Blume, bevor sie aufstand und sich zu Tian drehte.

Sie sah ihm direkt in die Augen. Sofort war Tian von ihrem weichen Blick gefesselt. An seinen immer noch verschränkten Armen spürte er das hastige Pochen seines Herzens. Nur wenige Sekunden später konnte er sich einzig und allein auf Neles Gesicht konzentrieren.

Abrupt drehte sie sich von Tian weg. Während sie ihren Kopf zu ihrem Blumenstrauß senkte, realisierte er, dass er Nele viel zu lange betrachtet hatte. Ihm schoss das Blut in den Kopf. Er drehte sich kurz nach links und wieder nach rechts. Schließlich wandte er sich gänzlich um und ging weiter, als wäre nichts geschehen. Nele tat es ihm gleich.

Er wusste nicht, wie lange sie stumm nebeneinander den Weg

entlang spaziert waren, als sie fragte: »Siehst du dir die Herbstaufführung an?«

Erleichtert über die Ablenkung öffnete er den Mund, um ihr zu antworten. Doch keinen Augenblick später schloss er ihn wieder, denn er hatte keine Antwort parat. Er hatte nicht vorgehabt, überhaupt in Erwägung zu ziehen, die Aufführung zu besuchen.

»Ich weiß noch nicht«, meinte er ausweichend.

»Es ist zwar noch eine Weile hin«, stellte sie fest, »aber wenn du willst, kannst du mit Steve, Kiki und mir hingehen. Steve ist ja schon 17 und hat letzte Woche den Autoführerschein bekommen. Bei der Herbstaufführung holt er Kiki und mich ab. Dich kann er sicher auch mitnehmen.«

Tian wusste nicht, ob er sich über diese Einladung freuen sollte, deshalb nickte er nur höflich.

Doch Nele war schon in ihren eigenen Gedanken vertieft, als sie leise hinzufügte: »Vorausgesetzt Kiki kommt mit.«

»Wieso denn nicht?«, fragte er nach.

Sie zögerte merklich. Es schien, als würde sie überlegen, ob sie ihm Folgendes anvertrauen konnte. Sie erzählte: »Wir haben einen Streit gehabt. Ich war letztens bei ihr, um ihr die Hausaufgaben vorbeizubringen. Zuerst wollte sie mich nicht einmal sehen, das war schon eigenartig, aber als ich dann doch zu ihr ins Zimmer gegangen bin, hat sie nicht einfach nur krank gewirkt.« Sie verlangsamte ihren Schritt und verzog bekümmert den Mund. »Sie war erschöpft und ausgelaugt, Kiki hat wirklich schlecht ausgesehen. Als ich sie darauf angesprochen habe, hat sie sofort abgeblockt, so wie sie es immer tut. Doch dieses Mal war sie richtig aufgebracht, so als hätte ich sie beleidigt. Sie hat gemeint, sie hätte es satt, dass ich mich immer überall einmische.«

Traurig blickte sie zu ihren Ringelblumen und zupfte ein Blütenblatt ab. Tian sah zu, wie dieses langsam zu Boden segelte. Gerne hätte er etwas Aufmunterndes zu Nele gesagt, doch alle

Möglichkeiten schienen ihm entweder zu unempathisch oder würden ihr zu verstehen geben, dass er mehr über Kiaras Zustand wusste. Seine Beobachtungen als Seelendiener durfte er nicht mit ihr teilen.

»Ich habe mir das nicht gefallen lassen und gemeint, dass sie endlich das Offensichtliche zugeben soll. Das hat sie nur noch wütender gemacht, bis sie mich schließlich weggeschickt hat.« Nele riss ein weiteres Blütenblatt ab, bevor sie hinzufügte: »Das zeigt mir, dass wirklich etwas nicht stimmt. Ich weiß nur nicht was.«

Tian nickte und sagte nichts zu ihrer Vermutung. Es war Kiaras Entscheidung, ob sie ihren Freunden von ihrer Krankheit erzählen wollte, es stand ihm nicht zu, ihr das abzunehmen. Dennoch war es ihm wichtig, Nele zu zeigen, dass er für sie da war und ihr zuhörte.

Während sie weitere Blütenblätter von der Ringelblume riss, sagte er: »Besonders in schweren Zeiten ist es wichtig, nicht wegzuschauen.«

Sie nickte und ließ den Blumenstrauß sinken.

Ohne etwas zu sagen, gingen sie nebeneinander weiter, bis sich der Weg vor ihnen teilte. Eine Abzweigung führte in die Stadt, die andere in die Landschaft.

Mit dem Blumenstrauß deutete Nele auf die Häuser und meinte: »Da hinten wohne ich. Ich muss jetzt los, wenn ich noch rechtzeitig daheim sein will, um zu lernen.« Sie lachte erschöpft auf und fragte: »Und was hast du heute noch vor?«

»Ich muss noch meine Hausaufgaben für morgen machen.«

Sie witzelte: »Wow, unser Leben könnte nicht aufregender sein.«

»Mhm«, brachte er mit einem Blick auf sie nur heraus.

»Na dann«, sagte sie, trat zur Abzweigung und drehte sich zu ihm um, sodass sie direkt vor ihm stand. »Viel Spaß bei den Hausaufgaben. Wir sehen uns morgen in der Schule.«

Er sah ihr in die Augen und verabschiedete sich: »Bis

morgen.«

Nele grinste schief, tippte mit dem Blumenstrauß unbeholfen auf seine Brust, bevor sie sich auf den Weg nach Hause machte.

Der Duft der Ringelblumen hing ihm noch in der Nase, während er ihr nachblickte. Dann ging den Weg zurück, auf den sie gekommen waren.

Runa

Runa stieg die Stufen zum verwilderten Garten hinab und folgte ihrer Katze durch das hohe Gras. Obwohl ein frischer Herbstwind wehte und sie ein weißes, knielanges Kleid mit dünnen Trägern trug, fröstelte sie nicht. In ihren dünnen Sandalen schlich sie zu einem Stein und ließ sich darauf nieder. Ihre Füße baumelten einige Zentimeter über dem Boden, trotzdem reichte ihr das Gras bis zu den Waden. Esha setzte sich vor dem Stein und blickte Runa direkt in die Augen. Langsam blinzelte die Katze ihr zwei Mal zu, bevor sie ihre Pfote abschleckte und sich damit über das Gesicht fuhr.

Behutsam legte Runa ihr Musikbuch auf den Schoß und öffnete es. Sie hatte an diesem Tag in der Schulbibliothek Notenblätter entdeckt, die ihr unbekannt waren. Heimlich hatte sie diese in ihr Musikbuch gesteckt. Genauso unentdeckt, wie sie die Noten mit nach Hause genommen hatte, würde sie diese am nächsten Tag wieder im Regal der Bibliothek einsortieren.

Behutsam blätterte sie zu den Notenzetteln und betrachtete das vergilbte Pergamentpapier. Es war ein altes Lied, nicht nur das abgegriffene Blatt, auch die Choralnotation, mit ihren vier breiten Notenlinien und den quadratischen Notenköpfen, zeigte das. Die Tinte war schon etwas ausgebleicht, dennoch war die Melodie noch gut leserlich.

Esha streckte sich gähnend und Runa wandte sich zu ihr. Die Katze blinzelte gegen die Herbstsonne und zuckte leicht mit den Ohren. Dann humpelte sie durch das Gras, vorbei an einer schwarzen, langen Krähenfeder, die zwischen heruntergefallenen braunen Blättern lag.

Runas Blick blieb darauf hängen. Vorsichtig legte sie das Musikbuch mit den Notenblättern zur Seite und stand auf. Sie schlich zu der Feder und betrachtete diese ein paar Sekunden, bevor sie mit spitzen Fingern danach griff. Sie ging zurück zu ihrem Platz auf dem Stein und setzte sich genauso wie zuvor hin. Ohne die Feder auszulassen, platzierte sie ihr Buch auf dem Schoß und strich das Notenblatt glatt.

Runa setzte den Kiel der Feder bei der ersten Note an und betrachtete diese einige Sekunden lang. Anschließend wanderte ihr Blick zum nächsten Notenkopf und sie musterte diesen genauso lang wie den vorherigen. Ihre Haltung veränderte sie dabei nicht, mit aufrechtem Körper und gesenktem Kopf saß sie regungslos da. Nur ihre Hand bewegte sich regelmäßig ein kleines Stückchen nach rechts, um mit der Feder auf die nächste Note zu zeigen. Obwohl die Position ungemütlich war, verlagerte Runa sie nicht.

Plötzlich raschelte es im Gras. Runa ließ die Notenblätter sinken und spitzte die Ohren. Was war das? Behutsam legte sie ihr Buch mit den Noten und der schwarzen Feder zur Seite und rutschte vom Stein. Wieder raschelte es und Runa wandte sich dem Geräusch zu. Langsam trat sie ein Stück näher und reckte den Kopf. Doch sie konnte noch nichts erkennen. Nach ein paar weiteren Schritten entdeckte sie Esha.

Und dann die Maus in ihrem Maul.

Ohne zu zögern, eilte Runa direkt auf die beiden Tiere zu. Sie hockte sich zu ihrer Katze und hielt sie am Rücken fest, bevor sie ihr entwischen konnte. Mit geschickten Fingern öffnete sie das Maul von Esha, um die Maus befreien zu können.

Runa streckte ihren Arm aus, um das kleine Tier so weit wie möglich von ihrer Katze abzulegen. Diese stierte mit gierigen Augen darauf und hatte das Maul leicht geöffnet, um die Maus gleich wieder schnappen zu können. Doch Esha wurde von Runa zurückgehalten und konnte sich trotz ihres Strampelns nicht aus dem festen Griff befreien.

Aus der Ferne warf Runa einen Blick auf die Maus. Sie stand nicht auf, um in ihrem Mäuseloch Sicherheit zu suchen. Leblos

189

lag ihr Körper auf der Erde. Wie festgewurzelt hockte Runa am Boden, hielt ihre Katze fest und starrte auf die tote Maus.

Auf einmal trat etwas Helles und Zartes aus dem grauen Fell hervor. Zuerst war es nur ein kleiner, kaum sichtbarer Teil, der immer größer wurde und sich schließlich vom Körper der Maus trennte. Es war das erste Mal, dass Runa eine Seele sah.

Augenblicklich durchströmten sie Eindrücke, die sie selbst noch nie erlebt hatte. Runa wusste sofort, dass es die Erinnerungen der Maus waren. Und dennoch waren sie so intensiv, als wären sie ihre eigenen.

Die Maus hatte Angst. Angst vor der großen, humpelnden Katze, die mit spitzen Zähnen fletschte und deren feuriger Blick nichts entging.

Die Maus kannte das feindliche Tier. Aus ihrem Mäuseloch neben dem Stein hatte sie die Katze beobachten können. Bisher war sie ihr immer rechtzeitig entwischt, doch dieses Mal war es anders gewesen: Wie aus dem Nichts war das mächtig scheinende Tier auf sie zugesprungen. Das Maul hatte sie bereits zielsicher geöffnet gehabt, um den eigenen, kleinen und weichen Körper zu fassen. Die Zähne hatten im Sonnenlicht aufgeblitzt und dann war es vorbei gewesen.

Die Angst der Maus wurde schwächer, bis sie gänzlich verschwand. Stattdessen breitete sich ein wohliges Gefühl aus. Knusprige Getreidekörner, weiche Kräuter und saftige Blüten kamen ihr in den Sinn. Die Gedanken wandten sich leckere Sonnenblumenkerne zu, die die Maus erst vor ein paar Tagen gefressen hatte. Und frische Grasstängel, die im Frühling am besten schmeckten. Gras. Das Stichwort weckte weitere Erinnerungen. Denn getrocknetes Gras lag in der Mäusehöhle auf der kühlen Erde und bildete so einen gemütlichen Schlafplatz. Zwar war es im Bau dunkel und an manchen Tagen feucht, doch meistens war es warm und heimelig.

Nur das eine Mal, als ein kleiner Vogel mit roter Brust und

Kopf seinen Schnabel in den Bau gesteckt hatte, hatte sich die Maus in ihrer eigenen Höhle unsicher gefühlt. Womöglich hatte er nur nach Würmern gesucht, aber das Rotkehlchen hatte ihr einen immensen Schrecken eingejagt, sodass sie eine gefühlte Ewigkeit nicht mehr in die Nähe des Ausganges ihres Baus gekommen war.

Da war ihr die fremde Maus, die ihr Zuhause bei der Hausmauer hatte, lieber. Dort waren sie bei einer früheren Futtersuche zusammengestoßen. Zuerst waren sie beide schüchtern einen Satz zurückgewichen, doch nachdem sie sich ein paar Sekunden gemustert hatten, hatten sie sich vorsichtig beschnuppert. Die andere Maus hatte dabei eine leckere Beere getragen, die sie fallen gelassen hatte, bevor sie in ihrem Bau verschwunden war. Sie war nicht wieder hervorgekommen, deswegen hatte sie selbst die Beere geschnappt. In ihrem Bau hatte sich die Maus die Frucht schmecken lassen. Das war die beste Beere gewesen, die sie je gefressen hatte.

Die Bilder in Runas Kopf schienen innezuhalten, dafür erhob sich die Seele der Maus ein kleines Stück, dehnte sich aus und wurde gleichzeitig heller. Rasend schnell wiederholten sich noch einmal alle Emotionen und Sinne, die die Maus jemals erlebt hatte, sodass sie sich beinahe überschlugen. Es war wie ein Rausch. Im nächsten Augenblick war die Seele verschwunden und mit ihr alle Gefühle und Gedanken, die Runa zuvor durch den Kopf gegangen waren.

Ihr Blick hing an dem toten Tier. Unter ihrer Hand hatte Esha noch nicht aufgegeben, sich aus dem Griff zu befreien. Dabei ließ sie die Maus, die sie so begehrte, nicht aus den Augen. Die Katze miaute, um auf sich aufmerksam zu machen. Vergeblich, denn Runa hielt in ihrer Haltung noch immer inne.

Erst einige Sekunden später löste sie den Griff von Esha, die augenblicklich loslief. Vor lauter Eile stolperte sie beinahe über ihre eigenen Beine. Sie zögerte nicht, sondern begann hastig zu fressen, als bestünde die Möglichkeit, dass sie abermals von ihrem Fang abgehalten werden könnte.

Runa stand auf und trat einen Schritt zurück. Wieso hatte sie die Erinnerungen der Maus gesehen? Das war selbst für eine Seelendienerin unüblich, schließlich hatte ihr Vater im Unterricht noch nie davon erzählt. Außer es hatte noch nicht den passenden Zeitpunkt gegeben, diese Fähigkeit zu erwähnen. Runa versuchte sich zu erinnern, ob Tian nach dem Einsammeln seiner ersten Seele von denselben Erfahrungen berichtet hatte. Oder ob Ava etwas erwähnt hatte, wenn sie von ihren Unterrichtsstunden erzählt hatte. Doch Runa fiel nichts ein.

Hatte sie sich die Erinnerungen der Maus nur eingebildet? Vielleicht war sie vom Mitleid mit dem armen Tier übermannt worden und sich deswegen eine Geschichte ausgedacht. Aber es hatte sich so echt angefühlt, als würde sie die Geschehnisse selbst erleben.

Mauzend kam Esha angelaufen und riss Runa aus ihren Gedanken. Sie drehte sich um und ging zu dem Stein zurück, auf dem sie zuvor gesessen hatte. Behutsam sammelte sie die Notenblätter und das Musikbuch ein und schlich, gefolgt von Esha, durch das hohe Gras zurück zum Haus. Sie öffnete die Hintertür und schlüpfte hinein.

In Gedanken versunken ging Runa den Flur entlang zur Treppe, um in ihr Zimmer zu gehen. Vor der ersten Stufe wollte sie sich Esha zuwenden, doch anders als üblich war die Katze ihr nicht gefolgt. Esha saß vor der geschlossenen Arbeitszimmertür und putzte sich.

Runa schlich zu ihr zurück, um sie hochzuheben und zu tragen. Doch noch bevor sie sich zu ihr hinunterbeugte, hielt sie inne. Runa blickte auf die geschlossene Arbeitszimmertür. Sie wollte herausfinden, was es mit den Erinnerungen der Maus auf sich hatte. Und die Antwort musste in einem der Bücher im Arbeitszimmer stehen.

Sie drückte ihr Ohr gegen die Tür und lauschte. Es war still dahinter. Langsam drückte sie die Klinke nach unten und warf einen Blick hinein. Wie erwartet, war das Arbeitszimmer leer.

Esha zwängte sich an Runa vorbei und sah sich mit wachen Augen im Büro um. Runa folgte ihr und schloss die Tür hinter sich. Sie legte das Musikbuch ab, trat in die Mitte des Raumes und ließ ihren Blick über die Regale schweifen. Mehrmals drehte sie sich um ihre eigene Achse, doch keines der Bücher weckte ihre Aufmerksamkeit.

Runa sah zu Esha, die gerade ihre Krallen am Teppich schärfte. Als die Katze den Blick bemerkte, kam sie auf sie zu und schmiegte sich gegen ihre Beine. Dann begann Esha mit einer Staubwolke am Boden zu spielen.

Runa trat zu einem Regal und zog ein paar Bücher heraus, um darin zu blättern. Doch nirgends schien es einen Hinweis auf ihre Erfahrung zu geben, so als hätte sie sich die Erinnerungen der Maus nur eingebildet.

Mauzend kam Esha zu ihr und schüttelte dabei wild den Kopf, die Staubwolke hatte sich in ihren Schnurrhaaren verfangen. Runa hockte sich zu ihr und zog vorsichtig den Staub aus ihrem Gesicht. Keinen Augenblick später begann Esha mit einem schwarzen Leseband zu spielen.

Runa neigte ihren Kopf, um den Titel auf dem Buchrücken lesen zu können, doch viele der goldenen Buchstaben waren schon abgeblättert. Vorsichtig fuhr sie mit ihren Fingern über den dunkelgrünen, ledernen Einband und zog das Buch heraus. Esha ließ sich von ihrem Spiel nicht unterbrechen und biss in das Leseband.

Der Titel war auch auf der Vorderseite des Einbandes nicht besser zu lesen, Runa konnte nur die Wörter Seelendiener und Fähigkeiten entziffern.

Energisch zog Esha am schwarzen Band. Runa schob ihre Katze zur Seite und schlug das Buch auf der Seite auf, das von dem Leseband markiert wurde. Ein muffeliger Geruch schlug ihr entgegen.

Sie fuhr mit den Fingern über die raue Seite und las die Kapitelüberschrift: Außergewöhnliche Fähigkeiten.

Ava

Franzi sperrte ihr Fahrradschloss auf, während Ava hippelig von einem Fuß auf den anderen trat. Selten war sie nervös, egal ob es sich um eine Prüfung oder eine unmöglich scheinende Aufgabe handelte, sie blieb gelassen.

Doch an diesem Tag würde Franzi ihre Eltern bei einem Mittagessen kennenlernen, so wie es die beiden selbst vorgeschlagen hatten. Ava konnte es immer noch nicht glauben, dass sich Aislinn und Damian von möglichen Vorurteilen ihrer Freundin gegenüber befreien wollten. Sie hatte sich gefreut, denn endlich hatte sie ihre Eltern überzeugen können, dass sie im Unrecht gewesen waren. Doch nur ein paar Augenblicke später hatte ihr Unterbewusstsein sie gewarnt. Sie konnte sich nicht erklären, wieso ihre Eltern so rasch die Meinung geändert hatten. An der Sache könnte etwas faul sein.

Dennoch wollte Ava die Chance nutzen, die Aislinn und Damian ihr boten, und hatte Franzi eingeladen. Das Essen würde schon gut verlaufen. Oder?

Nun, ein paar Tage später, schob Franzi ihr Fahrrad aus dem Ständer und konnte sich ein Grinsen nicht verkneifen.

»Wir können danach gemeinsam die Hausaufgaben machen«, schlug sie freudig vor. »Wenn es für dich okay ist?«

»Ja, sicher«, rief Ava und versuchte ihre Unsicherheit abzuschütteln. »Das wird super.«

Franzi lächelte sie an, bevor sie gemeinsam aus dem Schulhof traten und sich auf den Weg nach Hause machten.

»Und dann können wir noch für den Physiktest lernen«, fuhr sie fort.

Ava unterbrach sie: »Aber der ist doch erst Ende nächster Woche. Seit wann bist du so motiviert?«

»Na ja«, gab Franzi zu, »eigentlich nur wegen deiner Eltern. Damit sie sehen, dass du trotzdem lernst, auch wenn du Besuch hast.«

Damit spielte sie auf die ständige Ausrede von Ava an, die das Lernen immer als Grund genutzt hatte, wieso ihre Freundin nie vorbeikommen durfte.

Sie biss sich auf die Lippen und meinte: »Ja, das ist eine gute Idee.«

Stumm gingen sie nebeneinander weiter. Während Franzi ihr Fahrrad selig vor sich hin schob, bemühte sich Ava, die warnende Stimme in ihrem Kopf zu beruhigen. Sie war es nicht gewohnt, dass ihre Eltern ihr Recht gaben. Bisher war sie immer wieder für ihr Verhalten ermahnt worden, doch mehr hatten Aislinn und Damian nicht unternommen. Das war ein weiterer Grund, nicht misstrauisch sein zu müssen, noch nie hatten ihre Eltern sie ausgetrickst.

Tief atmete Ava ein und aus und warf einen Blick zu ihrer Freundin. Sie wirkte glücklich. Wieso war sie es selbst nicht? Schließlich hatte sie sehnsüchtig auf den Tag gewartet, an dem ihre Eltern endlich einsahen, dass diese Freundschaft gut war. Nun war er endlich da.

Ava sah zum Himmel hinauf und dachte so fest an die folgenden Worte, dass sie sie versehentlich laut aussprach: »Alles wird gut gehen.«

Franzi erwiderte: »Klar doch! Wieso denn auch nicht?«

Die Frage hallte in Avas Kopf wider, als sie sich einander zuwandten. Ihre Freundin lächelte beruhigend und sie versuchte es zu erwidern. Keinen Moment später ging es ihr deutlich besser. Franzi stupste sie noch aufmunternd mit dem Ellbogen an, bevor sie weitergingen.

Wenige Minuten später kamen sie zu Hause an. Franzi stellte ihr Fahrrad ab und blickte erwartungsvoll zu Ava. Gemeinsam stiegen sie die wenigen Stufen zur Haustür hinauf und traten ein. Mit großen Augen sah sich Franzi im Eingangsbereich um.

»Wow«, meinte sie anfangs nur. »Von außen sieht euer Haus viel bescheidener aus.« Keck grinste sie Ava an.

Während sie ihre Jacken auf den massiven, hölzernen Kleiderständer hängten, trat Aislinn aus dem Esszimmer. »Du musst Franzi sein.«

Franzi nickte energisch und streckte die Hand zur Begrüßung aus.

Doch anstatt sie zu schütteln, musterte Avas Mutter diese nur kurz, bevor sie weitersprach: »Ich bin Aislinn.«

Franzi räusperte sich, zog verlegen ihre Hand zurück und erwiderte: »Freut mich.«

Heimlich warf Ava ihrer Mutter einen warnenden Blick zu, aber sie schien es nicht zu bemerken.

Um die Stille zu unterbrechen, fuhr Franzi fort: »Danke für die Einladung.«

Aislinn ging nicht darauf ein, sondern wandte sich zu Ava: »Coletta und Tian sind noch in der Schule.«

»Ich weiß«, warf sie ein.

Unbekümmert fuhr Aislinn fort: »Runa und Vater werden jeden Moment kommen, mit dem Essen warten wir noch auf sie. Ihr könnt euch gerne schon setzen.«

Sie wandte sich zur Seite und Ava und Franzi traten in das Esszimmer ein. Ava musste zugeben, dass sich ihre Mutter selbst übertroffen hatte. Neben dem schönen Geschirr und dem goldenen Besteck hatte sie den verschnörkelten Kerzenständer auf dem Tisch platziert. Das geschah nur, wenn besonderer Besuch erwartet wurde. Also so gut wie nie.

Franzi blieb vor Staunen der Mund offen stehen, doch Ava atmete erleichtert aus. Ihre Mutter schien wirklich bemüht zu sein, einen guten Eindruck zu hinterlassen.

Aber um das holprige Gespräch nicht verkrampft aufrechterhalten zu müssen, schlug sie vor: »Ich zeige Franzi mein Zimmer. Ruft uns, wenn es Zeit zum Essen ist.«

Aislinn säuselte: »Klar doch.«

Da Franzi den Blick nicht von dem pompösen Esszimmer lösen konnte, packte Ava sie am Arm und zog sie hinter sich her. Sie stiegen die Treppe nach oben, während Aislinn zurück in die Küche schritt.

Erst als sie im ersten Stock den Flur entlanggingen, fand Franzi ihre Stimme wieder: »Wie reich seid ihr bitte?«

Ava schnaufte belustigt, doch als sie ihre Freundin ansah, bemerkte sie, dass sie es ernst meinte.

Ausweichend meinte sie: »Das sind nur ein paar alte Familienerbstücke.«

Ob das stimmte, konnte sie nicht sagen. Aber sie ging davon aus, denn das besondere Geschirr und der Kerzenständer waren schon immer da gewesen.

Da Franzi nichts zu erwiderte, fügte sie hinzu: »Aber mein Zimmer ist das absolute Gegenteil. Ich habe mich nicht mal bemüht, es aufzuräumen.«

Franzi witzelte: »Was? So unwichtig bin ich dir?«

Ava boxte mit dem Ellbogen gegen Franzis Oberarm, bevor sie die Zimmertür öffnete und ihre Freundin eintreten ließ.

Stumm musterte Franzi das Zimmer und ihr entwich ab und zu ein: »Hm.«

»Was denn?«, fragte Ava, als sie den Laut zum dritten Mal hörte.

Dabei schob sie heimlich mit dem Fuß einen Pullover am Boden zur Seite.

»Ganz ehrlich«, begann Franzi und zog ihre Nase kraus, »dein Zimmer gefällt mir viel besser als der Rest des Hauses.«

Sie begannen zu lachen und Ava warf sich erleichtert auf ihr ungemachtes Bett. Währenddessen schaute sich Franzi die Blumentöpfe vor dem Fenster an, in manchen wuchsen Pflanzen, doch die meisten waren mit unterschiedlichen kleinen Gegenständen gefüllt.

»Wieso sammelst du Perlen und Knöpfe?«, fragte sie bei genauerem Betrachten. »Und Steine?« Sie hob einen hoch.

Ava zuckte mit den Schultern und antwortete: »Das mache ich irgendwie schon immer, sie gefallen mir.«

»Die finde ich schön«, meinte Franzi und hob eine orange glitzernde Perle hoch.

»Du kannst sie haben. Schließlich habe ich genug.«

Franzi bedankte sich und steckte die Perle vorsichtig in ihre Hosentasche. Dann ging sie zu Ava und stupste im Vorbeigehen das Mobile mit den Planeten an, sodass es sanft hin und her schaukelte. Sie ließ sich ebenfalls auf das Bett nieder und legte sich auf den Rücken.

»Gemütlich«, stellte sie fest und verschränkte die Hände hinter dem Kopf.

»Hast du es dir anders vorgestellt?«, fragte Ava, drehte sich auf den Bauch und stützte sich mit den Ellbogen neben ihrer Freundin ab.

»Nein, dein Bett hat vorhin schon gemütlich ausgesehen.«

»Ich meine mein Zimmer«, lachte sie.

»Ach so«, stimmte Franzi mit ein und überlegte kurz. »Ja doch, ich habe es mir anders vorgestellt.«

Ava bohrte nach: »Wie denn?«

»Nicht so ...«, sie hielt einen Moment inne und sah Ava direkt in die Augen, »dreckig.«

Ihr anschließendes Grinsen verriet, dass sie es nicht so meinte und Ava verdrehte die Augen, während sie mit dem Ellbogen sanft gegen ihre Rippen stupste.

»Aua«, meinte Franzi gespielt verletzt, »wieso boxt du mich heute so viel?«

»Tu ich gar nicht«, erwidert sie gleichzeitig belustigt und empört. »Nein jetzt sei ehrlich, wie hast du es dir vorgestellt?«

»Ich habe wirklich gedacht, es wäre sehr ordentlich und aufgeräumt und ich hätte dir niemals geglaubt, dass du Perlen in Pflanzentöpfen sammelst«, erklärte Franzi. »Aber ich muss zugeben, ich finde dein Zimmer schöner als in meiner Vorstellung.«

Obwohl sich Ava zuvor keine Gedanken darüber gemacht hatte, ob ihre Freundin ihr Zimmer mochte, war sie erleichtert, dass sie es tat. Nun merkte sie, wie froh sie darüber war, dass sie neben ihr im Bett lag. Sie lächelte Franzi an, die das Grinsen erwiderte. Mit einem Seufzen wandte sich Ava um und legte sich nun auch auf den Rücken. Gerade holte sie nach Luft, um das Wort zu ergreifen, da wurde von außen sanft die Tür aufgedrückt. Runa stand mit gesenktem Blick im Türrahmen.

Ava erklärte: »Es gibt Mittagessen.«

Franzi nickte, während sie sich erhoben und Runa aus dem Zimmer folgten. Stumm stiegen sie die Treppe nach unten und traten in das Esszimmer.

Damian saß bereits am Kopfende des Tisches, sah jedoch nicht auf, als die Kinder sich setzten.

Franzi ging auf ihn zu und streckte ihm die Hand entgegen. »Hallo, ich bin Franzi.«

»Ich weiß«, sagte er und schüttelte kurz ihre Hand. »Ich heiße Damian.« Er wandte sich mit einer Handbewegung zu dem Platz, an dem sonst Coletta saß. »Du kannst dich dort hinsetzen.«

Franzi folgte seiner Anweisung und ging um den Tisch herum, um sich auf den Stuhl gegenüber von Ava niederzulassen. Im selben Moment trat Aislinn mit einer heißen Auflaufform aus der Küche.

»Das duftet gut«, fand Franzi, aber keiner erwiderte etwas.

Aislinn stellte die Form ab und begann das Essen auszuteilen. Sie gab ihrem Mann und ihren Kindern eine Portion vom Gemüseauflauf. Dann nahm sie sich selbst ein Stück und setzte sich, ohne Franzi etwas ausgeteilt zu haben. Verwirrt blinzelte diese zu Ava.

Ihre Mutter war es nicht gewohnt, Gäste zu haben. Mit diesem Gedanken versuchte Ava die Situation herunterzuspielen und nahm selbst den Schöpfer in die Hand. Während ihre Familie zu Essen begann, gab sie Franzi ein großes Stück.

»Danke«, meinte diese leise und lächelte.

Behutsam nahm Ava einen Bissen vom dampfenden Gemüseauflauf, es war ihr Lieblingsessen.

Stumm saßen alle bei Tisch und aßen, bis Damians Stimme ertönte: »Franzi, richtig?«

Während Franzi hastig hinunterschluckte, nickte sie.

»Wofür steht die Abkürzung?«, fragte er weiter.

»Franziska, aber ich habe meinen Spitznamen lieber«, erklärte sie.

Damian musterte sie und nahm einen weiteren Bissen. »Wie lautet dein Nachname?«

»Schmidt«, antwortete sie gewissenhaft. »Franziska Schmidt.«

Verwundert blickte Ava von ihrem Vater zu ihrer Freundin und wieder zurück. Noch nie hatte er bei anderen Menschen so genau nachgefragt. Langsam aß sie weiter, ohne Damian aus den Augen zu lassen.

Eine Weile war wieder Ruhe eingekehrt. Ava fragte sich, wie Franzi die Stimmung aufnahm. Manchmal hatte sie schon bei ihrer Freundin zu Hause gegessen, dort war es nie still bei Tisch. Es gab immer etwas zu erzählen und obwohl es für Ava anfangs ungewohnt war, mochte sie nun die ausgelassene Stimmung.

»Wie alt bist du?«, sprach Damian weiter.

»Zwölf.«

»Selber Jahrgang wie ich«, warf Ava ein und fand die Fragerunde ihres Vaters allmählich unangebracht.

»Du bist schon dreizehn«, meinte Aislinn.

Ava wollte noch erwidern, dass das eine Jahr keinen großen Unterschied machte, doch ihre Mutter fuhr bereits fort: »Du bist ja erst vor ein paar Jahren hergezogen?«

»Ja, genau«, stimmte Franzi zu, »vor vier Jahren sind Mama und ich umgezogen.«

»Wo arbeitet deine Mutter?«, fragte Damian nach.

Franzi räusperte sich und legte behutsam ihre Gabel zur Seite.

Dann antwortete sie: »Sie ist Friseurin und nebenbei arbeitet sie als Putzfrau.« Nach einer kurzen Pause fügte sie hinzu: »Was arbeitet ihr?«

»Ich arbeite im Büro«, sagte Damian knapp als Alibi und knüpfte, ohne zu zögern, beim vorherigen Thema an: »Wie war es für dich, sich hier einzuleben?«

»Na ja, es war anfangs schwierig«, antwortete Franzi ehrlich, »aber Ava hat mir die Umstellung um einiges leichter gemacht. Ich bin echt froh, sie als Freundin zu haben.«

Ava konnte sich ein Grinsen nicht verkneifen und fügte hinzu: »Und ich bin froh um dich.«

Franzi erwiderte das Lächeln und sie nahmen jeweils einen Bissen von ihrem Auflauf.

Aislinn stellte fest: »Wie man sieht, hast du dich schnell eingelebt. Gefällt es dir in unserer Stadt?«

Ava verdrehte die Augen. Sie fühlte sich, als würde sie ungewollt ein Bewerbungsgespräch beobachten. Dabei war ihr nicht klar, was Franzi beweisen sollte. Einerseits wusste sie, dass Aislinn und Damian ungeschickt waren und nicht wussten, wie sie Gäste zu behandeln hatten. Andererseits hatte Ava bereits beschlossen, sich im Nachhinein bei Franzi für das Verhalten ihrer Eltern zu entschuldigen.

Franzi antwortete höflich: »Klar, ich mag es hier. Man kann hier einiges unternehmen und trotzdem ist man schnell draußen in der Natur, falls man möchte.«

»Na ja«, versuchte Ava die Fragerunde aufzulockern, »mehr als Eisessen und das heruntergekommene Kino hat unsere Stadt jetzt auch nicht zu bieten.«

»Wenigstens gibt es ein Kino«, erwiderte Franzi.

Ava kratzte sich am Kinn und meinte: »Ja, du hast recht.«

»Habe ich doch immer«, witzelte ihre Freundin und nickte wissend.

Ava lachte und schaufelte sich noch Nachschub auf ihren Teller.

Einige Minuten lang war wieder Ruhe eingekehrt, nur das Klirren der Gabeln war zu hören. Die Eltern saßen zwar aufrecht und mit erhobenem Kopf da, aber ihr Blick war auf das Essen gerichtet. Runa stocherte langsam in ihrem Essen herum und nahm von Zeit zu Zeit einen kleinen Bissen, während Ava den Gemüseauflauf so schnell wie möglich hinunterschlang. Es schien, als würde sogar Franzi mehr als sie auf Tischmanieren achten.

»Wie war die Schule?«, unterbrach Damian schließlich die Stille.

Verwirrt blinzelte Ava in die Richtung ihres Vaters. Noch nie hatte er danach gefragt.

»Ähm«, stotterte Ava, »gut.«

»Na ja«, warf Franzi ein, »wir haben heute einen Englischtest gehabt und es sind Vokabeln abgefragt worden, die nicht beim Teststoff dabei waren.«

Ava stimmte zu: »Ja, das war wirklich schwierig.«

»Für dich ja sowieso, nicht wahr, Franzi?«, warf Aislinn ein.

»Hm?«, entfuhr es Franzi nur.

»Du tust dich schwer in der Schule«, erläuterte Aislinn.

Unbeholfen blickte Franzi zu Ava, doch sie war ebenfalls verwirrt. Woher wussten ihre Eltern das? Sie hatte vor ihnen noch nie erwähnt, dass ihre Freundin in der Schule zu kämpfen hatte.

Ohne eine Antwort abzuwarten, fuhr die Mutter fort: »Deine Noten sind ja generell schlecht, soweit ich weiß, kommst du in fast allen Fächern gerade nur so durch.«

»Das ist übertrieben«, warf Ava ein.

»Aber ich komme durch«, versuchte Franzi die Situation zu entschärfen.

»Oft hat es mit den Hobbys zu tun«, meinte Aislinn. »Was machst du in deiner Freizeit?«

»Ähm«, konnte Franzi nur sagen, denn der Themenwechsel war zu abrupt.

Doch Damian sprang für sie ein: »Es ist unschwer zu erkennen, dass du gerne Spaß hast.«

»Ja, genau«, stimmte sie zu und lachte verlegen. Es stand ihr ins Gesicht geschrieben, dass sie die Situation im Moment nicht deuten konnte.

Auch Ava blieb die Luft weg. Die warnende Stimme in ihrem Hinterkopf wurde lauter. Krampfhaft versuchte sie, einen Themenwechsel zu finden, doch in der Eile fiel ihr nichts ein.

»Streiche zählen auch dazu, habe ich schon vermehrt gehört«, sagte Damian mit ruhiger Stimme.

Aislinn nickte und meinte: »Die arme Frau Domke.«

Augenblicklich hielt Ava die Luft an. Sie spürte, wie ihr das Blut in den Kopf schoss. Und auch Franzi blieb der Mund offen stehen.

»Letztens ist ihr ein Klingelstreich gespielt worden. Sie war tagelang voll Sorge, es könnte jemand bei ihr einbrechen.« Als wäre sie bestürzt, schüttelte Aislinn den Kopf.

»Alle Nachbarn fragen sich seitdem, wer so etwas Gemeines einer alten Dame antun kann«, fügte Damian hinzu und sah dabei direkt zu Franzi.

Sein Blick verriet Ava, dass die Eltern ihre Freundin im Visier hatten. Das konnte nichts Gutes bedeuten.

»Ich war auch dabei!«, rief Ava, um von Franzi abzulenken.

»War es deine Idee?«, fragte Aislinn und sah Ava direkt an.

»Ja!«, log sie, doch ihre Eltern wandten sich ab, ohne ihrer Antwort Glauben zu schenken.

»Nein, es war meine«, gab Franzi kleinlaut zu und blickte auf ihren Teller.

Aislinn und Damian sahen sich an, als hätten sie das von Anfang an vermutet.

»Franzi«, säuselte Aislinn und beugte sich ein klein wenig zu ihr hinüber, »weiß deine Mutter davon?«

Beschämt blickte Franzi zur Seite. Es war offensichtlich, dass sie nicht wusste, was sie sagen sollte. Aber das war für die

Eltern Antwort genug.

»Was wäre, wenn sie erfahren würde, was ihre Tochter heimlich treibt«, überlegte Damian laut. »Dabei hat sie schon genug Sorgen, habe ich nicht recht? Sie kann sich kaum noch die kleine Wohnung leisten und selbst diese ist in keinem guten Zustand.« Er machte eine Pause, um einer möglichen Reaktion von Franzi Platz zu lassen, doch sie blieb stumm. »Dabei hast du gerade erzählt, dass sie schon zwei Jobs gleichzeitig hat. Alles muss sie selbst machen, da nicht mal dein Vater irgendeine Art von Unterstützung anbietet.«

»Woher ...«, entwich es Franzi und sie sah geschockt zu Ava. Doch diese schüttelte energisch den Kopf.

»Ich habe ihnen nichts erzählt!«, erklärte sie schnell.

Sie hatte keine Ahnung, woher ihre Eltern diese Informationen hatten.

Aislinn sprach weiter: »Wann hast du das letzte Mal mit ihm Kontakt gehabt?«

»Hört auf!«, rief Ava laut, aber nicht einmal Runa hob den Kopf.

Mit Entsetzen merkte sie, wie sich die Augen von Franzi mit Tränen füllten.

Doch ihre Mutter schien das nicht zu bemerken und hakte unbekümmert nach: »War das nicht vor vier Jahren, bevor ihr umgezogen seid?«

Einen Moment lang war es ruhig im Raum, nur die Gabel von Runa, die den Teller zum Klirren brachte, war zu hören. Die Tränen liefen stumm über Franzis Wangen und ohne ein weiteres Wort zu sagen, sprang sie auf. Dabei warf sie blindlings ihren Stuhl nach hinten, der mit Krach auf dem Boden aufschlug. Sie stellte ihn nicht wieder auf, sondern stürmte aus dem Haus.

Ava sprang ebenfalls auf, holte tief Luft und schrie: »Was sollte das?«

Ihr Kopf war vor Ärger glutrot und ihr Blut rauschte durch

die Adern. Sie blickte von ihrer Mutter zu ihrem Vater und wieder zurück, doch bevor sie sich erklären konnten, wandte sie sich um und folgte Franzi.

Gerade noch bevor die Tür zufiel, griff sie nach der Klinke und lief nach draußen. Die Haustür ließ sie so laut wie möglich ins Schloss fallen.

Sie atmete die frische Luft hektisch ein, als hätte sie gerade minutenlang den Atem angehalten. Die Wut in ihr verrauchte dadurch nicht. Sie sah sich nach Franzi um und bemerkte, dass diese gerade das Fahrrad auf die Straße hievte.

»Franzi!«, rief Ava und eilte zu ihr.

»Nein«, unterbrach Franzi sie weinerlich und sah sie an.

Die Tränen liefen ihr in Strömen über die Wangen und sie machte sich nicht die Mühe, diese wegzuwischen. Bei ihrem Anblick verschwand Avas Wut augenblicklich und sie spürte, wie ihr Herz schmerzte. Sie hatte ihre Freundin schon öfters weinen sehen, doch als sie Franzis schmal aufeinandergepressten Lippen und ihre krausgezogene Stirn bemerkte, stockte ihr der Atem.

»Franzi ...«, wiederholte sie mit traurigem Ton, aber sie wusste nicht weiter.

Ihre Freundin schüttelte den Kopf und schluchzte: »Lass ... Lass mich bitte gehen.«

Ava atmete ein, doch es fühlte sich an, als würde keine Luft in ihrer Lunge ankommen. Wie erstarrt blieb sie stehen.

Klar wollte Franzi so schnell wie möglich weg, schließlich hielt es nicht mal mehr Ava bei ihren Eltern aus. Aber warum wies ihre Freundin auch sie ab?

Ohne etwas zu sagen oder zu tun, sah sie zu, wie sich Franzi vor lauter Eile ihren Fahrradhelm schief aufsetzte. Ungeschickt stieg sie auf ihr Rad und drückte trotz der hängenden Schultern und des verweinten Blicks kräftig in die Pedale. Schneller, als Ava lieb war, entfernte sich ihre Freundin. Im Nachhinein konnte sie nicht mehr sagen, wie lange sie dastand und ins

Nichts starrte.

Als sie allmählich realisierte, dass Franzi nicht mehr zurückkommen würde und ihre Eltern noch immer im Esszimmer saßen, kehrte die Wut zurück. Sie ballte ihre Hände zu Fäusten und drehte sich mit Schwung um. Verärgert stampfte zurück sie ins Haus und ließ die Tür genau so laut wie vorhin zufallen. Sie marschierte ins Esszimmer und stellte sich zu ihrem Platz. Der umgefallene Stuhl von Franzi war wieder aufgestellt worden und als sie bemerkte, dass ihre Eltern aßen, als wäre nichts geschehen, wurde ihre Wut noch größer.

Laut sog sie die Luft ein und wiederholte die Worte von vorhin: »Was sollte das?« Sie konnte ihre Stimme nicht mehr zügeln und schrie: »Wie konntet ihr Franzi so bloßstellen?«

»Beim Elternabend hat uns Franzis Mutter angesprochen. Eine sehr ... redselige Frau«, meinte Damian und legte sein Besteck zur Seite. »Sie hat uns vieles erzählt und unser Verdacht hat sich bestätigt: Franzi tut dir nicht gut.«

»Das entscheide immer noch ich!«, schrie sie und ihre Fäuste verkrampften sich.

»Wohl kaum, wenn du dafür kein Empfinden hast!«

»Ihr seid unmöglich!«, rief Ava und betonte dabei jedes einzelne Wort.

Ihre Mutter ergriff das Wort: »Denk doch mal nach, Ava. Dieses Mädchen meint, sie hätte immer recht. Was ist das den bitte für eine Aussage?«

»Das war Spaß«, meinte Ava. Sie verstand nicht, dass sie nun darüber diskutieren mussten. »Nur Spaß! Versteht ihr keinen Spaß?«

»Doch wir wissen genau, was Spaß ist und was nicht. Das hier ist keiner!«, sagte Damian mit strengem Ton.

»Für mich auch nicht«, zischte Ava.

»Brich sofort den Kontakt zu diesem Mädchen ab!«, bestimmte ihr Vater.

Ava blickte kopfschüttelnd zur Decke und presste hervor:

»Hört ihr euch selbst reden?«

»Das ist eine ernste Situation«, mahnte Aislinn. »Es steht zu viel auf dem Spiel und dieses Mädchen ist es nicht wert, alles zu riskieren. Du wirst sie nicht wieder sehen.«

»Ihr könnt mich mal!«, schrie Ava und schlug mit der geballten Faust so hart auf den Tisch, dass ihr Teller hochsprang und zu Boden fiel.

Dort zerbrach er in drei Teile, während die Reste des Gemüseauflaufs in den Teppich sickerten.

»Achte auf deine Wortwahl!«, warnte Damian streng und stand auf, um seine Worte zu verdeutlichen.

»Bringt mich dazu!«, provozierte Ava mit aggressiver Stimme. »Genauso, wie ihr mich dazu bringt, Franzi nicht mehr zu sehen. Nämlich gar nicht!«

Die letzten drei Worte hallten im Esszimmer wider, während sie sich umwandte und aus dem Raum rannte.

»Ava!«, rief ihre Mutter hinterher. »Ava, komm zurück!«

Doch sie dachte nicht daran.

Tian

Als Coletta und Tian nach Hause kamen, merkte er sofort, dass etwas nicht stimmte. Ava hatte in den vergangenen Tagen immer wieder freudig erwähnt, dass Franzi zum Mittagessen eingeladen war. Deswegen hatte er erwartet, die beiden anzutreffen oder wenigstens ihre Stimmen zu hören. Doch im Haus war es mucksmäuschenstill.

Tian musste zugeben, dass es ihn gewundert hatte, dass seine Eltern Franzi kennenlernen wollten. Aber ihm hatten die passenden Worte gefehlt, seiner Schwester seine Gedanken mitzuteilen, ohne dass sie sich Sorgen machen würde.

Coletta und Tian schlüpften aus ihren Schuhen und gingen hintereinander die Stufen nach oben. Während Coletta in ihrem Zimmer verschwand, blieb Tian am Treppenende stehen und blickte zu Avas geschlossener Tür. Nur leise drangen Geräusche aus dem Zimmer. Eine Person, womöglich Ava, stampfte in ihrem Zimmer fluchend auf und ab. Aufgrund dessen war Tian klar, dass das Mittagessen mit Franzi nicht gut verlaufen war.

Nachdenklich stieg Tian von einem Bein auf das andere. Gerne hätte er bei Ava nachgesehen und gefragt, wie es ihr geht, doch andererseits wusste er, dass es sie nicht aufheitern würde. Am besten wäre es, er würde in sein Zimmer gehen und beim Abendessen schauen, wie die Lage sein würde.

Halb entschlossen folgte er seinen Gedanken und trat in sein Zimmer ein. Er schob seinen Turnbeutel vom Rücken und stellte ihn am Schreibtisch ab. Eine Hand lag noch darauf, während er sich mit der anderen nachdenklich am Kinn kratzte. Dann drehte er sich doch wieder um, trat auf den Flur hinaus und ging den Gang hinunter.

Seufzend blieb er vor Avas Zimmertür stehen, hob seinen Arm und pochte sanft gegen das Holz. Augenblicklich hielt das Fluchen und Stampfen inne. Da keine Antwort kam, klopfte er ein zweites Mal.

»Ava?«, fragte er kleinlaut und räusperte sich. »Ich bin es ... Tian.«

Er wartete und neigte dabei leicht seinen Kopf, um besser zu hören. Doch es war nur Stille, die sich gegen seine Ohren drückte.

»Darf ich reinkommen?«, sprach er gegen die geschlossene Tür.

Obwohl er keine Antwort erwartete, hielt er einige Momente inne.

»Ich komme jetzt rein«, meinte er dann und hob seine Hand zur Türklinke.

Langsam drückte er sie nach unten.

»Tian«, durchschnitt eine strenge Stimme die Stille.

Augenblicklich ließ er die Türklinke mit einem lauten Klacken zurückfallen und drehte sich hastig um. Sein Vater stand am Treppenende und blickte in seine Richtung.

Damian fragte nicht nach, wieso Tian bei Avas Zimmertür stand, sondern sagte entschieden: »Wir führen Colettas und deinen Unterricht im Arbeitszimmer fort. Gib deiner Schwester Bescheid und kommt bitte sofort nach unten!«

Mit diesen Worten wandte er sich der Treppe zu und marschierte nach unten. Tian nickte noch, selbst als sein Vater schon verschwunden war.

Anschließend drehte er sich ein letztes Mal zu Avas Zimmertür und betrachtete das dunkle Holz für einige Sekunden. Es war immer noch still dahinter und Tian war unentschlossen, ob und was er noch sagen sollte. Deswegen entschied er sich dagegen, schlurfte stattdessen ein Zimmer weiter und klopfte dort gegen die Tür.

»Ja, bitte?«, ertönte Colettas Stimme und Tian trat ein.

Ihr Zimmer war schlicht eingerichtet, sie besaß nur Sachen, die sie wirklich brauchte, deswegen wirkte der Raum größer als er eigentlich war. Gerade saß sie an ihrem Schreibtisch beim Fenster.

Ohne von ihren Hausaufgaben aufzusehen, wiederholte Coletta ihre Worte: »Ja, bitte?«

»Vater möchte uns im Arbeitszimmer sehen«, erklärte Tian.

»Wann?«, fragte Coletta.

»Jetzt.«

Augenblicklich schlug sie ihr Schulbuch zu und legte ihren Stift parallel dazu auf den Tisch. Sie erhob sich, schob behutsam ihren Stuhl zur Schreibtischkante und folgte Tian aus dem Zimmer. Sie gingen nach unten, traten in das Arbeitszimmer ein und stellten sich auf ihre Plätze.

Damian stand am Fenster, seine Schultern hatte er durchgedrückt und die Hände hinter sich verschränkt. Sein Blick war nach draußen gerichtet, doch durch das Ornamentglas konnte er wohl kaum etwas erkennen. Er wandte sich nicht um, als Tian und Coletta eintraten, obwohl sie wie gewünscht so schnell wie möglich gekommen waren. Es war still, nur die Pendeluhr tickte. Aber an diesem Tag war es kein beruhigendes Ticken, es verstärkte nur die angespannte Stimmung.

Unsicher verlagerte Tian sein Gewicht von einem Fuß auf den anderen. Heimlich sah er zu Coletta, doch diese ließ sich nichts anmerken, falls auch ihr die Situation komisch vorkam. Wie immer stand sie aufrecht und mit gefasster Mimik da und hielt ihren Blick fest auf Damian gerichtet.

Gerade überlegte Tian, ob sein Vater nicht mitbekommen hatte, dass seine Schwester und er schon da waren und er sich bemerkbar machen sollte, da drehte sich Damian schwungvoll um und blickte seine Kinder streng an.

»Heute werdet ihr die beiden Fähigkeiten kombinieren«, begann er zu sprechen. »Zuerst konzentriert ihr euch darauf, unsichtbar zu werden. Habt ihr das geschafft, haltet ihr die

Anspannung und legt eure Aufmerksamkeit gleichzeitig auf die Teleportation.«

Es war die kürzeste Erklärung, die Damian je zu Unterrichtsbeginn gegeben hatte. Nun schob er seinen Stuhl zurück und setzte sich, ohne eine Reaktion seiner Kinder abzuwarten, wie er es sonst immer tat.

Insgeheim fragte sich Tian, ob das Mittagessen mit Ava und Franzi der Grund dafür war, dass sein Vater solch eine knappe Anweisung gegeben hatte. Oder es war wirklich so einfach, wie es klang, unsichtbar zu werden und gleichzeitig zu teleportieren.

Doch Tian hatte keine Zeit, sich darüber Gedanken zu machen, denn aus dem Augenwinkel merkte er, wie sich Coletta vorbereitete, unsichtbar zu werden. Sie hatte ihre Augen geschlossen und nur ein paar Sekunden später verblasste sie allmählich.

Kurz schüttelte Tian seinen Körper durch, um die Konzentration auf sich zu lenken, und schloss ebenfalls die Augen. Er fühlte sich in alle Körperteile und in die Kleidung, die er trug, und nachdem die Uhr vier Mal getickt hatte, spürte er bereits das altbekannte Kribbeln. Während das Ticken in seinen Ohren in den Hintergrund rückte, breitete sich das Prickeln in ihm aus, wurde intensiver, bis ihm schwindelig wurde. Es schien ihm, als würde seine Kleidung hart gegen seinen Körper drücken. Mit einem weiteren Pendelschlag verschwand das Kribbeln und Tian atmete tief aus. Er öffnete die Augen, blickte an sich hinab und sah nichts.

Bevor er sich auf die Teleportation vorbereitete, fiel sein Blick auf Damian. Er beugte sich nicht wie sonst über eines der Notizbücher. Stattdessen stützte er seine Ellbogen auf dem Tisch ab und faltete seine Hände vor seinem Gesicht. Entweder dachte er nach, beobachtete seine Kinder oder starrte nur ins Nichts.

Die Pendeluhr tickte unbekümmert weiter, als Tian abermals

die Augen schloss. Er spürte bereits den Körper, dennoch intensivierte er seine Konzentration. Während er die Anspannung, unsichtbar zu bleiben, hielt, dachte er an den Platz im Flur vor dem Arbeitszimmer. Dorthin wollte er teleportieren. Das Ticken der Uhr hörte er kaum mehr, als er einen Windzug aufkommen fühlte, der an seinen Zehen begann und sich schnell bis zu seiner Stirn vorarbeitete. Keinen Pendelschlag später drang beim Einatmen keine Luft mehr in seine Lunge. Wie automatisch trat er mit dem Fuß vor, berührte den Boden jedoch nicht, sondern löste sich in unsichtbaren Nebel auf.

Als Tian die Augen öffnete, merkte er, dass er sich in der Luft befand und genoss den Augenblick. Innerlich drängte es ihn schon zu dem Platz vor dem Arbeitszimmer. Er gab dem Gefühl nach, ohne die Anspannung, die seinen Körper durchzog, zu verlieren. Schneller als gedacht, riss es ihn dorthin, er merkte nicht einmal, dass er durch die Tür hindurch teleportierte. Vor dem Arbeitszimmer hielt er die Anspannung noch ein paar Sekunden, bevor er den Nebel auflöste und dadurch wieder den Boden unter seinen Füßen spürte. Am liebsten wollte er im unsichtbaren Zustand in das Arbeitszimmer zurückkehren und damit seinen Vater beeindrucken.

Plötzlich stolperte er gegen etwas, das er nicht sehen konnte. Er wankte und versuchte sich zu fangen, aber gleichzeitig ließ die Anspannung in seinem Körper nach. Während er sich an seine Konzentration klammerte, fiel er nach hinten und landete auf dem Boden. Als er dort aufkam, war er wieder sichtbar.

Verwirrt sah Tian auf, um zu sehen, gegen was er gestoßen war und erkannte Coletta, die mit zusammengebissenem Kiefer auf ihn hinunterblickte.

»Nächstes Mal machen wir uns vorher aus, wer wohin teleportiert«, meinte Tian, als er sich aufrappelte.

Coletta schnaubte nur, während er sich den Staub von der Hose fegte. Als er sich aufrichtete, drehte sie sich um und öffnete die Tür zum Arbeitszimmer. Sie traten gemeinsam ein und blickten zu Damian, der ihnen entgegensah. Seine Miene verriet nichts darüber, was er sich dachte.

»Noch einmal«, meinte er nur und wandte sich wieder ab.

Ava

Am Morgen des nächsten Schultages ging Ava zum Park. Unüblich für sie war sie an diesem Tag die Erste, die das Haus verließ. Sie hatte kaum gefrühstückt, denn sie konnte die Anwesenheit ihrer Eltern nicht ertragen. Ohne sich zu verabschieden, war sie gegangen und beschleunigte nun mit jedem Meter ein klein wenig ihre Schritte. Sie wollte nicht zu spät bei Franzis und ihrer Parkbank ankommen, bei der sie sich jeden Morgen trafen.

Wenn sie nur ein eigenes Handy besitzen würde, dann hätte sie Franzi anrufen können und wüsste nun, ob zwischen ihnen alles in Ordnung sei. Doch dank ihrer Eltern, die ihr kein Handy erlaubten, weil es ihrer Meinung nach keinen Nutzen für Seelendiener hatte, plagte sie nun die Ungewissheit.

Gerade ging sie an Frau Domkes Haus vorbei und riss mit Absicht einen Ast von der Hecke ab. Verärgert zupfte sie dessen Blätter ab, zermahlte sie zwischen ihren Fingern und schimpfte innerlich auf ihre Eltern. Als kein Blatt mehr übrig war, warf sie den Ast achtlos zur Seite.

Den Blick hielt sie gesenkt, als sie in den Park eintrat. Sie stapfte über den Kieselweg, sodass die kleinen Steine in alle Richtungen flogen. Währenddessen wiederholte sie im Kopf die Sätze, die sie zu Franzi sagen wollte, sobald sie sich sahen. Gründlich hatte sie den gestrigen Nachmittag, den Abend und die Nacht damit verbracht, die perfekten Worte zu finden, um ihrer Freundin zu verdeutlichen, dass sie hinter ihr stand und ebenfalls auf ihre Eltern wütend war. Aber aufgrund des Ärgers in ihrem Bauch konnte sie sich schwer auf die Entschuldigung konzentrieren und die Wut darüber wuchs, während ihr noch mehr Sätze entfielen. Laut atmete sie aus, um sich davon nicht unterkriegen zu lassen, doch es war vergeblich.

Erst als sie nur mehr ein paar Meter von der Parkbank entfernt war, hob Ava ihren Kopf. Die Büsche versperrten zwar noch die Sicht, trotzdem begann sie zu laufen, um keine weitere Sekunde ohne Franzi zu sein. Nur ein paar Augenblicke später bremste sie abrupt ab und blieb stehen. Die aufgewirbelten Kieselsteine fielen knirschend zu Boden, während Avas Blick auf die Bank fixiert war. Sie war leer.

Es war noch zu früh, versuchte sie sich zu beruhigen. Um diese Uhrzeit war sie noch nie bei der Parkbank gewesen.

Sie setzte sich hin und blickte sich um, um Franzi so bald wie möglich zu entdecken. Allmählich verrauchte der Ärger über ihre Eltern und Enttäuschung machte sich breit.

Ava atmete tief ein und kratzte sich anschließend am Kinn. Für ein paar Sekunden zog sie die Füße auf die Sitzfläche der Bank, nur um sie ein wenig später wieder auf den Boden zu stellen. Sie fuhr sich mit ihren Fingern durch die Haare und versuchte vergeblich sie zu bändigen. Dann verschränkte sie ihre Arme vor der Brust und ihr Bein begann zu zucken.

Sie konnte nicht stillhalten, während sie sich fragte, ob sie etwas falsch gemacht hatte. Denn mit jeder Minute, in der Franzi nicht auftauchte, schwand die Hoffnung, dass sie kommen würde. War sie selbst der Grund, wieso Franzi am Vortag so schnell wie möglich weggelaufen war? Kam Franzi nicht zu ihrem Treffpunkt, weil sie Ava nicht sehen wollte?

Sie blickte auf die Uhr und merkte, dass es längst Zeit war, zur Schule zu gehen. Würde sie sich jetzt auf den Weg machen, müsste sie bereits laufen, um noch rechtzeitig zum Unterricht zu kommen.

Zwar stand Ava auf, aber nur, um sich umzusehen. Das kleine Fünkchen Hoffnung, dass noch in ihr lebte, wollte sie nicht aufgeben. Mit zusammengekniffenen Augen blickte sie in die Richtung, aus der Franzi immer kam. Sie war nicht da. Ava wandte sich in die Richtung ihres Schulweges, doch auch dort wartete niemand.

Verzweifelt biss sie sich auf die Lippe und stieg von einem Bein auf das andere. Auf gar keinen Fall wollte sie ohne Franzi zur Schule gehen, aber immer mehr hatte sie das Gefühl, dass sie musste.

Wieder blickte sie auf die Uhr und merkte, dass es gleich zum Unterricht läuten würde. Die Enttäuschung breitete sich aus und löschte das Fünkchen Hoffnung aus.

Ava war zum Weinen zumute. So fest sie konnte biss sie sich auf die Lippen, um das zu verhindern, und schmeckte Blut auf ihrer Zunge. Augenblicklich lockerte sie ihr Kiefer und sah sich stattdessen hilflos um. Was sollte sie jetzt nur tun?

Weder konnte sie nach Hause noch woanders hin, der einzige Ort, an dem sie nun sein konnte, war die Schule. Zwar war sie längst zu spät dran, doch sie machte einen Schritt nach vorn und ging langsam los.

Vielleicht war Franzi ja dort, versuchte Ava sich einzureden. Doch es würde ihr das Herz brechen, wenn ihre Freundin ohne sie zur Schule gegangen wäre. Wäre das der Fall, würde sie ihre Tränen nicht mehr aufhalten können.

Ava schlurfte über den Gehweg und ließ den Kopf hängen. Sie wollte die Umgebung nicht sehen, die sie sonst immer so mochte. Der Grund dafür war nicht, dass die Aussicht besonders schön war oder sie gerne die Schule besuchte, bisher war Franzi immer dabei gewesen, wenn sie hier gegangen waren.

Langsam trat Ava auf den Schulhof. Er war gespenstisch leer. Ein Ball lag einsam in der Mitte des Hofs und wurde von dem Wind ein paar Meter weiter geblasen, bis er gegen eine leere, braune Papiertüte stieß. Die Fahrräder waren achtlos in die Ständer abgestellt worden, ein paar wenige lagen sogar auf dem Boden. Ava ließ ihren Blick mehrmals darüber schweifen, doch sie konnte Franzis Rad in dem Durcheinander nicht entdecken. Also schlurfte sie weiter zur Eingangstür und trat ein.

Aus den Klassenzimmern drangen leise die Stimmen der

Lehrer und Ava begegnete einzelnen Schülern, die auf die Toilette gingen. Sie sahen ihr mit großen, fragenden Augen entgegen, sagten jedoch nichts.

Schließlich kam ihre Klassenzimmertür in Sichtweite und sie blieb davor stehen. Tief atmete sie ein paar Mal durch, bevor sie sich dazu durchringen konnte, die Hand zu heben und leise zu klopfen. Drinnen stockte die Stimme des Lehrers. Nun hob sie ihren Kopf, versuchte einen selbstsicheren und gelassenen Gesichtsausdruck aufzusetzen, und öffnete die Tür.

»Entschuldigen Sie die Verspätung«, sagte Ava und ihre Stimme hallte lauter durch das Klassenzimmer als ihr lieb war.

Bevor sie die Reaktion ihres Mathematiklehrers Herrn Trapper abwarten oder die Tür schließen konnte, sah sie sich nach Franzi um. Ihr Blick schweifte über die Köpfe ihrer Klassenkollegen hinweg, die sie verwundert ansahen und gleichzeitig froh über die Unterbrechung des Unterrichts waren.

Doch Franzi war nicht da.

Ava atmete stockend aus und wandte sich zur Tür. Hastig zog sie diese ins Schloss, während sie sich abermals fragte, ob sie schuld an Franzis Abwesenheit war.

»Ava«, unterbrach Herr Trapper ihre Gedanken und blickte auf seine Armbanduhr. »Du bist viel zu spät.«

»Ich weiß«, meinte sie nur und ging an ihm vorbei auf ihren Platz.

Es wirkte, als wollte ihr Lehrer noch etwas sagen. Doch schließlich schüttelte er nur den Kopf und wandte sich zur Tafel.

Während sich Ava setzte, fuhr er mit dem Unterricht fort. Doch sie hörte nicht zu und bekam nicht einmal mit, um welches Thema es gerade ging. Für sie fühlte es sich an, als würde sich der leere Sitzplatz von Franzi neben ihr gegen sie drücken und jedes andere Empfinden zermahlen. Sie war allein und geradewegs dabei, ihre einzige Freundin zu verlieren, und sie konnte nichts tun, um das aufzuhalten.

»Ava«, durchschnitt Herrn Trappers Stimme den Raum und ihre Gedanken, »auch wenn du zu spät zum Unterricht erscheinst, ist das kein Grund, nicht mitzuarbeiten.«

Er hatte wohl gemerkt, dass Ava gedanklich ganz woanders war und sah sie streng an. Unter seinem Blick holte sie hastig ihr Buch hervor und schlug es wahllos auf. Erst dann wandte sich ihr Lehrer wieder ab.

Ava blickte zu ihrem anderen Sitznachbarn, um einen Blick auf die Seitenanzahl seines aufgeschlagenen Buches zu werfen. Doch dieser musterte sie kritisch mit gekrauster Stirn, sodass Ava etwas rot wurde, als sie sich wieder umdrehte. Ohne Franzi fühlte sie sich schwach, klein und unbedeutend, als würde eine Hälfte von ihr fehlen.

Sie stützte ihre Arme auf dem Tisch ab und blickte auf ihr Schulbuch hinab, als würde sie konzentriert mitarbeiten. Aber sie konnte ihre Gedanken nicht von Franzi lösen.

Nach ein paar Minuten, die ihr wie Stunden vorkamen, entschloss sie sich, einen Mitschüler nach ihrer Freundin zu fragen. Ihren runzelnd schauenden Sitznachbar wollte sie keinen weiteren Blick mehr zuwerfen, deswegen griff sie nach ihrer Buchseite und riss langsam und vorsichtig ein Stück davon heraus. Unter der Tischfläche drehte sie das Papier zu einer Kugel, um anschließend innezuhalten. Herr Trapper hatte sich eben zur Klasse gewandt, um ein Beispiel zu erklären. Ava nickte leicht mit dem Kopf, um Interesse vorzutäuschen.

Gerade als er sich wieder der Tafel zugewandt hatte, schoss sie das Papierkügelchen auf den Kopf des Schülers vor ihr. Es war Adam, dessen Angewohnheit es war, während des Unterrichts heimlich zu schlafen. Er duckte sich automatisch, als er die Kugel auf seinem Kopf spürte. Empört drehte er sich um und zupfte das Papierstück aus seinen zotteligen Haaren.

Heimlich winkte Ava ihn zu sich, ohne Herrn Trapper aus den Augen zu lassen.

Adam rückte mit seinem Stuhl lautlos nach hinten und sie

lehnte sich nach vorne, damit sie so leise wie möglich miteinander sprechen konnten.

»Was soll das?«, zischte er und rückte seine Brille zurecht. »Ich habe fast geschlafen!«

Ava verdrehte die Augen und fragte: »Weißt du, wo Franzi ist?«

Bevor er antworten konnte, drehte er sich ruckartig nach vorne, da Herr Trapper sich kurz von der Tafel abwandte, um zu sehen, ob seine Schüler seiner Erklärung folgen konnten. Synchron nickten Ava und Adam, bis der Lehrer an der Tafel wieder weiterrechnete.

»Hat sie dir nicht geschrieben?«, flüsterte Adam.

»Was?«

»Ja, dass sie krank ist«, meinte er.

Zuerst brachte sie kein Wort hervor. Insgeheim wusste sie, dass das nicht stimmte. Diese Ausrede von Franzi bewies nur, dass sich Avas Befürchtungen bewahrheitet hatten. Franzi war wegen ihr daheim geblieben.

»I... Ich habe kein Handy«, meinte Ava verunsichert, doch Adam hatte sich bereits abgewandt. Leise rückte er mit seinem Stuhl nach vorne, während Herr Trapper seinen Schülern eine Rechenaufgabe stellte.

Doch anstatt der Anweisung ihres Lehrers zu folgen, beugte sie sich über ihr Buch, ließ die Haare vor ihr Gesicht fallen und kniff die Augen zusammen. Die Tränen kündigten sich wieder an. Die Fäuste, auf denen sie ihren Kopf stützte, ballten sich fester und sie versuchte an etwas anderes zu denken. Es kamen ihr nur ihre Eltern in den Sinn, aber im Moment konnte sie nicht einmal mehr auf sie wütend sein.

Mit einer Hand griff sie an ihren Hals und fühlte nach der Kette, die Franzi ihr zum Geburtstag geschenkt hatte. Noch gut konnte sich Ava an die Worte ihrer Freundin erinnern. Sie hatten sich in ihrem Kopf eingebrannt, als wären sie der kostbarste Schatz, den sie besaß: »Damit wissen alle, dass wir zusammengehören und auch wenn wir mal getrennt sind, haben wir ein Stück bei uns, dass uns verbindet.«

Avas Atem stockte bei der Erinnerung daran. Sie konnte nur hoffen, dass diese Worte immer noch eine Bedeutung für Franzi hatten.

Tian

Es klingelte zur Pause. Sofort schlugen Tians Klassenkollegen ihre Bücher zu. Manche verstauten sie noch in ihren Rucksäcken, andere ließen sie achtlos am Tisch liegen und nutzten die erste Gelegenheit, um aus dem Klassenzimmer in die Pause zu huschen. Auch der Englischlehrer Herr Gruber wartete keinen Augenblick länger als nötig und verließ mit dem Strom der Schüler den Raum.

Nur Tian ließ sich Zeit, er packte in aller Ruhe seine Sachen zusammen und wartete sehnlich darauf, dass die Hektik in der Klasse abnahm.

Kiara, die den ersten Tag nach ihrer angeblichen Grippe wieder in der Schule war, hievte sich hoch. Sie wirkte froh, hier zu sein. Neben ihr stand Steve auf und wandte sich zu Nele.

»Geht schon mal vor«, meinte Nele. »Ich komme gleich nach.«

Die zwei nickten und Kiara hakte sich bei Steve ein, bevor sie den anderen Klassenkameraden nach draußen folgten.

Erleichtert merkte Tian, wie es deutlich ruhiger wurde, nur noch vereinzelt sprachen Schüler darüber, was es an diesem Tag in der Cafeteria zu essen gab. Nele kramte suchend ihre Schulsachen hin und her, sodass die Bücher und Hefte auf Tians Tischseite hinüber rutschten.

»Suchst du etwas?«, fragte er nach dem Offensichtlichen, als die letzten Schulkollegen das Klassenzimmer verließen.

»Ja«, nickte sie und blickte ihn an, »deinen Stift.«

Sofort winkte Tian ab, während er selbst seinen Jutebeutel anhob, um seine Schulsachen darin zu verstauen. »Das ist nicht schlimm, ich habe noch genug andere.«

»Ich weiß«, erwiderte sie, »aber das wäre der zweite in dieser

Woche, den ich verliere.«

»Sie werden wieder auftauchen«, meinte er unbekümmert, doch Nele hörte nicht auf zu kramen.

Nun hob sie ihre Schultasche hoch, um darin zu wühlen.

Tian fügte hinzu: »Meinetwegen brauchst du ihn nicht suchen, du kannst ruhig mit Kiara und Steve essen gehen.«

»Na ja, im Gegensatz zu ihnen sprichst du noch mit mir«, sagte sie mit erschöpftem Unterton.

Er hielt inne, während er ein Buch in den Beutel geben wollte, und sah sie fragend an. »Tun sie es nicht?«

»Steve schon«, antwortete Nele, »aber Kiki ist wegen unseres Streits noch verärgert. Mit Steve redet sie normal, so wie immer, doch bei mir hält sie alles so kurz und knapp wie möglich. Das macht jedes Gespräch ziemlich unangenehm.«

Tian konnte nur nicken.

»Ich weiß nicht, was ich machen soll«, fuhr sie fort. »So lange hat sie mir noch nie etwas nachgetragen. Ich mache mir eben Sorgen. Wieso nimmt sie mir das übel?«

Tian dachte über Neles Worte nach und schloss seinen Jutebeutel, bevor er sich ihr zuwandte.

»Vielleicht sagst du ihr das genauso«, schlug er vor.

Sie drehte sich ebenfalls zu ihm und meinte skeptisch: »Das sie nicht mehr wütend auf mich sein darf? Das wird nicht funktionieren.«

»Nein«, versuchte Tian zu erklären, »das nicht. Ich meine, sag Kiara, wie du dich fühlst, denn dein Empfinden kann niemand ändern.«

Nele stützte ihren Kopf in der Hand und überlegte.

»Ja, das klingt gar nicht blöd«, gab sie zu.

Mit direktem Blick sah sie Tian an und er musste unwillkürlich lächeln. Es war das erste Mal, dass er Nele einen Rat gegeben hatte.

Sie erwiderte sein Lächeln mit einem breiten, ehrlichen Grinsen. Im selben Moment fiel Tian wieder die goldbraunen

Punkte in ihren Augen auf. Rasch sah er von Nele weg und hob ihre Schulhefte an, die auf seine Seite des Tisches gerutscht waren.

Nach ein paar Sekunden fragte Nele: »Was machst du?«

»Ich suche meinen Stift«, versuchte er so gelassen wie möglich zu sagen, doch selbst ihm fiel seine belegte Stimme auf.

»Ich habe gedacht, es wäre egal, wenn er verloren wäre«, erwiderte sie direkt.

»Ich habe gedacht, du wolltest nicht zwei Stifte in einer Woche verlieren«, konterte Tian, ohne sie anzusehen.

Nele sagte ein paar Augenblicke lang nichts, sondern schmunzelte über seine Schlagfertigkeit.

»Okay«, meinte sie mit weicher Stimme und wühlte in ihrer Schultasche.

Er hielt inne. »Der Stift kann nicht im Rucksack sein.« Fragend blickte sie ihn an und er erklärte: »Du hast während des ganzen Englischunterrichts nicht einmal nach deiner Schultasche gegriffen.«

Nele schien überrascht zu sein, dass ihm das aufgefallen war, doch sie stimmte ihm zu, indem sie ihre Schultasche abstellte. Anschließend schob sie ihre Haare hinter die Ohren und griff nach ihren Büchern und Zetteln, die auf dem Tisch verteilt waren. Sie suchten weiter, wobei Tian systematisch vorging. Die Schulbücher, die er schon durchgesehen hatte, legte er sorgfältig auf einen Stapel zusammen.

»Hab ihn!«, rief Nele plötzlich und holte zwischen den Seiten des Englischbuchs einen blauen Kugelschreiber hervor.

Erleichtert hielt sie Tian den Stift entgegen. Als er ihn nahm, berührte er unbewusst Neles Hand. Augenblicklich verschlug es ihm die Sprache und er hütete sich davor, sie anzusehen. Rasch drehte er sich zu seinem schwarzen Turnbeutel und ließ den Kugelschreiber darin verschwinden.

Vorsichtig wandte er sich zurück und schob seine Hände unter die Oberschenkel. Als er ihr anschließend von der Seite einen Blick zuwarf, merkte er, dass sie vergeblich versuchte, Ordnung in das Chaos der Schulsachen zu bringen.

Ohne zu zögern, packte er mit an, strich zerknitterte Zettel glatt und legte diese auf einen extra Stapel neben die Bücher.

»Du brauchst mir nicht mehr zu helfen«, sagte Nele.

»Schon gut«, meinte er nur.

»Wenn du willst, kannst du dich nachher beim Essen zu uns an den Tisch setzen«, schlug sie vor. »Also es wird sicher eine komische Stimmung sein, weil Kiki mich trotzdem ignorieren wird.« Sie zögerte, bevor sie hinzufügte: »Aber genau deswegen hätte ich dich gerne dabei.«

Zuerst traute Tian seinen Ohren nicht. Doch er hatte richtig gehört, ihr letzter Satz hallte in seinem Kopf wider.

»Ich, ähm«, stotterte er. »Ich schaue noch nach Coletta und dann ...« Er hielt inne, denn er wusste nicht, was er sagen sollte. »... dann vielleicht gerne«, reihte er wahllos Wörter aneinander, in der Hoffnung, dass sie einen Sinn ergeben würden.

Im Hinterkopf wusste Tian, er sollte ablehnen, besonders wenn Coletta in der Cafeteria sein sollte und ihn mit Nele entdecken könnte. Doch andererseits würde er sich gerne zu ihr setzen.

»Gut«, meinte Nele und grinste ihn an.

Er sah weg und erhob sich von seinem Stuhl, während sie ihre Schulsachen in den Rucksack packte. Obwohl er wusste, dass er nicht auf Nele zu warten brauchte und schon gehen konnte, blieb er hinter seinem Stuhl stehen, bis auch sie aufstand.

»Danke fürs Helfen«, sagte sie.

Als er sie ansah, verfingen sich ihre Blicke und er merkte sofort, dass er sich nicht mehr davon lösen konnte. Seine Gedanken, die sonst ständig nur im Kreis schwirrten, gaben endlich Ruhe. Er blendete die Umgebung aus und betrachtete stattdessen das goldbraune Glitzern in Neles Augen. Er war so vertieft, dass er zu spät bemerkte, dass sie etwas zu ihm gesagt hatte.

»Hm?«, brachte er nur hervor und sein Blick wanderte zu ihren Lippen, um ihren Worten besser folgen zu können.

»Wir sehen uns später?«, wiederholte Nele.

Tian konnte nur nicken. Ihm fiel auf, wie sich Neles Lippen zu einem sanften Lächeln nach oben zogen und sie sich ebenfalls nicht von der Stelle rührte. Zwischen seinen Rippen machte sich ein unbekanntes, aber wohliges Gefühl breit.

Ihm kam es vor, als würde Nele einen Schritt auf ihn zu machen. Tian blickte in ihre Augen. So nahe war er ihr noch nie gewesen, doch es war ihm keineswegs unangenehm. Sie beugte sich das letzte Stück zu ihm und sanft berührten ihre Lippen seine.

Tian hatte nicht gewusst, dass er sich danach gesehnt hatte. Als Nele ihn küsste, breitete sich das wohlige Gefühl in seinem gesamten Körper aus. Wie automatisch legte er seine Hand auf Neles Taille. Als er den Stoff ihres Shirts spürte, zuckte seine Hand zurück, als hätte er sich verbrannt und er trat taumelnd einen Schritt zurück.

Mit einem Schwall kehrten all seine Gedanken zurück und überschlugen sich so sehr, dass ihm ein schmerzhafter Stich durch den Kopf fuhr. Keinen einzigen konnte er genauer wahrnehmen, dennoch wusste Tian, dass sie alle um dasselbe Thema kreisten. Er durfte Nele nicht küssen. Er war ein Seelendiener, romantische Beziehungen zu Menschen waren ihm nicht erlaubt.

Das wohlige Gefühl verschwand und hinterließ eine Leere, über die er sich jedoch im Moment keine Gedanken machen konnte. Mit großen Augen sah er Nele an, die ihm verwirrt mit hochgezogenen Augenbrauen entgegenblickte. In ihrem Gesicht spiegelten sich viele Emotionen wider, aber Tian konnte keine einzige davon genau deuten. Die Seelendienergemeinschaft kam ihm wieder in den Sinn und erinnerte ihn daran, dass er ihre Gefühle nicht entschlüsseln durfte.

»Tian ...«, begann Nele und rang um die richtigen Worte.

Doch er wollte und durfte nicht hören, was sie zu sagen hatte. Deswegen löste er seinen Blick von ihr und wandte sich so hastig um, dass er fast über seine eigenen Füße stolperte. Ohne noch einmal zurückzublicken, lief er aus dem Klassenzimmer.

Coletta

Wie jeden Tag ging Coletta kurz vor Ende der Mittagspause auf die Toilette. Ihre Schultasche hatte sie wie immer mit dabei. Ihre Klassenkollegen würden ihr mit Sicherheit einen Streich spielen, wenn sie den Rucksack allein lassen würde.

Coletta drückte die Toilettentür auf und trat ein. An dem Waschbecken stand Romy, die im Klassenzimmer ein paar Tische neben ihr saß. Mit ihren weichen, reinen Gesichtszügen und der sorgfältig ausgewählten Kleidung wirkte sie beinahe wie eine Porzellanfigur.

Vor Kurzem hatte sie ebenfalls begonnen, Coletta zu ärgern. Immer wieder raunte sie gemeine Wörter in ihre Richtung, wenn sie im Unterricht eine richtige Antwort gab. Zu Colettas Bedauern hörten die Lehrer die gehässigen Kommentare nicht oder sie wollten sie nicht hören. Doch Coletta hatte beschlossen, sich davon nicht unterkriegen zu lassen und ignorierte Romy so gut es ging. Sie hob ihren Kopf ein klein wenig höher und konzentrierte sich auf den Unterricht. Es waren nur neidische Kommentare, redete sich Coletta ein und schüttelte diese tagsüber problemlos ab. Dass ihr diese Worte in der Nacht den Schlaf raubten, würde sie nie zugeben.

Auch jetzt ließ sie sich von Romys kritischem Blick nicht einschüchtern. Diese drehte in dem Moment den Wasserhahn auf, ohne Coletta aus den Augen zu lassen. Von oben bis unten musterte sie ihr Aussehen. Augenblicklich fühlte sich Coletta in ihrer schwarzen Hose und der langärmligen, schwarzen Bluse unwohl. Doch sie wollte nicht nachgeben und eine andere Toilette aufsuchen, deswegen zog sie ihren Rucksack noch enger an ihren Rücken und schaute sich nach einer freien Kabine um. Erleichtert stellte sie fest, dass genau eine frei war und flüchtete so schnell wie möglich hinein. Hastig zog sie die Tür zu und drehte das Schloss um. Behutsam stellte sie ihre Schultasche ab und setzte sich.

Coletta spitzte die Ohren und hörte, wie Romy den Wasserhahn abstellte und Papiertücher aus dem Handtuchspender zog. Im selben Moment fiel ihr eine neue Nachricht an der Toilettentür auf. Es war nichts Ungewöhnliches, denn obwohl es verboten war, die Türen und Wände zu verunreinigen, waren sie mit unterschiedlichen Kritzeleien übersät. Doch in dieser Nachricht sprang Coletta in dicken Großbuchstaben ihr eigener Name entgegen.

Mit einem grünen Stift stand geschrieben: »Der Preis an die unbeliebteste und dümmste Schülerin geht aaaan ... CO-LETTI!«

Daneben war eine Krone und einen Pokal aufgemalt, die aber, wie Coletta fand, viel zu krakelig waren, um sie auf den ersten Blick zu erkennen. Die Zeichnungen waren ihr egal, die Nachricht hingegen nicht.

Dabei ließ sie der erste Teil noch ziemlich kalt. Es war ihr gleichgültig, ob die anderen Schüler sie mochten oder nicht, ihr Wunsch war es nur, dass sie sie endlich in Ruhe ließen. Aber das Wort *dümmste* brannte sich in Colettas Augen ein, sie konnte ihren Blick nicht davon abwenden. Sie war nicht dumm. Oder?

Das war das erste Mal, dass sie das Wort im Zusammenhang mit sich selbst las. Sie wusste, dass sie Tian nicht das Wasser reichen konnte. Doch ihr war noch nie in den Sinn gekommen, dass es daran liegen könnte, weil sie dümmer als er war. Vielleicht würde sie die Schule gar nicht meistern können, wenn sie nicht ihre ganze Freizeit fürs Lernen investieren würde. Zwar wusste sie im Unterricht immer die richtigen Antworten, aber das lag daran, dass sie sich den Stoff im Vorhinein schon mehrmals durchgelesen hatte.

Die Härchen auf ihren Armen stellten sich auf und

gleichzeitig verkrampften sich ihre Finger. Sie konnte den Griff nicht lockern, stattdessen begannen die Hände zu zittern. Ihr Blick wanderte weiter zu ihrem Namen und blieb daran hängen. Es ärgerte sie immens, mehr als es eigentlich sollte, dass er verniedlicht wurde. Dieser Spitzname hallte in ihrem Kopf wider. Je länger und intensiver sie sich darauf konzentrierte, umso enger schien ihr die Kabine zu werden. Für Coletta fühlte es sich an, als würden die Wände zu ihr rücken und ihr allmählich die Luft zum Atmen nehmen. Dabei leuchtete die Nachricht mit jeder verstrichenen Sekunde mehr auf.

Ihr kamen die vergangenen, gemeinen Kommentare in den Sinn: die unverschämte Nachricht in ihrem Spind, die gehässige Kritzelei neben dem Handtuchspender dieser Toilette. Immer mehr Streiche fielen ihr ein. Es schien ihr, als würden die Kabinenwände zu vibrieren beginnen. Sie rückten immer näher, während die Türklinke zu rütteln begann.

Jemand kicherte und holte Coletta in die Realität zurück. Sie wusste nicht, ob sie erleichtert war, aus ihrer Schleife herausgeholt worden zu sein, als sie merkte, dass Romy es war.

Coletta konnte nicht sagen, wie viel Zeit vergangen war. Für sie fühlte es sich wie eine Ewigkeit an, seitdem sie die Toiletten betreten hatte. Doch es waren wohl nur einige Sekunden vergangen, da Romy sich ebenfalls noch im Raum befand.

Bewusst wandte sie ihren Blick von der Nachricht ab und hütete sich davor, noch ein weiteres Mal hinzusehen.

Nach einigen Augenblicken verstummte Romys Kichern zum Glück wieder und Coletta stand auf. Sie drückte die Spülung und schob ihren Rucksack auf den Rücken. Das Gewicht der Schulbücher drückte sie etwas nach unten. Sie fragte sich, ob es einen Sinn hatte, sie zu studieren, wenn sie dumm war.

Doch sie hatte nun keine Zeit, sich darüber den Kopf zu zerbrechen, sie musste allmählich zum Unterricht und wollte sich mental darauf vorbereiten.

Sie drehte das Schloss um und drückte den Griff nach unten.

Aber anstatt die Tür zu öffnen, hielt sie die lose Klinke in ihrer Hand. Coletta blickte darauf. Wie war das möglich?

Eilig wollte sie den Griff zurück in die Vorrichtung stecken, doch sie brauchte mehrere Versuche. Egal wie sehr sie sich bemühte und ihn in die Tür drückte, er hielt nicht. Coletta fing an zu schwitzen. Dadurch rutschte ihr beinahe die Klinke aus den feuchten Händen. Während sie weiterhin vergeblich versuchte, den Griff wieder zu befestigen, merkte sie, dass sie unvermeidbaren Krach machte. Das Klirren hallte im gesamten Toilettenraum wider.

Da begann Romy lauthals zu lachen. Coletta ließ langsam ihren Arm sinken, als sie realisierte, was gerade geschehen war: Romy hatte die Tür beschädigt. Sie hatte sie absichtlich eingesperrt.

Konnte es wirklich sein, dass ihre Klassenkollegin einen Griff abmontieren konnte, sie selbst aber nicht wusste, wie sie diesen wieder befestigen konnte? Das würde bedeuten, dass Romy in diesem Fall schlauer war.

In dem Moment verdrängte Coletta den Fakt, dass sie eingesperrt war. Durch den aufkommenden Ärger begannen ihre Augen zu brennen. Der Gedanke, dass Romy intelligenter als sie sein könnte, war unerträglich. Ihr Kiefer verhärtete sich, als sie ihre Zähne zusammenbiss, und ihre Finger verkrampften sich um das kühle Metall der Türklinke.

Das konnte sie nicht auf sich sitzen lassen. Sie musste zeigen, dass sie nicht dumm war, schon keineswegs dümmer als Romy. Coletta überlegte, ob sie eines der Schulbücher auspacken und davon eine schwierige Aufgabe lösen sollte, um das zu beweisen. Jedoch war das eine skurrile Idee. Und immerhin wusste sie schon im Vorhinein, dass sie dabei siegen würde. Schulisch war sie besser als Romy. Aber ließ sich Intelligenz mit Schulwissen messen? Außerdem würde Romy nur weiter lachen.

Da fiel ihr eine andere Lösung ein. Wenn sie sich selbst aus ihrer Lage befreite, konnte sie Romy zeigen, dass sie sich von ihrer Gemeinheit nicht unterkriegen ließ. Hastig wischte sie sich mit dem Ärmel über die feuchten Augen. Mit all der Kraft, die sie hatte, drückte sie sich gegen die verschlossene Tür. Aber diese knarrte nicht einmal unter ihrem Gewicht.

Coletta gab nicht auf. Keinen Augenblick später hockte sie sich auf den Boden, senkte ihren Kopf und sah unter der Trennwand zu der linken Toilette. Ein Paar Schuhe und einen dunkelblauen Hosensaum konnte Coletta erkennen. Somit wandte sie sich um und blickte zur anderen Kabine. Doch diese war auch besetzt. Sie saß fest.

Kurz nachdem sie sich aufgesetzt hatte, bemerkte sie ein leises Kichern von dem benachbarten linken Klo. Coletta horchte auf. Die Person aus der anderen Toilettenkabine prustete ebenfalls los und gemeinsam mit Romy hallte ihr Gelächter in dem kleinen Raum unendlich oft wider.

Hitze sammelte sich unter Colettas Hemdkragen und stieg ihr zu Kopf. Nun konnte sie sich nicht mehr darauf konzentrieren, einen Weg aus der Kabine zu finden. Sie spürte nur die Wärme ihres Gesichts, die sie keinen Gedanken zu Ende führen ließ. Romy und ihre Freundinnen hatten an alles gedacht. Nun saß sie eingesperrt auf dem kalten Toilettenboden. Sie war nicht mal in der Lage zu bitten, ob sie die Türklinke wieder montieren würden. Doch so weit würde es Coletta sowieso nicht kommen lassen. Lieber würde sie den ganzen Tag eingesperrt in der Kabine hocken, als jemanden um Hilfe zu bitten.

Die Klingel kündigte den Beginn der nächsten Unterrichtseinheit an. Coletta wurde bewusst, dass sie zu diesem Zeitpunkt noch nie woanders als in ihrer Klasse gewesen war. Es war das erste Mal, dass sie zu spät kommen würde.

Vor ihrer Kabine hörte sie immer noch das Kichern ihrer Klassenkameradinnen, aber nun vernahm sie auch deren Schritte, die zur Tür gingen und hinaus in den Flur traten.

Als die Tür zurück in das Schloss fiel, war es still im Raum. Coletta hörte nur ihren eigenen Atem und das Tropfen eines

Wasserhahns. Sie war froh, dass die Mädchen weg waren. Ohne ihr Lachen war es leichter, nachzudenken.

Sie wollte nicht zu spät zum Unterricht kommen, auch wenn sie bereits befürchtete, dass sie das nicht verhindern konnte. Coletta sah sich um. Sie musste so schnell wie möglich aus der Toilettenkabine hinaus.

Ihr kam in den Sinn, dass sie teleportieren könnte. Es war nur ein kleines Stück, das würde sie schaffen. Aber einen Moment später verwarf sie diesen Gedanken. Denn es war verboten, außerhalb der Arbeit oder des Unterrichts zu teleportieren, besonders hier in der Schule, einem öffentlichen Ort. Ohne Frage würde Coletta nie die Seelendienergemeinschaft gefährden, schon gar nicht, um einer verzwickten Lage zu entkommen. Es musste einen anderen Ausweg geben.

Durch den Spalt zwischen dem Boden und der Kabinenwand konnte sie nicht hindurchkriechen, er war viel zu schmal. Ihr blieb nichts anderes übrig, als darüber zu klettern.

Ihren Rucksack konnte sie aufgrund des Gewichts nicht mitnehmen. Langsam streifte sie ihn von ihren Schultern und zwängte ihn unter der Tür hindurch. Ungern ließ sie ihre Schultasche aus den Augen. Sie konnte nur hoffen, dass Romy und ihre Freundinnen nicht zurückkommen und dabei den alleingelassenen Rucksack entdecken würden.

Coletta blickte nach oben und atmete kontrolliert ein und aus. Behutsam streifte sie ihre verschwitzten Hände an ihrem Hemd ab, bevor sie ihren Fuß anhob und auf die Klobrille stellte. Ein mulmiges Gefühl machte sich in ihrer Magengrube breit, obwohl sie wusste, dass sie nichts Verbotenes tat. Sie hatte keine andere Möglichkeit und durfte nun keine Zeit mehr verlieren, wenn sie rechtzeitig in den Unterricht kommen wollte. Zum ersten Mal in ihrem Leben hoffte sie, dass ihr Lehrer zu spät kommen würde.

Mit den Händen stützte sich Coletta an den Wänden ab und stellte ihren zweiten Fuß zum ersten hinauf. Unter ihrem

Gewicht knackste die Klobrille. Fest biss sie ihre Zähne zusammen. Vorsichtig tastete sie sich mit ihren Händen nach oben zum Rand der Toilettenkabine und krallte sich dort fest. Mit Bedauern merkte sie, dass ihre Handflächen abermals schwitzig waren.

Coletta atmete tief ein, während sie ihre ganze Kraft bündelte und von der Klobrille absprang, die dabei wieder knackte. Mit den Füßen baumelnd suchte sie Halt an der rutschigen Kabinenwand. Gleichzeitig versuchte sie sich mit den Ellbogen abzustützen, um die gewonnene Höhe beizubehalten. Der schmale Rand drückte schmerzhaft durch die Bluse auf ihre Unterarme. Coletta spürte, wie die Kraft sie langsam verließ. Deswegen konnte sie nicht länger warten und versuchte ein Bein über die Wand zur anderen Seite zu heben. Beim ersten Versuch schaffte sie es nicht. Für den zweiten nahm sie mehr Schwung und blieb mit dem Schuh an der Kante hängen. Schwer schnaufend und mit dem anderen Bein strauchelnd hievte sie sich hinauf, bis sie sicher auf der Kabinenwand lag.

Coletta schloss die Augen, während ihr die Kante der Kabinenwand gegen ihre Brust und ihren Bauch drückte. Keine Sekunde länger hielt sie diesen Schmerz aus, deswegen schwang sie ihr zweites Bein ebenfalls auf die andere Seite. Aber sie war nicht auf das Gewicht, das sie hinunterzog, vorbereitet. Deswegen rutschte sie mit ihren schwitzigen Händen ab und fiel zu Boden. Coletta landete auf dem Po, ihren Ellbogen stieß sie sich so fest an der Klobrille an, dass diese klirrte.

Der Schweiß rann ihr über die Stirn, ihr Atem stockte vor Anstrengung und allmählich kündeten sich die Schmerzen an. Ihr Steißbein und der Ellbogen pochten, an ihrem Bauch und der Brust spürte Coletta die Kante der Wand, als würde sie noch darauf liegen. Zitternd hob sie ihre Hände und sah die roten Abschürfungen, die sie sich zugezogen hatte, als sie abgerutscht war.

Coletta brauchte ein paar Momente zum Durchatmen, bevor

sie sich daran erinnerte, dass sie sich beeilen musste. Ein Schnaufen konnte sie nicht unterdrücken, als sie sich aufhievte und die Toilettentür aufdrückte. Ihren Rucksack hob sie vom Boden auf, schob ihn auf ihren Rücken und anschließend warf sie einen kurzen Blick in den Spiegel.

Sie sah furchtbar aus. Ihre Haare lösten sich aus ihrem Zopf und fielen ihr strähnig über die Schultern. Ihr Gesicht war übersät mit roten Flecken und Schweißperlen und die schwarze Bluse klebte feucht an ihrer Haut. Doch sie wollte und konnte sich nun nicht mehr die Zeit nehmen, um sich frisch zu machen.

Eilig stürmte sie aus dem Raum und lief den Flur entlang zu ihrem Klassenzimmer. Ihre Schritte hallten von den Wänden wider, während sie an den bereits geschlossenen Türen vorbeisauste, aus denen die Stimmen der Lehrer drangen.

Als sie ihre Klassentür erblickte, lief sie etwas schneller, ignorierte dabei ihre Schmerzen und platzte in die Klasse, nachdem sie nur einmal geklopft hatte. Außer Atem trat sie ein und ließ mit Krach die Tür ins Schloss fallen.

Erschrocken blickte der Lehrer, Herr Gruber, Coletta entgegen und auch ihre Klassenkameraden starrten sie mit großen Augen an.

Doch sie hatte vor, niemandem Beachtung zu schenken. Und auf keinen Fall wollte sie die Reaktion von Romy und ihren Freundinnen auf ihr Auftreten sehen. Mit erhobenem Kopf und gesenkten Augenlidern marschierte sie auf ihren Platz zu. Die Handflächen mit den Abschürfungen legte sie bewusst an ihr Hosenbein, damit keinem auffiel, dass sie verletzt war.

»Coletta«, wollte Herr Gruber sie aufhalten, »wieso kommst du erst jetzt zum Unterricht?«

Sie wusste nicht, was sie ihm antworten sollte, aber ihr war klar, dass sie vor ihren Klassenkameraden nicht die Wahrheit erzählen würde. Also ging sie zu ihrem Platz, schob den Stuhl zurück und ließ sich nieder.

Da ergriff Michael das Wort: »Herr Gruber, sie ist zu spät.

Sie geben jedem, der zu spät kommt, eine Strafarbeit auf.«

Colettas Armhärchen stellten sich unter ihrer Bluse auf und sie merkte den Blick ihres Lehrers auf sich. Er wusste, dass sie nie absichtlich den Unterrichtsbeginn verpassen würde. Doch obwohl er ihr die Zeit gegeben hatte, sich zu erklären, antwortete sie ihm nicht.

»Wenn ich nicht weiß, was dich aufgehalten hat, muss ich dir eine Strafarbeit aufgeben«, gab der Lehrer ihr noch eine letzte Chance, sich zu entschuldigen.

»Und einen Klassenbucheintrag!«, warf Oliver ein und Herr Gruber nickte.

Da machte er nie eine Ausnahme und auch für Coletta würde er es nicht tun, besonders, weil sie ihm noch immer nicht antwortete. Sie mied die Blicke der anderen und achtete auf eine aufrechte Haltung und eine gefasste Miene.

»Na gut«, meinte Herr Gruber abschließend und hob das Englischbuch von seinem Pult auf. Er blätterte es durch, um eine zusätzliche Aufgabe für Coletta herauszusuchen.

Tian

Die Stimmung beim Abendessen war eigenartiger als sonst. Tian, seine Schwestern und sein Vater saßen stumm beim Tisch und aßen. Aislinn fehlte, sie musste wohl noch bei der Arbeit sein.

Abermals wanderten Tians Gedanken zu Nele. Seit ihrem Kuss ging sie ihm nicht mehr aus dem Kopf. Tians Seufzen durchbrach die unangenehme Stille. Coletta sah kurz von ihrem Teller auf, um ihm einen genervten Blick zuzuwerfen.

Sie wirkte angespannter als sonst. Ihren Arm stützte sie beim Essen nicht an der Tischkante ab, als würde sie Schmerzen darin haben, und alle paar Sekunden wechselte sie ihre Sitzposition.

Auch Ava verhielt sich anders. In letzter Zeit hatte sie jede Gelegenheit genutzt, um ihren Eltern bissige Kommentare an den Kopf zu werfen, doch nun blieb sie während des gesamten Abendessens stumm. Lustlos stocherte sie in ihrem Essen herum.

Nur Runa war wie immer. Langsam aß sie mit aufrechtem Körper und gesenktem Kopf und wartete, bis alle mit dem Essen fertig waren, bevor sie sich erhob und in ihr Zimmer schlich.

Tian folgte ihr nach oben. Er ging in sein eigenes Zimmer und schloss die Tür. Einen Moment blieb er stehen, nicht wissend, was er nun tun sollte. Die ganze Zeit schwirrte ihm Nele durch den Kopf, all seine Gedanken handelten von ihr. Weder konnte er sich auf seine Hausaufgaben konzentrieren, noch konnte er ein Buch lesen, ohne ein paar Sekunden später in die Luft zu schauen und an sie zu denken.

Tian öffnete das Fenster und lehnte sich nach draußen. Den Blick ließ er über den verwilderten Garten wandern, aber er konnte aufgrund der Dunkelheit nur die Umrisse der Bäume erkennen. Ein kühler Herbstwind wehte Tian ins Gesicht, doch auch dieser konnte ihm nicht helfen, die Gedanken an Nele wegzublasen.

In seinem Zimmer ging er auf und ab, vergeblich nach einer Beschäftigung suchend, die ihn im Moment mehr interessieren könnte als Nele. Gedankenverloren blieb er vor seinem Bücherregal stehen, schob die Schmöker darin wahllos hin und her, ohne sie richtig zu betrachten. Anschließend wandte er sich wieder um, schritt zu seinem Bett und ließ sich auf seinen Rücken fallen.

Es war aussichtslos, weiter gegen seine Gedanken anzukämpfen und als er sie zuließ, fesselten sie ihn. Ihr gemeinsames Gespräch und der anschließende Kuss waren so detailliert in seinem Gehirn eingebrannt, als wären erst ein paar Sekunden vergangen und nicht bereits Stunden.

Ihm war unerklärlich, wieso Nele gerne Zeit mit ihm verbrachte. Er war zurückhaltend und selten derjenige, der ein Gespräch zwischen ihnen begonnen hatte. Dabei musste er ehrlich zugeben, dass er sich selbst langweilig fand. Doch aus irgendeinem Grund interessierte sich Nele für ihn. Bei diesem Gedanken wurde ihm warm ums Herz.

Doch er durfte nicht so empfinden. Ihm war nicht erlaubt, jemanden außerhalb der Seelendienergemeinschaft zu küssen. Wieso konnte er sich nicht daran halten? Schließlich kannte er alle Regeln der Seelendiener in- und auswendig und hatte bisher nie Probleme gehabt, diese zu befolgen.

Tian fuhr sich mit der Hand über das Gesicht. Allmählich konnte er nicht mehr klar denken, er fühlte sich hin- und hergerissen. Der Gedanke an den Kuss hielt an und je mehr er daran dachte, umso schriller wurde sein schlechtes Gewissen.

Der Gedanke, dass er den Kontakt zu Nele abbrechen musste, kam ihm in den Sinn. Er schüttelte den Kopf, das wollte er nicht. Allein die Vorstellung, ihr nicht jeden Tag einen Stift zu leihen, schmerzte in der Brust. In den letzten Wochen war sie ein wichtiger Bestandteil seines Lebens geworden, er mochte die Unterhaltungen mit ihr und selbst ihre stille Gesellschaft im Unterricht genoss er. In diesen Momenten machten ihm seine schwirrenden Gedanken nichts aus.

Es klopfte an der Tür und augenblicklich setzte sich Tian kerzengerade auf.

»Ja?«, meinte er mit belegter Stimme und versuchte einen neutralen Gesichtsausdruck aufzusetzen.

Aislinn trat ein und Tian konnte seine Verwunderung darüber nicht verbergen.

»Ich war noch bei der Arbeit«, erklärte sie und drückte hinter sich die Tür ins Schloss.

Ohne zu fragen, ging sie zu seinem Schreibtisch, stellte ihre schwarze Handtasche ab und setzte sich.

Tian konnte sich nicht daran erinnern, wann sie das letzte Mal in seinem Zimmer gewesen war. Ihm kam es ungewohnt vor, doch Aislinn tat, als wäre alles wie immer.

»Der Loslösungsprozess hat heute lange gedauert«, fing sie zu erzählen an, als hätte Tian danach gefragt. »Ich bin am Vormittag los und die Seele hat sich erst vor einer knappen Stunde gänzlich lösen können. Wärst du dabei gewesen, hättest du gelernt, einerseits Geduld zu beweisen und andererseits lange Zeit unsichtbar zu bleiben.«

»Du warst die ganze Zeit unsichtbar?«, fragte Tian ungläubig.

Sofort schüttelte Aislinn den Kopf. »Das wäre unmöglich. Natürlich habe ich mal Pausen gebracht. Unsichtbar zu sein macht mich immer hungrig. Aber es muss immer sichergestellt sein, dass sich die Seele in dieser Zeit nicht loslöst«, fügte sie lehrhaft an.

Tian nickte und seine Mutter wartete einen Moment, ob er noch eine weitere Frage an sie hatte.

Dann meinte sie: »Weil du beim Loslösungsprozess nicht dabei warst, nehme ich dich nun zum Animalux mit. Damian hat mir erzählt, dass du schon einmal zugesehen hast. Komm mit«, forderte sie ihn auf und erhob sich, »ich will sehen, ob du dir gemerkt hast, wo die versteckte Leiter ist.«

Mit ihrer schwarzen Handtasche verließ sie Tians Zimmer und er beeilte sich, ihr zu folgen. Während er die Tür hinter sich lauter als gewollt ins Schloss fallen ließ, versuchte Tian seine schwirrenden Gedanken mit einem kräftigen Kopfschütteln loszuwerden, aber vergeblich. Zwar hatte er nun eine Aufgabe, die ihn interessierte, doch Nele blieb in seinem Kopf.

Aislinn verzog fragend ihr Gesicht, als sie sein Kopfschütteln bemerkte. Sie ging aber nicht darauf ein, sondern sagte: »Ab jetzt übernimmst du.«

Tian nickte und schluckte schwer. Nun musste er wenigstens versuchen, sich zu konzentrieren. Angestrengt dachte er an den Tag zurück, als sein Vater ihm zum ersten Mal den verborgenen Raum am Dachboden gezeigt hatte, doch um dorthin zu kommen, brauchte er erstmal den Schlüssel.

Tian trat zum Treppengeländer und zählte leise im Kopf bis sechs, während er bei jeder Zahl sanft einen Geländerstab berührte. Beim sechsten blieb er stehen und umfasste ihn mit beiden Händen, um den versteckten Schlüssel zu ertasten. Es dauerte ein paar Sekunden, bis der das kühle Metall ergriff. Zuerst zog er vorsichtig daran, doch der Schlüssel bewegte sich nicht. Deswegen begann er grob daran zu rütteln, in der Hoffnung, der Geländerstab würde sich nicht dabei lockern. Allmählich wackelte der Schlüssel in seiner Verankerung, bis er sich endlich löste.

Erleichtert hob Tian den alten, schwarzen Schlüssel hoch und betrachtete ihn für einen Moment, bis er den Blick seiner Mutter im Rücken spürte. Somit wandte er sich der Wand am Ende des Flures zu. Gefolgt von Aislinn ging er dorthin und stellte sich auf dieselbe Stelle wie damals mit seinem Vater. Mit zusammengekniffenen Augen versuchte er das Schlüsselloch, verkleidet als Astloch, zu erkennen. Aber er fand es nicht.

Vorsichtig warf Tian seiner Mutter einen Blick zu. Sie betrachtete ihn, als wäre er ihr Schüler, deswegen sah er schnell wieder weg. Er trat zur vertäfelten Holzwand und versuchte mit dem Tasten seiner Hand das Schlüsselloch zu finden. Tatsächlich, es dauerte nicht lange, da spürte Tian eine Unregelmäßigkeit an der Wand.

Der Schlüssel passte, er drehte ihn um und öffnete die versteckte Tür. Aus Höflichkeit ließ er seine Mutter zuerst in den kleinen Raum mit der Leiter eintreten und nach oben klettern, bevor er ihr folgte.

Aislinn stand bereits beim Animalux, als Tian aus der Öffnung kletterte und zu ihr ging. Sie betrachtete den Reifen aus Stein, dessen weiß-violettes marmoriertes Muster sich sanft zu bewegen schien. Es wirkte entspannend und eine Weile betrachteten sie es stumm.

»Schön, nicht wahr?«, unterbrach Aislinn die Stille.

Tian konnte ihr nur zustimmen und war froh, dass sich seine Gedanken nun endlich etwas zu beruhigen schienen. Gerne wäre er noch länger neben seiner Mutter stehen geblieben und hätte den Animalux in Ruhe beobachtet, jedoch griff sie nun in ihre Handtasche und holte ein Marmeladenglas hervor. Sanft bewegte sich darin eine Seele und sie beide waren sofort von ihrem Anblick gefesselt.

Obwohl sie nicht zu befürchten hatten, dass sie jemand hörte, flüsterte Aislinn: »Seelen müssen gesehen werden. Deswegen sollte man sie nicht in Aluminiumdosen verstecken. Sie sind viel zu schön dafür.« Sie gluckste. »Aber sag das nicht deinem Vater«, fügte sie scherzhaft hinzu und zwinkerte.

Augenblicklich wurde sie ernst, als sie zu erzählen begann: »Es ist eine junge Seele, ein junger Mann, der einen schweren Unfall auf der Baustelle hatte.« Sie hielt einen Moment inne. »Tragisch. Alle haben ihr Bestes gegeben, ihn am Leben zu halten. Selbst er war noch nicht bereit zu gehen. Und doch hat es nicht gereicht.« Aislinn deutete mit ihrem Blick auf die

Seele in ihrer Hand, bevor sie Tian das Marmeladenglas hinhielt. »Heute darfst du die Seele in das Licht bringen.«

Ihm stockte vor Überraschung der Atem und er zögerte. Doch den Blick, den Aislinn ihm zuwarf, gab ihm zu verstehen, dass sie es so wollte. Ehrfürchtig nahm Tian das Marmeladenglas entgegen und wiegte es sanft in seinen Händen. Obwohl das Glas kühl war, kam es ihm so vor, als würde die Seele hindurchstrahlen und seine Handflächen in Wärme tauchen. Die Schönheit der Seele erfasste ihn und er konnte schwer seinen Blick davon abwenden.

Während Tian die sachten Bewegungen beobachtete, musste er an Nele denken. Unbewusst blendete er seine Mutter und den Dachboden aus. Ihn durchflutete dasselbe Gefühl, dass er am Vormittag hatte, als er Nele betrachtet hatte. Es kam ihm vor, als würde sie nun auch direkt vor ihm stehen. Er fühlte sich wohl und zufrieden, er wollte den Moment nicht loslassen, nun, wo er ihn nochmal durchleben durfte.

Trotzdem wusste er, dass er Nele nie wieder so nahe sein durfte. Er mochte sie, sehr sogar, und er konnte sich nicht mehr vorstellen, einen Schultag ohne sie zu überstehen. Doch genau deshalb musste er beenden, was auch immer zwischen ihnen war. Die Gefühle, die er für sie hegte, musste er versiegeln und hoffen, dass sie nicht so viel für ihn empfand, wie er für sie.

Runa

Ein Stockwerk weiter unten hatte Runa Esha beim Schlafen beobachtet, als Schritte vom Flur in ihr Zimmer gedrungen waren. Im selben Augenblick hatte sie eine Baustelle vor ihrem inneren Auge gesehen. Das Bild hatte für einige Sekunden angehalten, sich in ihr Gehirn eingebrannt, bis es mit einem Schlag wieder weg gewesen war. Stattdessen war von Weitem das Geräusch von Schuhen, die eine Leiter emporkletterten, zu hören gewesen.

Sanft hob Runa ihre Katze vom Schoß. Verwirrt blinzelte Esha sie an, dann rollte sie sich auf dem Bett zusammen und schlief weiter. Runa wandte sich ab, öffnete leise die Tür und schlüpfte hinaus.

Ihre Aufmerksamkeit richtete sich sofort zu einem Stück der Wandvertäfelung, die, anders als sonst, an einer Stelle nach innen gedrückt war. Runa schlich darauf zu und ließ ihr Gewicht sacht dagegen fallen, wodurch eine geheime Tür aufging. Der Spalt war gerade so groß, dass sie hindurch passte. Auf der anderen Seite befand sich ein kleiner Raum mit einer alten Leiter, die nach oben führte. Völlig geräuschlos stieg Runa hoch und steckte ihren Kopf durch die Öffnung. Sie erblickte den Dachboden mit ein paar alten Kisten, Spinnweben, zwei Stühlen und einen leuchtenden Reifen, um den Aislinn und Tian standen. Die Mutter sagte eben noch etwas, bevor sie ein Marmeladenglas mit einer Seele in die Hand ihres Sohnes drückte.

Tian betrachtete den Behälter, als das Bild der Baustelle noch einmal vor Runas Augen aufleuchtete. Sie wusste, dass es eine Erinnerung des Verstorbenen war. Sie sah seine Erlebnisse mit seinen Augen.

Der Verstorbene blickte einen Mann in schmutziger Arbeitskleidung an.

»Ich seh mir das genauer an«, meinte der Verstorbene.

Der Mann ihm gegenüber nahm seinen Bauhelm ab und fuhr sich mit der Hand über die Glatze. »Gut. Aber pass auf, wo du hintrittst.«

»Jaja«, sagte der Verstorbene und wandte sich ab.

Er trat aus einem Baucontainer und ging auf einen riesigen Betonklotz zu. In einigen Monaten würde das Gebäude als Lagerhalle genutzt werden. Doch bis zur Fertigstellung war noch viel zu tun.

Der Verstorbene kletterte das Gerüst an der Außenmauer nach oben. Es war nicht ordnungsgemäß aufgebaut geworden, seine Kollegen hatten sich deswegen beschwert. Er stieg hinauf, um selbst einen Blick darauf zu werfen. Oben angekommen lehnte er sich vorsichtig gegen das Geländer und sah nach unten. Der Ausblick war atemberaubend.

Plötzlich hörte der Verstorbene ein lautes »He!«. Ihm war nicht klar, aus welcher Richtung es kam. Gerade wollte er sich danach umsehen, da gab das Geländer nach.

Er fiel.

Ein schrecklicher Schmerz durchzog seinen Körper. Der Schrei blieb in seiner Kehle stecken.

Und dann war alles vorbei. Ein paar Augenblicke war alles schwarz. Runa fühlte nichts und hörte nichts.

Schließlich tauchte ein alter Hund in einer Tierarztpraxis auf. Der Verstorbene war ein Kind.

»Es muss so sein«, sagte eine Frau im Hintergrund traurig. Es war die Mutter des Verstorbenen. Sie griff auf seine Schulter und meinte: »Aber eines Tages sehen wir ihn wieder.«

Unter den Tränen des Verstorbenen verschwamm das Bild. Die nächste Erinnerung zeigte ein Fußballfeld. Der Verstorbene rannte als Jugendlicher auf einen Ball zu und kickte diesen im nächsten Moment mit Schwung weg. Ein

ohrenbetäubendes »Tor!« erklang von allen Seiten. Seine Fuß-
ballkollegen kamen angerannt, mit strahlenden Gesichtern und
offenen Armen.

Eine Direktorin schritt ins Bild und verdrängte das Fußball-
feld. »Glückwunsch«, gratulierte sie mit einem Handschütteln
und überreichte ein Abschlusszeugnis.

Die Hand und die Person veränderten sich. Nun schüttelte
der Verstorbene einem Mann im Anzug die Hand, der brummte:
»Sie sind eingestellt.«

Auch dieses Bild verschwamm nach ein paar Augenblicken,
bis eine junge Frau auftauchte.

Sie lächelte selig, bevor sie dem Verstorbenen zuflüsterte:
»Ich liebe dich!«

Im selben Moment spürte Runa die Liebe des Verstobenen für
die Frau.

Dieses Gefühl war stark. Nur am Rande bekam sie mit, wie
Tian das Marmeladenglas mit großer Behutsamkeit auf-
schraubte. Er ging auf den leuchtenden Reifen zu, während sich
Aislinn auf einen der beiden Stühle niederließ. Vorsichtig legte
Tian den Deckel beiseite und blickte in das Glas. Dann kippte
er es über den leuchtenden Reifen. Geduldig wartete er, bis die
Seele aus dem Behälter in den Reifen schwebte. Ohne sie aus
den Augen zu lassen, ging er rückwärts und setzte sich neben
Aislinn.

Auch Runa fixierte die Seele, die über dem leuchtenden Reifen schwebte. Die Emotionen und Gedanken des Verstorbenen,
die Runa durchströmten, veränderten sich. Statt Liebe überfiel
sie Angst. Seine Angst. Der Verstorbene fürchtete sich vor dem
Sterben und vor dem, was nun kommen würde. Was, wenn es
nach dem Tod nicht so war, wie er es sich vorgestellt hatte?

Im leuchtenden Reifen entstand ein Licht und augenblicklich
waren alle Sorgen wie weggeblasen. Die Gewissheit, dass es
gut werden würde, ergriff Runa.

Das Licht wurde größer und als es die Seele berührte, durchströmte Runa eine Flut an Emotionen. Sie fühlte alles, sie sah alles, sie hörte alles, sie roch alles, sie schmeckte alles.

Und dann war es vorbei. Alle Gefühle waren verschwunden. Auch das Leuchten des Reifens war weg und Runa musste sich wieder an die Dunkelheit des Dachbodens gewöhnen. Erst danach sah sie, dass die Seele verschwunden war.

Runa wandte sich ab und stieg lautlos die Leiter hinab. Zurück in ihrem Zimmer legte sie sich zu ihrer schlafenden Katze ins Bett. Mit einer Hand streichelte sie Esha, mit der anderen fasste sie sich an die Brust und spürte das hastige Pochen ihres Herzens.

Ihr Blick fiel auf das dunkelgrüne Buch, das auf ihrem Schreibtisch lag. Sie hatte es letztens aus dem Arbeitszimmer mitgenommen, um herauszufinden, warum sie die Erinnerungen der toten Maus gesehen hatte. Und nun auch die der Seele des Verstorbenen auf dem Dachboden.

Zunächst war Runa aus dem Buch nicht schlau geworden. Sie las, wie man unsichtbar werden konnte und teleportierte, und dass Seelendiener die körperliche und geistige Schwäche anderer Menschen spüren konnten. Aber nichts beschrieb auch nur annähernd Runas Erlebnisse mit der toten Maus und dem Verstorbenen.

Bis Runa das Kapitel der außergewöhnlichen Fähigkeiten durchblätterte. Sie las, dass es Seelendiener gab, die mit Seelen kommunizieren konnten und deren Erinnerungen nacherlebten. Diese Beschreibung passte zu ihren Erlebnissen.

Aber ihre Familie glaubte, dass sie keine Seelendienerin war. Deswegen war es unmöglich, dass sie eine außergewöhnliche Fähigkeit besaß.

Oder?

Ava

Ava wälzte sich in ihrem Bett von einer Seite zur anderen und nur ein paar Sekunden später wieder zurück. Sie konnte nicht mehr schlafen, sie wusste nicht einmal, ob sie diese Nacht überhaupt geschlafen hatte. Gefühlt war sie die ganze Zeit wach gewesen, hatte die Bettdecke zur Seite geschlagen, weil ihr so heiß gewesen war, nur um sich ein paar Minuten später wieder hineinzukuscheln, weil sie gefröstelt hatte.

Vielleicht wurde sie krank, dachte sie und griff sich an die Stirn. Doch sie hatte eine normale Temperatur, sie war nur hellwach.

Sie musste sich nichts vormachen, sie wusste, wieso sie nicht schlafen konnte. Die ganze Zeit dachte sie an Franzi. Sie hatte sich Szenarien überlegt, wieso sich ihre Freundin immer noch nicht in der Schule blicken ließ. Wenn sie ihr wenigstens sagen würde, was sie falsch gemacht hatte und weswegen sie aufgebracht war, dann würden sich für Ava einige Fragen klären. Oder war sie gar nicht verärgert, sondern wirklich krank?

Ava musste über sich selbst den Kopf schütteln. Wie konnte sie nur glauben, dass ihre Eltern jemals ihre Meinung zu Franzi ändern würden? Sie hätte es besser wissen müssen, als Aislinn und Damian Franzi zum Essen einladen wollten. Das komische Gefühl hatte sie vorgewarnt und sie hatte es nicht ernst genommen.

Wieder wälzte sich Ava im Bett hin und her und blickte auf die Uhr. Es war kurz nach halb sechs, normalerweise würde sie noch eine Stunde lang schlafen, bevor sie überhaupt ans Aufstehen dachte.

Sie schüttelte ihr Kissen auf und ließ sich mit dem Gesicht voran hineinfallen. Vergeblich versuchte sie, ihre Sorgen ruhig zu stellen und zu schlafen. Eine halbe Stunde später gab sie auf und entschied sich, aufzustehen. Es hatte keinen Zweck, hellwach im Bett zu liegen. Stattdessen konnte sie den Morgen nutzen und versuchen, Antworten auf ihre Fragen zu bekommen.

Obwohl Ava das Gefühl hatte, sie würde sich beim Frischmachen, Anziehen und Zusammenpacken der Schulsachen ewig Zeit lassen, war es erst halb sieben, als sie mit dem Rucksack aus ihrem Zimmer trat.

Gerade als sie zur Treppe ging, öffnete sich Tians Tür und er trat noch völlig verschlafen auf den Flur. Verwirrt, dass Ava vor ihm wach war, blinzelte er sie an und rieb sich über das Gesicht, als würde er seinen Augen nicht trauen.

Sie nickte ihm zu und wollte anschließend die Treppe hinuntersteigen, aber Tian hielt sie auf.

»Ava«, raunte er mit verschlafener Stimme, »alles okay?«

Es war das erste Mal, seitdem sich Franzi nicht mehr sehen ließ, dass jemand nach ihrem Befinden fragte. Zwar konnte sie sich noch daran erinnern, dass Tian vor ein paar Tagen vor ihrer Zimmertür gestanden hatte, um nach ihr zu sehen. Doch gerade als sie ihm aufmachen wollte, ertönte Damians Stimme im Hintergrund und Tian war mit ihm gegangen und nicht wiedergekommen.

Obwohl Ava nicht wusste, was sie ihm antworten sollte, blieb sie bei der Treppe stehen und blickte nachdenklich zur Decke. Sie fragte sich, ob es ihn ehrlich kümmerte, würde sie ihm alles erzählen. Wahrscheinlich, dachte sie, schließlich war er derjenige in der Familie, der sich über die Befindlichkeiten der anderen am meisten Gedanken zu machen schien. Doch Ava fühlte sich zu kraftlos, um ihm ausführlich zu antworten. Vielleicht lag es daran, dass sie zu wenig geschlafen hatte.

»Ich lebe dahin«, meinte sie deswegen melancholisch und zuckte leicht mit den Schultern.

Tian nickte auf ihre Antwort und dachte darüber nach. Bevor er noch etwas sagen konnte, wandte sich Ava um und ging die

Treppe nach unten. Sie wollte sich beeilen, schließlich hatte sie noch etwas vor.

Kurz warf sie einen Blick in das Esszimmer, aber es war niemand da. Nur in der Küche klapperte jemand mit dem Frühstücksgeschirr. Da Ava keinen Hunger hatte, setzte sie sich nicht zu Tisch, sondern schnappte sich ihre Schuhe, Jacke und Haube und warf sich ihren Rucksack auf den Rücken. Anschließend öffnete sie die Tür und trat nach draußen, ohne sich zu verabschieden.

Es war kühler als gedacht und Ava zog ihre Haube tief über die Ohren. Zügig stieg sie die Treppe der Veranda nach unten und steckte ihre Hände in ihre Jackentasche. Es dämmerte, denn es war noch früh. Aber sie wollte noch vor Unterrichtsbeginn zu Franzi nach Hause gehen. Sie wollte nachsehen, ob ihre Freundin wirklich krank war oder ob sie die Schule wegen Ava mied. Insgeheim hoffte sie, dass sie sich aussprechen konnten und danach alles wie früher sein würde.

Bei dem Gedanken, sie könnte ihre beste Freundin bereits verloren haben, flammte die Wut gegen ihre Eltern wieder auf. Doch gleichzeitig fühlte sie sich hilflos. Sie wusste nicht, was sie tun sollte, wenn Franzi noch tief verletzt war.

Ava legte einen Zahn zu. Sie hatte keine Geduld mehr, sich Szenarien auszumalen, was los sein könnte. Nun musste sie Gewissheit haben, doch der Weg zu Franzis Wohnung lag noch vor ihr.

Die Umgebung veränderte sich langsam. Die zunächst noch großzügigen Gärten der Einfamilienhäuser wurden allmählich schmäler, bevor sie ganz verschwanden und ein Haus direkt an das andere grenzte. In den meisten war ein Geschäft im Erdgeschoss untergebracht, darüber befanden sich Wohnungen oder Büroflächen.

In einem der Gebäude wohnte Franzi mit ihrer Mutter, es war das älteste Haus der Straße. Die sandbraune Farbe, die an manchen Stellen abblätterte, zeigte das, aber auch die seit Jahren leerstehende Geschäftsfläche ließ es trostlos wirken. Obwohl das Gebäude offensichtlich in keinem guten Zustand war, mochte Ava es. Vielleicht lag es daran, dass Franzi darin wohnte und sie sich immer willkommen fühlte, wenn sie zu Besuch war. Der rostige Klingelknopf, die knarrende Haustür, das einfache Treppenhaus und die kleine, heimelig eingerichtete Wohnung von Franzi gehörten einfach zum Charme des Hauses. Leider zog die Kälte durch die Ritzen der alten Fenster, die Schritte der Nachbarn darüber waren deutlich zu hören und es dauerte gefühlt Stunden, bis Warmwasser aus den Leitungen floss.

Ava lief die letzten Schritte zur Haustür und wollte schon die Klingel drücken, doch im letzten Moment hielt sie inne. Was, wenn Franzi sie nicht sehen wollte? Was, wenn sie einfach nur etwas Zeit und Ruhe brauchte und nicht wollte, dass sie vorbeikam? Ava fragte sich, ob sie mit ihrem Auftauchen die Situation verschlimmern würde, denn sie wusste nicht einmal, wie sie das Gespräch beginnen könnte, wenn sie Franzi gegenüberstand. Wenn sie kein Wort herausbrachte, vielleicht würde Franzi ihr die Tür vor der Nase zuschlagen.

Doch auch das wäre eine Antwort, denn damit würde Ava wenigstens wissen, dass ihre Freundin verärgert war. Denn immerhin bestand noch immer die kleine Möglichkeit, dass Franzi krank im Bett lag.

Ava griff nach der Freundschaftskette und fühlte den Herzanhänger, der die Temperatur ihrer Haut angenommen hatte. Obwohl sich ihre Nervosität nicht im Zaum halten ließ, drückte sie entschlossen die Klingel, während die andere Hand noch auf dem Anhänger ruhte. Weil die Freisprechanlage seit Monaten kaputt war, trat Ava einen Schritt zurück und sah nach oben.

Wie erhofft, öffnete sich ein Fenster im zweiten Stock und Franzis Mutter Jessica steckte ihren Kopf nach draußen.

»Ach, du bist es«, meinte sie, als sie Ava erblickte.

Sie zog ihren Kopf wieder zurück und nur ein paar

Augenblicke später surrte die Haustür. Mit all ihrem Gewicht stemmte sich Ava dagegen und eilte die Treppe hinauf. Sie nahm immer zwei Stufen auf einmal, um so schnell wie möglich oben anzukommen. Da sie gerade den endgültigen Entschluss gefasst hatte, Franzi entgegenzutreten, wollte sie keine Zeit mehr verlieren.

Außer Atem kam sie im zweiten Stock an, doch die Tür zur Wohnung war noch verschlossen. Gerade als Ava überlegte, ob sie anklopfen sollte, wurde sie von innen geöffnet.

Jessica stand da und lächelte ihr freudig entgegen. Sie war gerade erst aufgestanden, denn sie war noch in ihrem Schlafanzug und in Pantoffeln. Ihre roten Haare hatte sie beiläufig zu einem Dutt hochgebunden und sie wirkte um einiges jünger als sie eigentlich war. Genauso wie Franzi waren ihre Nase und die Wangen mit Sommersprossen übersät und ihr Lächeln ging von einem Ohr bis zum anderen. Typisch für sie hielt sie in ihrer Hand eine Tasse mit Kaffee.

»Du bist schon früh wach«, begrüßte sie Ava mit warmer Stimme.

Sie nahm einen Schluck von ihrem Kaffee und stellte ihn am Beistelltisch ab. Aber anders als sonst bat sie Ava nicht sofort herein. Ein mulmiges Gefühl machte sich in ihr breit und nervös verlagerte sie ihr Gewicht von einem Bein auf das andere.

»Entschuldige mein Aussehen, ich habe mir gerade den ersten Kaffee gemacht und bin noch nicht dazu gekommen, mich zu schminken«, sagte Jessica und zog an einer Haarsträhne, die sich aus dem Dutt gelöst hatte. »Aber erzähl, was treibt dich so früh aus dem Haus?«

Wie immer war sie offen und wirkte fröhlich, doch der Ausdruck in ihren Augen verriet, dass sie bereits wusste, warum Ava bei ihnen geklingelt hatte.

Ava schob ihre Hände tiefer in ihre Jackentasche, als sie fragte: »Ist Franzi da?«

Jessica nickte langsam, als hätte sie mit dieser Frage

gerechnet. Mit bewusst gewählten Worten meinte sie: »Sie kommt heute nicht zur Schule.«

Durch diese Antwort wusste Ava, dass Franzi nicht krank war, das hätte Jessica sonst gleich erzählt. Es musste etwas mit ihr zu tun haben, denn die Mutter nahm sonst nie ein Blatt vor den Mund und sprudelte darauf los, wenn sie etwas zu berichten hatte. Diese ausweichende Antwort löste zwar ein paar Rätsel in Avas Kopf, doch dafür taten sich weitere Fragen auf.

»Kann ...« druckste Ava herum.

Noch nie hatte sie solche Probleme gehabt etwas auszusprechen, aber in diesem Moment wusste sie nicht, was angebracht war und was nicht. Ava wog ab, ob es nicht besser wäre, sich einfach umzudrehen und zu gehen. Doch sie wollte die Gelegenheit nutzen und fieberhaft überlegte sie, was sie zu Jessica sagen konnte, um noch irgendwie die Freundschaft mit Franzi zu retten. Sie kam zu dem Schluss, dass sie persönlich mit ihr sprechen musste.

»Kann ...«, setzte Ava erneut an und blickte dabei zu Boden, da sie dem mitleidigen Blick von Jessica nicht mehr standhalten konnte. »Kann ich sie sehen?«

Das Zögern der Mutter verriet ihr, dass sie ebenfalls nachdachte.

»Ava«, sagte sie behutsam, »sieh mich an.«

Obwohl sie das nicht wollte, hob sie langsam den Kopf und erkannte wieder das mitleidige Funkeln in Jessicas Blick. Am liebsten hätte sie sich weggedreht, doch die Dringlichkeit in den folgenden Worten verhinderte das.

»Es wäre besser nicht. Ich weiß, du hattest jetzt schon lange Geduld mit ihr und sie wird es sicher zu schätzen wissen, dass du heute vorbeigekommen bist. Aber gib ihr noch etwas Zeit und ich versichere dir, alles wird gut werden«, meinte Jessica und versuchte ein aufmunterndes Lächeln aufzusetzen.

Obwohl Ava es verbergen wollte, merkte die Mutter, dass sie den Worten nicht glaubte.

Deswegen wiederholte sie nochmals: »Du kannst mir glauben, Ava. Zwar weiß ich nicht, was genau zwischen euch passiert ist, aber wir beide kennen Franzi gut genug. Wenn sie verletzt ist, braucht sie einfach etwas Zeit für sich und nach ein paar Tagen ist alles wie früher. Das wird bei euch zwei sicher auch so sein.«

Gerne hätte Ava widersprochen, denn bisher war Franzi immer zu ihr gekommen, wenn sie über etwas traurig gewesen war.

Sie warf einen Blick an Jessica vorbei, um sich zu vergewissern, dass ihre Freundin nicht irgendwo im Hintergrund stand und ihnen zuhörte. Leider erblickte sie niemanden.

»Es wäre jetzt wohl besser, wenn du gehst«, meinte Jessica.

Sie meinte es nur gut, dennoch zog sich bei diesen Worten Avas Herz schmerzhaft zusammen. Mehr als ein Nicken brachte sie nicht zustande und damit drehte sie sich um und ging auf die Treppe zu.

Hinter ihr fiel die Tür leise zurück ins Schloss und kraftlos stieg Ava die Stufen hinab. Sie bemühte sich nicht mehr aufrecht und mit erhobenem Kopf zu gehen, sie ließ alles sinken und trottete so nach unten.

Erschöpft setzte sie sich im Erdgeschoss auf die letzte Stufe und schlug die Hände vor ihr Gesicht. Die Müdigkeit, die vielen Gedanken an Franzi und das erfolglose Gespräch mit ihrer Mutter drückten wie eine schwere Last auf ihre Schultern. Sie konnte sich nicht vorstellen, je wieder aufzustehen und zur Schule gehen zu können.

Eine Träne floss Ava über die Wange. Fest kniff sie die Augen zusammen. Sie durfte nicht weinen, nicht hier, denn jederzeit könnte ein Bewohner durch die Tür kommen und sie sehen. Doch ihr Weinen ließ sich nicht stoppen, stattdessen schluchzte sie laut auf. Das Geräusch hallte im Treppenhaus wider. Ava presste den Mund zu, um ein weiteres Schluchzen zu verhindern.

Sie konnte hier nicht sitzen bleiben, nicht mit dem Wissen, dass Franzi nur zwei Stockwerke über ihr in ihrem Zimmer hockte und sie nichts anderes tun konnte als warten. Auf was sollte sie warten? Darauf, dass ihr Franzi von sich aus verzieh? Ava musste bei dem Gedanken den Kopf schütteln, sie wusste, dass das Leben nicht so funktionierte. Von nichts kam auch nichts. Doch wie sollte sie für ihre Freundschaft kämpfen, wenn sie nicht mal genau wusste, was sie falsch gemacht hatte. Irgendetwas musste es schließlich sein, ansonsten würde Franzi noch mit ihr reden. Egal wie oft sie sich das Mittagessen mit ihren Eltern in Erinnerung rief, ihr fiel nicht ein, was es war.

Ava blickte auf die Uhr und merkte, dass sie wieder zu spät zur Schule kommen würde, wenn sie nicht sofort loslaufen würde. Leider konnte sie es sich nicht noch einmal erlauben, irgendwann während der ersten Stunde aufzutauchen und im Treppenhaus von Franzi wurde sie auch nicht schlauer.

Fest drückte sie den Stoff ihrer Jacke gegen die Augen, um die Tränen wegzuwischen. Anschließend fuhr sie sich mit den Händen über das Gesicht, in der Hoffnung die gerötete Nase und die verweinten Augen zu vertuschen. Sie blickte zur Decke und schluckte schwer, denn es war schwierig, das vergangene Gespräch mit Jessica und die Erkenntnis, dass Franzi sie nicht sehen wollte, zu verdrängen. Aber sie musste es versuchen, wenn auch nur bis zum Unterrichtsschluss.

Sie sprang auf und zog die schwere Tür auf. Der Herbstwind trocknete die letzten Tränen auf den Wangen und sie begann zu laufen.

Tian

Während des Wochenendes hatte sich der Entschluss, Nele zu meiden, fest in Tians Kopf verankert. Er durfte nicht mehr mit ihr reden, ihr keinen Blick zuwerfen und am besten sollte er gar nicht an sie denken. Letzteres fiel ihm am schwersten, denn seit dem Kuss drehten sich all seine Gedanken um sie. Trotzdem führte kein Weg daran vorbei, für ihn als Seelendiener gab es keine andere Möglichkeit. Und umso früher er einen Schlussstrich zog, umso weniger verletzt würde Nele sein.

Am Wochenende hatte sich Tian gefragt, was passieren könnte, würde er weiterhin Kontakt mit Nele haben. Er wusste nicht, wen er diesbezüglich um Rat fragen konnte, seine Eltern sicherlich nicht. Schon bei Franzi, deren Beziehung mit Ava nur freundschaftlich war, machten Aislinn und Damian einen Aufstand. Wenn die beiden wüssten, dass Nele und er sich geküsst hatten … Er wollte sich nicht vorstellen, welche Konsequenzen ihm bevorstehen würden. Vielleicht war es besser, gar nicht zu wissen, was passieren könnte.

In Gedanken versunken betrat Tian mit Coletta das Schulgebäude. Stumm schritten sie nebeneinander den Gang entlang, bis sie in die jeweilige Richtung ihrer Klassenzimmer abbogen. Sie verabschiedeten sich nicht voneinander, sondern machten sich zügig auf den Weg.

Während Tian weiterging, versuchte er alle Details der Umgebung wahrzunehmen, um seine Gedanken von Nele abzulenken. Doch er erkannte um sich herum nichts Aufregendes, das seine Aufmerksamkeit fesseln konnte. Weder bemerkte er Schulkollegen, die sich über einen Lehrer oder Test beschwerten, noch jemanden, der mit Mühe in seinen bereits vollen Spind ein weiteres Buch zwängte. Eine ruhige und angenehme

Stimmung herrschte in der Schule, niemand lief hektisch umher, alle Schüler schienen entspannt zu sein.

Plötzlich blieb Tian mitten im Flur stehen. Er konnte sich nicht auf seinen Platz in der Klasse setzen, wenn er Nele aus dem Weg gehen wollte. Was sollte er nun tun?

Ein Schüler stolperte unabsichtlich gegen Tians Schulter und erinnerte ihn daran, dass er wie festgewurzelt mitten im Flur stand. Eilig ging er weiter. Doch anstatt ins Klassenzimmer einzutreten, ging Tian zielstrebig daran vorbei. Am Ende des Flurs ließ er sich auf eine Bank nieder.

Tian verschränkte die Arme vor seiner Brust und dachte nach. Am einfachsten wäre es, er würde sich an einen anderen Tisch setzen. In der ersten Reihe war immer ein Platz frei, niemand mochte diesen, weil er sich direkt vor dem Lehrerpult befand.

Doch was würde sich Nele denken, wenn sie sah, dass er sich von ihr wegsetzte? Tian erinnerte sich daran, dass er darauf keine Rücksicht nehmen durfte.

Tian sah zu seinen Schuhspitzen hinab und wartete darauf, dass es klingeln würde. Gerade war es zu früh, um in die Klasse zu gehen und sich in die erste Reihe zu setzen. Neles Blick würde er nicht ertragen können.

Nach ein paar Minuten schrillte schließlich die Schulklingel und abrupt sprang er auf und machte sich auf den Weg zurück. Die Klassentür kam in sein Blickfeld, ebenso wie Frau Nakamura. Augenblicklich ging Tian etwas langsamer, um zeitgleich mit seiner Geschichtslehrerin eintreten zu können.

Sie war offensichtlich verwirrt, Tian um diese Zeit auf dem Flur anzutreffen und fragte deshalb beim Näherkommen: »Guten Morgen, Tian. Brauchst du etwas?«

Er schüttelte nur den Kopf und somit ließ Frau Nakamura ihn zuerst in das Klassenzimmer eintreten.

Am liebsten hätte Tian nun einen Rückzieher gemacht, wäre wieder zu der Bank gelaufen und hätte noch einmal in Ruhe nachgedacht. Doch insgeheim wusste er, dass er sich nicht umentscheiden würde, und trat ein.

Eigentlich wollte er nicht zu Nele sehen, schließlich hatte er es sich vorgenommen. Aber als er eintrat, sah er wie automatisch in ihre Richtung.

Ihr Gesichtsausdruck war verwirrt und erfreut zugleich, als sie Tian so spät in die Klasse eintreten sah. Er widerstand der Versuchung, in den hinteren Teil der Klasse zu gehen und sich zu ihr zu setzen.

Stattdessen drehte er sich in der ersten Reihe zu seinem neuen Platz und setzte sich. Seinen neuen Sitznachbarn Benjamin schien es nicht zu stören, dass er nun hier saß. Höflich nickten sie sich kurz zu.

Frau Nakamura begann mit dem Unterricht, bis im Hintergrund ein Murmeln begann. Zuerst ignorierte sie das leise Gespräch ihrer Schüler, aber weil es von selbst nicht verstummte, hielt sie nach einer Weile inne. »Nele, Kiara und Steve, braucht ihr etwas?«

»Ähm«, ertönte Neles Stimme und wie automatisch drehte sich Tian zu ihr um.

Ihr Blick ruhte auf ihm und er spürte, wie seine Wangen heiß wurden. Sie wandte sich von ihm ab und ihrer Lehrerin zu.

»Ich habe keinen Stift zum Mitschreiben«, erklärte Nele.

Das verpasste Tian einen Stich in die Brust. Es war das erste Mal seit Schulbeginn, dass er ihr keinen Stift leihen würde. Es war nur eine Nebensächlichkeit, dennoch störte ihn dieser Gedanke.

»Hat jemand einen Stift für Nele?«, rief Frau Nakamura laut in die Klasse, während Steve in seiner Schultasche noch danach kramte.

»Ja«, ertönte Doras Stimme und sie hielt Nele einen Kugelschreiber hin.

Sie nahm ihn dankend entgegen und Frau Nakamura fuhr mit dem Unterricht fort.

Tian betrachtete Nele. Sie streifte sich einen Haargummi

vom Handgelenk und band sich damit ihre Locken zu einem hohen Zopf zusammen. Dann nahm sie Doras Stift zur Hand.

»Tian?« Frau Nakamura riss ihn aus seinen Gedanken.

Erst jetzt bemerkte er, dass sich seine Schulkollegen längst von Nele abgewandt hatten. Rasch drehte er sich um. Seine Lehrerin stand direkt vor seinem Tisch und beäugte ihn rätselnd.

»Bitte konzentriere dich auf den Unterricht«, sagte sie.

Tian nickte mit hochrotem Kopf.

Coletta

Coletta, die sich auf den Weg in ihr Klassenzimmer machte, hatte ebenfalls Probleme, sich zu konzentrieren. Schon den ganzen Tag hatte sie ein ungutes Gefühl in der Magengrube, dass bis zur Mittagspause nicht abgeflacht war. In den letzten Wochen kam das immer öfter vor und das Gefühl verging erst, wenn sie das Schulgebäude verließ. Sie wusste, dass die Ursache dafür ihre Mitschüler waren und ihr Unterbewusstsein sie nur davor bewahren wollte, in das nächste Fettnäpfchen zu treten. Es war nur eine Frage der Zeit, bis sie ihr wieder einen Streich spielen würden und sie würde es gerne verhindern. Aber Coletta war realistisch genug zu wissen, dass es unmöglich war, ihren Klassenkollegen gänzlich aus dem Weg zu gehen. Tief atmete sie ein und aus, um das Drücken in der Magengegend zu ersticken. Doch vergeblich.

Coletta erinnerte sich daran, dass der letzte Streich erst wenige Tage her war. Sie wurde in die Toilettenkabine eingesperrt und musste über die Kabinenwand klettern. Nicht nur war sie deswegen zum ersten Mal in ihrem Leben zu spät zum Unterricht gekommen, sie hatte sich auch einige blaue Flecken und Abschürfungen zugezogen. Zum Glück waren sie schon größtenteils verheilt, selbst das unangenehme Pochen ihres geprellten Steißbeins hatte aufgehört. Doch nachts holte sie die Erinnerung daran immer wieder ein.

Bewusst zog Coletta ihre Hemdsärmel über ihre Handflächen, um die letzten Krusten der Abschürfungen zu verdecken. Bisher waren weder ihrer Familie noch ihren Mitschülern die Verletzungen aufgefallen. Sie wollte, dass das weiterhin so blieb.

Mit gespitzten Ohren und wachsamen Augen ging sie durch den Schulflur. Sie wollte keine Anzeichen eines möglichen

Streiches verpassen, dem noch aus dem Weg gegangen werden konnte. Dabei fühlte es sich für Coletta so an, als würden sich ausnahmslos alle Schulkollegen zu ihr umdrehen, sobald sie vorbeigegangen war, und sie fragte sich, ob es nur eine Einbildung war. Heimlich warf sie einen Blick über ihre Schulter, doch niemand schien sie zu beachten.

Plötzlich stieß sie gegen jemanden und erschrocken drehte sie sich wieder um.

»Hallo Coletta«, säuselte Michael und Colettas Kiefer verkrampfte sich.

»Schön dich zu sehen«, sprach er weiter und sie wusste genau, dass er es nicht so meinte.

Gerne hätte sie etwas erwidert, doch sie brachte es nicht zustande, ihr Kiefer zu lockern und die Worte auszusprechen.

Sie spürte, wie ihr allmählich heiß wurde und sich ihr Gesicht rot färbte. Als Michael das bemerkte, verzogen sich seine Mundwinkel amüsiert nach oben, was Coletta noch mehr ärgerte.

Vor ihm wollte sie auf keinen Fall die Fassung verlieren, diese Genugtuung würde sie ihm sicher nicht gönnen. Deswegen wandte sie sich ab, schritt mit bewusst erhobenem Kopf an ihm vorbei, wobei sie darauf achtete, ihn im Vorbeigehen nicht zu berühren.

»Bis später«, rief er ihr noch süffisant hinterher und Colettas Hände ballten sich zu Fäusten.

Was bildete er sich wohl ein, sie anzusprechen? Wenn er schon Genugtuung darin fand, ihr gemeine Streiche zu spielen, brauchte er sie nicht im Flur ansprechen und ein gewöhnliches Gespräch vortäuschen. Das war einfach nur hinterlistig.

Der Gedanke, dass Michael absichtlich in sie gelaufen war, kam ihr in den Sinn. Allmählich fühlte sie sich paranoid, doch sie musste an sich hinunterblicken und kontrollieren, ob er nicht Farbe auf sie geschüttet hatte. Dann griff sie in ihre Taschen, ob er ihr ein Stück Papier mit einer gemeinen Nachricht zugesteckt hatte. Sie schob sogar ihre Schultasche halb von ihrem Rücken, um zu sehen, ob darauf ein Zettel mit einem Spitznamen klebte. Doch alles schien in Ordnung zu sein, was Coletta nur noch mehr verunsicherte.

Sie versuchte sich darauf hinauszureden, dass es nur ein Zufall war, dass sie zusammengestoßen waren. Behutsam strich sie ihr Hemd glatt, obwohl es keine Falten warf, und streckte ihren Rücken durch. Sie beschleunigte ihre Schritte, um so schnell wie möglich in ihrem Klassenzimmer anzukommen.

Die Tür kam in ihr Sichtfeld. Sie trat ein und wie sie erwartet hatte, war sie die einzige Schülerin im Zimmer. Aber sie wollte die Ruhe nicht allzu sehr genießen, schließlich hatte sie vor, sich auf den Unterricht vorzubereiten und bestenfalls alle Seiten des Biologiebuches durchzuarbeiten, die in der nächsten Stunde vorkommen könnten. Also marschierte sie zu ihrem Platz, stellte ihren Rucksack neben dem Tischbein ab, schob den Stuhl zurück und wollte sich setzen.

Sie war schon etwas in die Knie gegangen, als sie sich noch einmal abrupt erhob. Mit ihrem Hemdsärmel wischte sie sich über die Augen, weil sie dachte, sie würde nicht richtig sehen. Vielleicht war sie zu sensibel, weil sie eben noch mit Michael zusammengestoßen war, und nun jede kleine Veränderung doppelt so stark wahrnahm. Doch sie glaubte sich nicht zu täuschen: Die Sitzfläche ihres Stuhles schimmerte eigenartig.

Coletta hockte sich neben ihren Stuhl auf den Boden, beugte ihren Kopf über die Sitzfläche und erkannte, dass sie recht hatte. Irgendetwas Schimmerndes befand sich darauf, aber sie konnte nicht eindeutig sagen, was es war. Kurz stupste sie die Substanz mit ihrem Zeigefinger an. Doch die Flüssigkeit blieb an ihrer Fingerkuppe hängen und sie musste kräftig daran ziehen, um sich wieder davon zu lösen. Es war Kleber.

Während Coletta die Kleberreste von ihrem Finger rubbelte, biss sie verärgert die Zähne zusammen. Das war also der Grund, weshalb sie vorhin Michael begegnet war. Er war eben noch im

Klassenzimmer gewesen, hatte ihren Stuhl verunstaltet und war auf dem Rückweg, absichtlich oder nicht, mit ihr zusammengestoßen. Dabei fragte sich Coletta abermals, welchen Grund Michael hatte, ihr so etwas anzutun.

Langsam erhob sie sich aus der Hocke und merkte dabei, dass sich das mulmige Gefühl in ihrer Magengrube verstärkt hatte. Diese Aktion warf so viele Fragen in Coletta auf, die sich nicht beantworten ließen, dass sie dadurch die Konzentration auf das Wesentliche verlor. Sie wollte sich eigentlich auf den Unterricht vorbereiten, doch sie hatte keinen Stuhl, auf den sie sich setzen konnte.

Vielleicht könnte sie nie etwas gegen die Streiche unternehmen, sondern nur hoffen, dass er nächste nicht schlimmer als der vorherige werden würde.

Beinahe hätte Coletta wild den Kopf geschüttelt. Obwohl die Handflächen in ihrer noch geballten Faust vor Schweiß feucht wurden und sich ihre Armhärchen aufstellten, wollte sie sich nicht eingestehen, dass sie machtlos gegenüber Michael und seinen Freunden war. Auf keinen Fall wollte sie hilflos zulassen, dass sie sie weiterhin neckten.

Es war das erste Mal, dass sie einen Streich rechtzeitig entdeckte und nun die Möglichkeit hatte, etwas zu unternehmen. Tief atmete sie ein und aus, um ihren Ärger loszuwerden. Sie blickte hinab auf ihren klebrigen Stuhl und eine einfache Lösung kam ihr in den Sinn.

Kontrollierend warf sie einen Blick zur Klassenzimmertür, um sich zu vergewissern, dass niemand hereintrat und ihr Vorhaben sehen konnte. Anschließend zog sie ihren Stuhl hastig in den hinteren Teil des Raumes. Die Beine quietschten über den Boden und Coletta stolperte vor Eile beinahe über ihre eigenen Füße. Sie griff nach dem Stuhl von Michael und tauschte ihn gegen ihren eigenen aus. Schließlich schob sie seinen sauberen Stuhl schnell zurück zu ihrem Tisch und ließ sich darauf fallen. Sie zögerte nicht weiter, sondern bückte sich zu ihrem

Rucksack, zog ein Schulbuch hervor, klappte es an irgendeiner Seite auf und beugte sich tief darüber.

Gerade noch rechtzeitig, denn im nächsten Moment kamen plaudernd zwei Klassenkollegen in den Raum. Sie beachteten Coletta nicht, weil sie wie immer steif und verkrampft auf ihren Platz saß und ein Buch studierte.

Sie konnte sich jedoch nicht auf die Sätze und Informationen konzentrieren, sie war gedanklich noch bei dem gerade verhinderten Streich. Zu ihrer eigenen Verwunderung machte ihr das aber nichts aus, sie war einfach froh, etwas dagegen unternommen zu haben.

»Oliver, kommst du auch zur Herbstaufführung?« Coletta erkannte Romys Stimme. Sie trat eben mit ihren Freunden ins Klassenzimmer ein.

»Wieso sollte ich?«, sagte Oliver gelassen.

»Weil ich dort Klavier spielen werde«, erzählte sie. »Ich spiele und Tessa singt.«

Oliver zögerte mit der Antwort. »Wann ist es denn überhaupt?«

»Diesen Freitag.«

»So bald schon?«, rief er verwundert aus.

»Jetzt sag nicht, du hast was anderes vor«, meinte Romy und er schüttelte den Kopf. »Na also, dann kannst du wohl kommen.«

»Wenn du meinst«, murmelte er nur und ging an Colettas Tisch vorbei zu seinem Platz.

»Ich muss sagen, ich bin schon ziemlich nervös«, brachte sich nun auch Tessa in das Gespräch ein.

Ihre Freundin Romy erwiderte: »Ich auch.«

»Das ist doch nur eine kleine Aufführung«, rief Oliver von seinem Sitzplatz den Mädchen zu.

»Eine kleine Aufführung?«, entgegnete Romy. »Alle Schüler werden dort sein und jeder nimmt seine Familie mit. Bei mir kommt sogar meine Großtante.«

»Auweia«, entwich es Tessa.

Coletta achtete nicht mehr auf das Gespräch. Die Herbstaufführung interessierte sie nicht, schließlich hatte weder sie noch jemand anderer aus ihrer Familie vor, dorthin zu gehen. Nur nebenbei bekam sie mit, dass Romy und Oliver weiter darüber diskutierten, wie groß die Veranstaltung sein würde. Aber als Michael in das Klassenzimmer kam, war ihre Aufmerksamkeit sofort wieder auf die Worte ihrer Mitschüler gerichtet.

Er unterbrach das Gespräch von Romy und Oliver: »Um was geht es?«

»Herbstaufführung«, meinte Oliver und betonte ironisch die folgenden Worte. »Alle gehen hin.«

Coletta verbiss sich, zu erwähnen, dass sie nicht dort sein würde.

»Sicher gehen alle hin«, sagte Michael und aus dem Augenwinkel bemerkte Coletta, dass er neben ihr innehielt. »Du nicht?«

Ob er mit Absicht neben ihrem Tisch stehen geblieben war oder nicht, konnte sie nicht sagen, doch sie wollte nicht zu ihm aufsehen und es herausfinden. Sie blätterte in ihrem Schulbuch eine Seite um, obwohl sie noch gar nichts davon gelesen hatte.

Nur einen Moment später ging Michael weiter in den hinteren Teil der Klasse. Coletta traute sich nicht, zu ihm zu blicken, auch nicht, um seine Reaktion zu sehen, als er sich setzte. Zu ihrem Bedauern sagte er jedoch nichts Außergewöhnliches, sondern sprach mit seinen Freunden weiter über die Aufführung. Coletta hatte wohl nichts verpasst. Tief atmete sie ihren Ärger darüber aus, dass er den Kleber auf seinem Stuhl nicht bemerkt hatte.

Ein paar Minuten später klingelte es zum Unterricht und kurz darauf kam die Biologielehrerin Frau Faber herein. Sie hatte helles mit grauen Strähnen durchzogenes Haar und trug eine kleine klapprige Brille. Kurz und bündig begrüßte sie ihre Schüler, bat vergeblich um Ruhe und begann sofort mit dem

Unterricht. Coletta mochte das, denn dadurch wurde keine wertvolle Unterrichtszeit verschwendet. Doch die Gespräche ihrer Klassenkollegen waren weiterhin als Murmeln zu hören.

Während Coletta ihre Hände sorgfältig auf ihrem Tisch übereinander faltete und ihre ganze Aufmerksamkeit der Lehrerin widmete, wandte sich Frau Faber der Tafel zu, um eine Nervenzelle aufzuzeichnen. Sie wollte gerade dessen Bestandteile beschriften, da hielt sie inne und blickte in den hinteren Teil der Klasse.

»Michael, es scheint so, als würdest du Oliver bereits die Nervenzelle erklären.« Als sie seinen Namen erwähnte, verstummte das murmelnde Gespräch im Hintergrund. Keiner schien der Lehrerin etwas entgegnen zu wollen, deswegen fuhr sie fort: »Wenn das so ist, kannst du auch gleich zur Tafel kommen und sie beschriften.«

»Natürlich, Frau Faber«, meinte Michael mit selbstbewusster Stimme, als würde es ihm nichts ausmachen.

Er rückte seinen Stuhl nach hinten, um aufzustehen. Gleichzeitig vernahm Coletta das Geräusch vom Zerreißen eines Stoffes. Augenblicklich drehten sich alle Schüler fragend zu Michael um, und Leon, der auf dem Platz hinter ihm saß, versuchte sich sein Kichern so krampfhaft zu verkneifen, dass er zu prusten begann.

»Deine Hose«, rief er aus und konnte sich anschließend vor Lachen nicht mehr halten.

Verwundert griff Michael auf seinen Po und erschrocken sprang er zur Seite. Dabei wandte er dem vorderen Teil der Klasse den Rücken zu, die nun einen Blick auf seine zerrissene Hose und die entblößte Unterhose werfen konnten. Er wandte sich hastig wieder um, doch es war zu spät, alle Schüler stimmten in das Gelächter von Leon ein. Nur Coletta behielt ihre gefasste Miene.

Michael schluckte schwer, es war offensichtlich, dass es ihm die Sprache verschlagen hatte. Dabei färbte sich sein Gesicht innerhalb von Sekunden dunkelrot. Er sah zwischen seinem Stuhl und Coletta zwei Mal hin und her, bevor er sie fest ins Visier nahm. Davon ließ sie sich nicht einschüchtern, sie hielt seinem Blick stand und verzog ihre Miene kein bisschen, so als würde sie dieses Schauspiel nicht kümmern.

»Okay, okay, okay«, rief Frau Faber in die Klasse und versuchte vergeblich, das Gelächter zum Verstummen zu bringen. »Es ist nur eine zerrissene Hose, nichts, worüber man sich lustig macht!«

Die Schüler hörten nicht auf sie, sondern krümmten sich vor Lachen. Ein paar hielten sich sogar an der Tischkante fest, um nicht vom Stuhl zu fallen.

Coletta hatte kein Mitleid mit Michael, obwohl er genauso hilflos dastand, wie sie sich vorhin gefühlt hatte. Schließlich war es seine Idee gewesen, ihren Stuhl zu verunstalten. Ehrlicherweise musste sie sogar zugeben, dass sie sich bei dem beschämten Ausdruck in seinem Gesicht um einige Zentimeter größer fühlte. Sie hatte sich erfolgreich zur Wehr gesetzt.

»Ent... Entschuldigen Sie mich« stammelte Michael verzweifelt.

Er lief aus dem Klassenzimmer und hielt sich seine Hände schützend vor die Unterhose. Doch er konnte sie nicht verdecken, der Riss in der Hose war zu groß.

Ein leichtes Schmunzeln konnte sich Coletta nicht verkneifen.

Runa

Etwas Feuchtes und Warmes stupste sanft gegen Runas Wange und miaute in ihr Ohr. Esha weckte sie so jeden Morgen um diese Zeit. Es war noch finster, durch das Fenster drang das Licht des fast vollen Mondes in das Zimmer und zog die Schatten in die Länge.

Obwohl Runa dicke, weiße Vorhänge hatte, zog sie diese niemals zu. Viele Gegenstände in ihrem Zimmer nutzte sie kaum, sie besaß leere Leinwände, die an der Wand lehnten, doch sie malte nicht darauf. Daneben standen alte Obstkisten, in denen sich Esha gerne mal einrollte und schlief. Ein paar einzelne Kisten standen gekippt an der Wand und bildeten ein Regal, in dem sich Bücher, Porzellanfiguren und getrocknete Pflanzen in fein verzierten Blumenvasen befanden. In einer Ecke stand ein kleiner, gepolsterter Hocker und durch die Katzenhaare darauf ließ sich schließen, dass Esha auf ihm schlief. An den Wänden hingen zahllose Musikstücke und Zeichnungsskizzen.

Runa lag auf dem Rücken in ihrem Bett, die Hände auf ihrem Bauch gefaltet. Als Esha sie weckte, schaltete sie das Licht ein und drehte sich zu ihr. Die Katze saß auf der Bettdecke, blickte sie an und miaute, um zu zeigen, dass sie Hunger hatte. Runa streichelte sie, während sie sich aufsetzte und ihre nackten Füße den flauschigen Teppich berührten.

Gefolgt von Esha tapste sie leise zu ihrem Schrank, öffnete dessen Tür und holte einen schweren Sack mit Futter heraus. Es raschelte darin und bei dem Geräusch schwänzelte die Katze augenblicklich um ihre Beine. Die Futterschüssel füllte Runa randvoll an. Ohne zu zögern, stürzte sich Esha darauf und begann zu fressen.

Nachdem Runa das Katzenfutter im Schrank verstaut hatte,

hockte sie sich zu Esha und streichelte sie, während sie fraß. Freudig schnurrte sie, sah zwischendurch immer wieder von ihrem Futternapf auf, um ihren Kopf an Runas Knie zu reiben.

Erst als Esha satt war und sich mit der Zunge über ihr Maul leckte, erhob sich Runa, ging zu ihrer Zimmertür und trat auf den finsteren Flur. Die anderen Familienmitglieder schliefen noch, für sie war es noch viel zu früh, um aufzustehen, selbst für Coletta.

Ohne ein Geräusch zu verursachen, tapste sie den Gang entlang in das Badezimmer, Esha folgte ihr schnurrend. Sie traten ein und während Runa die Tür hinter sich in Schloss drückte, sprang die Katze zum Waschbecken hinauf. Sie wandte sich Esha zu und drehte für sie das Wasser auf, damit sie von der Leitung trinken konnte. Anschließend putzte sich Runa die Zähne, wusch sich das Gesicht, fuhr mit den Fingern durch die Haare, um sie zu ordnen, und ging auf die Toilette.

Esha saß bereits bei der Badezimmertür und wartete geduldig, bis sie fertig war. Dann schlichen sie geräuschlos in ihr Zimmer zurück und Runa zog sich um, bevor sie sich auf das Bett setzte. Ihre Katze sprang zu ihr hoch und ließ sich streicheln.

Kein anderes Familienmitglied hatte bisher bemerkt, wann Runa aufstand und sich fertigmachte, obwohl sie es jeden Tag um dieselbe Zeit machte. Doch die anderen schliefen noch tief und fest und erst eine ganze Weile später, begann es draußen allmählich zu dämmern. Während sich der Himmel immer heller färbte und die Sterne in den Hintergrund rückten, spitzte Esha ihre Ohren.

Colettas Zimmertür öffnete sich und Runa und ihre Katze vernahmen ihre Schritte, die zum Badezimmer tapsten und nach dem Zufallen der Tür verstummten. Esha wandte sich ab, sprang auf Runas Schoß und schmiegte sich an ihre Brust.

Es würden noch einige Minuten vergehen, bis Coletta das Badezimmer wieder verließ und um Punkt 6.38 Uhr die Treppe nach unten stieg. Als Runa den ersten Schritt ihrer Schwester auf den Stufen hörte, hob sie Esha wie jeden Tag sanft von ihrem Schoß. Sie stand auf, schob sich ihre Leinentasche mit den Schulsachen auf die Schulter und trat gefolgt von Esha auf den Flur hinaus. Leise schlichen sie nach unten und begegneten niemanden auf ihrem Weg.

Im Eingangsbereich stellte Runa ihre Leinentasche zu Colettas Rucksack und ging anschließend noch den Gang nach hinten. Dort öffnete sie die Hintertür, um Esha nach draußen zu lassen. Mit erhobenem Schwanz schlüpfte sie durch den schmalen Spalt der Tür und warf Runa einen kurzen Blick zu, bevor sie in das hohe Gras des verwilderten Gartens sprang.

Runa schlich zurück zum Esszimmer. Darin saßen bereits Coletta und Damian, der die Zeitung las. Aislinn kam gerade mit zwei Tassen Kaffee aus der Küche, als sich Runa auf ihrem Platz niederließ. Sie schaufelte sich Müsli und Milch in ihre Schüssel und begann mit gesenktem Blick und hochgezogenen Schultern zu essen.

Ein paar Minuten später stieß Tian zur Familie und setzte sich, ohne dass jemand bei Tisch ein Wort verlor. Jeder achtete stumm auf sein eigenes Frühstück, nicht daran interessiert, ein Gespräch zu beginnen.

Es hatten beinahe alle aufgegessen, als im Obergeschoss eine Tür laut ins Schloss knallte. Ein paar Sekunden später fiel ebenso laut die Badezimmertür zu, nur um ein paar Minuten später aufgerissen und wieder zugeschlagen zu werden. Das konnte nur Ava sein.

Ava

Ava stampfte so fest es ging die Treppe nach unten und war sich darüber bewusst, dass sie keine Zeit mehr für ein Frühstück hatte. Zwar war sie schon seit mindestens einer Stunde wach, hatte aber ihrem Hunger nicht nachgegeben, sondern sich stattdessen in ihrer Wut gesuhlt.

Am Vortag war sie noch traurig und ohne Hoffnung schlafen gegangen, doch an diesem Morgen hatte die Wut sie geweckt. Ava war aufgebracht, weil ihre Eltern Franzi verjagt und in Kauf genommen hatten, sie damit tief zu verletzen. Je länger sie das Zusammentreffen mit ihrer Familie am Morgen nach hinten schob, umso rasender wurde sie.

Am liebsten hätte sie in den Badezimmerspiegel geboxt, als sie sich darin mit funkelnden Augen, geröteten Wangen und zusammengekniffenen Lippen sah. Nur schwer konnte sie der Versuchung widerstehen, den Spiegel in Scherben zu schlagen.

Nun warf sie ihren Rucksack mit Schwung zu den anderen Schulsachen ihrer Geschwister und stürmte ins Esszimmer.

Ihre Mutter, Coletta und Tian sahen ihr entgegen, Damian war in seine Zeitung vertieft, während Runa den letzten Löffel ihres Müslis in ihren Mund schob.

»Du musst dich beeilen«, meinte Aislinn.

»Muss ich das?«, erwiderte sie mit hartem Ton und ging auf den Tisch zu.

Dort schnappte sie sich ein Brot aus dem Korb und biss ab, ohne sich hinzusetzen.

Sie schluckte es hinunter, bevor sie mit festem Blick auf ihre Eltern sprach: »Nie wieder werde ich mich zu euch an einen Tisch setzen!«

Ava hatte in den letzten Tagen schon öfters damit gedroht,

jedoch hatte sie noch nie bis zum Mittagessen Wort gehalten.

Auch ihre Mutter wusste das und meinte mit ruhiger, aber mahnender Stimme: »Jetzt beruhige dich.«

Doch Avas Wut war noch schlimmer als vor ein paar Tagen. Nun wollte sie ihren Eltern vor Augen halten, wie sehr sie nicht nur Franzi, sondern auch sie verletzt hatten. Sie warf einen Blick zu Damian, der zu ihrem Ärger immer noch auf die Zeitung und nicht zu ihr blickte.

Sie stichelte weiter: »Ganz sicher nicht! Wieso sollte ich auch mit euch heile Welt spielen, wenn das gar nicht stimmt?«

»Ich verstehe, wenn du gereizt bist ...«, sagte Aislinn, aber Ava winkte bereits ab.

»Gereizt? Das nennst du gereizt?« Dabei deutete sie auf sich. Sie sah zur Decke hinauf, lachte sarkastisch und sprach: »Dass genau ihr beide so viel Wert darauflegt, dass wir immer gemeinsam als Familie essen. Dabei seht ihr eure eigenen Eltern und Geschwister so gut wie nie.«

»Das ist genug, Ava«, brachte sich ihr Vater ein und legte die Zeitung beiseite. Er sah sie an, als würde er ihr nicht trauen.

»Wie war das?«, fragte sie, als hätte sie ihn nicht gehört.

Er antwortete nicht.

Das ärgerte Ava nur noch mehr und sie zischte: »Wieso willst du nicht, dass ich weiter über unsere Familie spreche? Gibt es etwas, was ich nicht wissen darf?«

Damians Blick verhärtete sich merklich, doch er erwiderte nichts. Ohne Ava aus den Augen zu lassen, holte er seine Kette aus dem Hemdkragen hervor.

»Die Arbeit«, meinte er, nachdem er kurz darauf geblickt hatte, und stand auf.

»Oh«, rief sie aus, »es gibt also etwas, was wir nicht wissen dürfen!«

Damian wandte sich ab und nahm seinen Aktenkoffer in die Hand.

»Erzähl uns doch davon«, forderte Ava ihn heraus, aber ihr

Vater trat einen Schritt vor und teleportierte davon.

»Ava, das hat jetzt nicht sein müssen!«, sprach Aislinn kopfschüttelnd, nachdem der Nebel von Damian verraucht war.

»Du weißt auch davon?«, entgegnete sie nur.

Ihre Mutter antwortete nicht, sondern meinte nur: »Ihr müsst zur Schule.«

Augenblicklich erhoben sich Coletta und Runa, Tian folgte ihnen zögernd in die Küche, um das Geschirr wegzuräumen.

Ava stützte ihre geballten Fäuste in die Hüfte und rief ihnen hinterher: »Wisst ihr, wieso Vater immer so komisch reagiert, wenn ich unsere Verwandten erwähne?« Nachdem sie immer noch keine Antwort erhielt, fügte sie hinzu: »Ihr alle beschäftigt euch nie mit einem Konflikt, wenn es einen gibt!«

Aislinn warf Ava einen Blick zu, als sie meinte: »Nein, wir gehen dem Konflikt nicht aus dem Weg. Du bist diejenige, die nicht zulässt, dass wir in Ruhe darüber sprechen und ihn lösen.«

Verärgert schnaubte Ava, das war nicht die Antwort, die sie hören wollte, doch ihre Mutter hatte recht. Sie wollte den Streit um Franzi nicht schlichten, sie war viel zu wütend, um sich anzuhören, was ihre Eltern dazu zu sagen hatten. Viel lieber nutzte sie nun jede Gelegenheit, um zu provozieren.

Anstatt etwas zu erwidern, drehte sie sich mit Schwung um, schnappte im Vorbeigehen ihren Rucksack und stampfte aus dem Haus. Die Eingangstür flog mit Krach hinter ihr ins Schloss und sie trat mit schnellen, stampfenden Schritten auf den Gehweg.

Sie wartete nicht auf ihre Geschwister, schließlich war sie in der Vergangenheit immer mit Franzi zur Schule gegangen. Nun, wo das nicht mehr der Fall war, würde sie es trotzdem nicht ändern. Und so machte sie sich lieber allein auf den Weg, was aufgrund ihres derzeitigen Ärgers sowieso besser war.

Avas Gefühle fuhren im Moment Achterbahn. Einmal war sie traurig, ihre beste Freundin verloren zu haben, im nächsten

Augenblick aufgebracht, dass ihre Eltern die Ursache dafür waren und sie nichts dagegen unternehmen konnte.

Doch so konnte sie nicht in der Schule auftauchen, sie musste den Weg dorthin nutzen, um sich zu beruhigen, bevor sie ihre Wut jene Menschen spüren ließ, die nichts für ihre Lage konnten. Ava sah zum bewölkten Himmel auf und atmete tief ein und aus. Gerne hätte sie laut aufgeschrien und mit dem Fuß gegen die Hecke von Frau Domke getreten, bei der sie gerade vorbeiging. Aber sie hielt sich zurück, wissend, dass ihre Nachbarin ihren Gefühlsausbruch sehen könnte.

Ava begann zu laufen, weil sie spürte, dass ihr das gut tat. Ihr Herz pumpte schließlich nicht mehr nur vor Wut schneller, sondern auch vor Anstrengung.

Die Sträucher des Parks kamen in ihr Sichtfeld und sie musste wieder an Franzi denken. Ava war jeden Morgen zu ihrem gemeinsamen Treffpunkt gegangen, im Glauben, Franzi könnte dort sein. Jedes Mal war sie aufs Neue enttäuscht gewesen, auch wenn die Hoffnung ohnehin nur ganz klein gewesen war. Da Franzi bisher auch nicht in der Schule aufgetaucht war, hielt Ava krampfhaft an der Möglichkeit fest, sie könnte eines Tages doch wieder auf der Parkbank sitzen und warten.

Ava schüttelte den Kopf, sie wusste, dass es naiv und zwecklos war. Aber sie konnte nicht einsehen, dass Franzi nichts mehr mit ihr zu tun haben wollte. Die Einsamkeit würde sie nicht ertragen können. Deswegen bog sie auch an diesem Tag auf den Kieselweg zum Park ein und verlangsamte ihren Schritt.

Ihre Schuhe schlurften über die Steine und Ava schob ihre Hände tiefer in die Taschen ihrer Jacke. Sie hatte sich vorgenommen, nur kurz bei der Parkbank vorbeizuschauen und gleich weiterzugehen, um die Enttäuschung so klein wie möglich zu halten.

Die Sträucher, die die gemeinsame Bank mit Franzi verdeckten, sah Ava schon von Weitem. Sie senkte ihren Blick, denn sie wusste bereits, was sie dahinter zu erwarten hatte, nämlich nichts. Als sie näherkam, spürte sie bereits die aufflammende Enttäuschung.

Hinter den Sträuchern kam die Parkbank zum Vorschein. Gerade wollte sie sich wieder umdrehen und zur Schule eilen, da hielt sie inne.

Ava wandte sich der Bank zu. Ihr blieb der Mund offen stehen und sie riss ihre Augen vor Verwunderung auf.

»Hi«, sagte Franzi zögerlich und sah Ava entgegen.

Sie saß an der Kante der Parkbank und knetete ihre Hände.

Ava wusste nicht, was sie sagen sollte, sie war zu sehr damit beschäftigt, zu realisieren, dass es kein Traum war. Langsam ging sie zur Bank und ließ sich neben Franzi nieder. Ihr war bewusst, dass sie etwas sagen musste und alle Möglichkeiten, die sie in den vergangenen Nächten in ihrem Kopf durchgespielt hatte, schienen sich zu überschlagen.

»Franzi«, brachte sie nur hervor und versuchte sich zusammenzureißen. »Ich ... Ich ... es ...«

Weiter konnte sie nicht sprechen, doch ihre Freundin nickte bereits und meinte: »Ich weiß.«

Ava schüttelte den Kopf, sie musste es laut aussprechen, auch wenn sie nicht wusste, wie sie die Wörter aneinanderreihen sollte: »Es tut mir so leid, so unfassbar leid. Meine Eltern ... Ich war so verärgert, meine Eltern waren bei dem Mittagessen einfach unmöglich.«

»Ava, du brauchst dich nicht für sie zu entschuldigen«, unterbrach Franzi sie.

»Doch ich will, denn irgendjemand muss es tun«, erwiderte sie. »So etwas darf man nicht einfach so stehen lassen. Ich möchte, dass du weißt, dass ich ihnen von deinen Schwierigkeiten in der Schule oder von deinem Vater nichts erzählt habe. Es ist einfach nur fies, dass sie das dazu benutzt haben, um es dir an den Kopf zu werfen.« Ava sog tief die Luft ein, denn bei ihrem Redeschwall hatte sie beinahe zu atmen vergessen. »Hör nicht auf das, was sie gesagt haben, sie ... sie ... Ich weiß auch nicht, was sie sich dabei gedacht haben. Sie sind einfach unmöglich und ich war, nein, ich bin immer noch so wütend auf sie. Ich will nicht Teil von so einer Gemeinheit sein.«

Franzi lächelte und Ava wurde bei diesem Anblick leicht ums Herz.

»Ich weiß«, brachte Franzi nur heraus.

Franzi rutschte auf der Bank nach hinten, lehnte sich an und senkte ihren Blick. Noch immer knetete sie ihre Finger.

Schließlich sprach sie mit belegter Stimme: »Ich weiß, dass du nichts dafürkannst, was deine Eltern zu mir gesagt haben. Mich haben die Worte sehr verletzt. Es wäre etwas anderes gewesen, hätte es ein Fremder gesagt, aber deine Eltern? Ich hätte gedacht, sie wären mehr wie du.«

In ihren Augen glitzerten Tränen, als sie zu Ava sah.

»Tut mir leid«, meinte sie.

Franzi schüttelte den Kopf. »Bitte hör auf das zu sagen, ich will nicht ... ich will nicht, dass du dich deswegen schuldig fühlst. Und ich weiß auch, dass es nicht fair war, dich die letzten Tage zu ignorieren.«

»Ist schon okay«, warf Ava ein und meinte es auch so.

Franzi hörte auf ihre Finger zu kneten und streckte stattdessen ihre Hand aus, um die von Ava zu umschließen. Erst da merkte sie, dass sie die ganze Zeit eine Faust geballt hatte.

»Ich habe einfach ein paar Tage nur für mich gebraucht, um zu verarbeiten, dass deine Eltern mir vorwerfen, eine schlechte Tochter für Mama zu sein.« Ihre Stimme versagte beinahe.

Zögerlich fragte Ava: »Hast du ... Hast du mitbekommen, dass ich mal bei dir daheim war?«

Franzi nickte langsam, bevor sie antwortete: »Ja, ich war in meinem Zimmer und habe alles gehört. Es ... Es hat mir beinahe das Herz gebrochen, zu wissen, dass du nur ein paar Meter entfernt bist und ich nicht mit dir reden kann. Aber ich habe es nicht geschafft, die Zimmertür zu öffnen und nach alldem was war, dir vor die Augen zu treten. Ich habe mich einfach nur geschämt.«

»Du sollst wissen, dass du jederzeit zu mir kommen kannst, wenn du über etwas reden möchtest, auch wenn es um meine Eltern geht«, erwiderte Ava.

Franzi senkte ihren Blick und meinte: »Ehrlicherweise muss ich sagen, dass ich Angst hatte, du könntest genauso von mir denken.«

Nun umschloss Ava die Hand ihrer Freundin und drückte sie fest, um die folgenden Worte zu verdeutlichen: »Ich kenne dich, manchmal glaube ich sogar, besser als mich selbst. Nie im Leben könnte ich schlecht von dir denken.«

Bei diesen Worten rollte eine Träne über Franzis Wange, doch gleichzeitig musste sie lächeln.

Ava fuhr fort: »Ich bin nicht so wie meine Eltern und auch nicht so wie meine Geschwister. Ich bin anders als sie, dass darfst du niemals vergessen.«

Ihre Freundin nickte und fuhr sich mit dem Handrücken über das Gesicht, um die Träne wegzuwischen.

Dann sprach sie: »Ich verstehe nun, wieso du nie wolltest, dass ich zu dir nach Hause komme. Es ist in Zukunft wohl besser, wir treffen uns bei mir.«

Ava nickte. »Ja, ist wohl besser so.«

»Obwohl ich dein Zimmer sehr mochte«, meinte Franzi schulternzuckend und schmunzelte.

»Na ja, vielleicht ergibt sich wieder mal etwas«, entgegnete Ava und erwiderte ihr Lächeln.

Der Ärger über ihre Eltern und der Streit mit ihnen waren ab diesem Augenblick vergessen. In ihr breitete sich Freude aus und verdrängte all die negativen Gefühle, die sie die letzten Tage geplagt hatten. Sie konnte nicht beschreiben, wie glücklich sie darüber war, noch eine Freundin zu haben, besser gesagt, Franzi als beste Freundin zu haben. Im Moment war Ava einfach froh, mit ihr auf der Parkbank zu sitzen und all das Ungesagte zwischen ihnen zu klären. Ihre Eltern sollten von

Franzi halten, was sie wollten, sie würde ab sofort nicht einmal mehr versuchen, ihre Freundin zu verstecken.

Ava sagte: »Der Gedanke, dich als beste Freundin zu verlieren, hat mich in den letzten Tagen beinahe umgebracht.«

»Das wollte ich nicht«, warf Franzi ein und wieder glitzerte es in ihren Augen.

»Nein, nein«, erklärte Ava, »ich verstehe, dass du verletzt warst und den Abstand gebraucht hast. Ich habe sehr viel nachgedacht und habe gemerkt, dass du mir unvorstellbar wichtig bist.« Während sie sich fest an den Händen hielten, als könnten sie sich wieder verlieren, fügte Ava hinzu: »Egal was passiert, ich werde immer für dich da sein.«

»Nichts kann uns trennen, schon vergessen?«, fragte Franzi und grinste.

Sie hob ihre Hand und berührte mit ihrem Finger die Kette von Ava. Sie blickte auf den silbernen Herzanhänger.

»Wir gehören zusammen, du hast einen Teil von mir und ich einen Teil von dir.«

Als Franzi das gesagt hatte, holte sie ihre eigene Kette unter ihrem Hemdkragen hervor.

»Das hast du schön gesagt«, brachte Ava hervor.

Zwinkernd meinte Franzi: »Ich weiß.«

Ava lachte und erwiderte: »Das sagst du heute aber oft!«

»Ich weiß«, entgegnete sie und stimmte in das Lachen mit ein.

Sie ließen ihre Hände los und sahen sich einen Moment lang grinsend an.

»Hoffentlich weiß ich heute auch alles beim Mathematiktest«, wechselte Franzi das Thema. »Ich habe nur wenig Schulsachen zu Hause gehabt und kaum lernen können.«

»Wie lange hast du gefehlt?«, fragte Ava und begann schon die Tage mit ihren Fingern zu zählen.

»Viel zu lange.«

Ava senkte ihre Hände und nickte: »Ja, das stimmt.«

Schließlich blickte sie auf die Uhr und meinte: »Aber wenn wir den Test nicht verpassen wollen, müssen wir schnell los.«

Sofort sprangen sie auf, doch Franzi hielt nochmals inne.

»Ava«, sagte sie.

»Hm?«

Franzi zog sie in eine Umarmung. Eigentlich war es Ava unangenehm, andere Menschen zu berühren, aber sie merkte, dass es ihr bei ihrer Freundin nichts ausmachte.

Schließlich flüsterte Franzi ihr ins Ohr: »Ich habe dich lieb.«

Ava hielt inne. Diese Worte hatte sie noch nie von jemandem gehört und schon gar nicht hatte sie je vorgehabt, sie einem anderen Menschen zu sagen. Doch sie fühlte, dass sie perfekt dafür waren, Franzi zu sagen, wie viel sie ihr bedeutete.

»Ich hab dich auch lieb«, erwiderte Ava.

Tian

Von Weitem roch Tian den süßlichen Duft der Erdbeerknödel, die es an diesem Tag in der Schulkantine zu essen gab. Doch bevor er auch nur in die Nähe seines Essens kam, musste er sich in einer langen Warteschlange anstellen.

Die Schüler vor und hinter ihm schienen nur über ein Thema zu sprechen: die Herbstaufführung. Aufgeregt unterhielten sie sich darüber, wer mitmachen würde.

»Ein paar Schüler haben sogar mit Herrn Olsen ein Theaterstück geschrieben«, meinte eine Schülerin, die hinter Tian in der Schlange stand.

Ihr Gegenüber erwiderte: »Ja, das habe ich auch schon gehört, anscheinend soll es das Highlight des Abends werden.«

Tian schluckte schwer. Er hätte bei dem Theaterstück mitmachen können. Zwar bereute er es im Nachhinein nicht, abgelehnt zu haben, doch die Herbstaufführung ließ ihn an Nele denken. Die Nele, die ihn dazu überreden wollte, bei dem Theaterstück mitzumachen. Und die Nele, die ihn eingeladen hatte, mit ihr und ihren Freunden die Aufführung anzusehen. Aber auch die Nele, die er geküsst hatte und an die er nie wieder denken durfte.

Letzteres fiel Tian ziemlich schwer, denn sie ging ihm nicht aus dem Kopf. Dabei war es egal, ob sie ein paar Tischreihen hinter ihm im Klassenzimmer saß oder er zu Hause in seinem Zimmer war und zu lernen versuchte. Außerdem machte Nele es ihm nicht gerade leichter. Sie schien jede Möglichkeit zu nutzen, um mit ihm ein Gespräch zu beginnen. Deswegen war Tian ab sofort immer der Letzte, der vor Unterrichtsbeginn ins Klassenzimmer kam, und auch der Erste, der es beim Klingeln zur Pause verließ. Bisher konnte er Nele aus dem Weg gehen und er hoffte, dass sie es bald aufgeben würde, mit ihm reden zu wollen.

Eine Köchin schöpfte Tian drei Erdbeerknödel auf den Teller und überreichte ihm das Essen. Eilig schnappte er sich noch das Besteck und trat aus der Menschenmenge. Es war ihm unangenehm, zwischen seinen Schulkollegen zu stehen, die alle gierig auf ihr Essen warteten und vergaßen, einen angemessenen Abstand untereinander einzuhalten.

Während Tian sofort einen Tisch am anderen Ende der Kantine ansteuerte, da dort weniger los war, bemerkte er Coletta, die sich noch in der Warteschlange befand. Ihr Gesicht wirkte gefasst und untypisch für sie, entspannt. Ihr schien die Menschenmenge nichts auszumachen, aber es konnte auch sein, dass sie ihr Unwohlsein besser als Tian verstecken konnte.

Er stellte sein Tablett an einem freien Tisch ab und begann zu essen. Nur kurze Zeit später stieß Coletta zu ihm und ließ sich auf dem Stuhl ihm gegenüber nieder. Stumm aßen sie, während sich allmählich auch der hintere Teil der Kantine mit Schülern füllte.

Während Tian kaute, sah er sich um. Von allen Richtungen drangen Wortfetzen über die Herbstaufführung zu seinem und Colettas Tisch. Plötzlich hielt er inne, als er Nele erblickte. Mit Kiara und Steve hatte sie sich vor der Essensausgabe angestellt. Die drei waren in ein Gespräch vertieft und Kiara schlang ihre Arme um sich, als wäre ihr kalt. Nele schlüpfte aus ihrer Jacke und legte diese um die Schultern ihrer Freundin. Offensichtlich hatte sich der Streit zwischen Kiara und ihr gelegt. Tian ertappte sich bei dem Gedanken, Nele fragen zu wollen, wie es dazu gekommen war.

Gerade wollte er sich abwenden, da wich sie einem vorbeigehenden Schüler aus und drehte sich deswegen in Tians Richtung. Als sie merkte, dass er sie ansah, blieb ihr Blick an ihm hängen.

Trotz der Entfernung sah Tian ihr direkt in die Augen. Für

ihn schien es, als würde der Lärm in der Kantine allmählich verstummen und auch die Bewegungen der anderen Schüler wurden langsamer.

Im nächsten Moment drehte sich Nele weg. Mit einem Schlag verschwand die Ruhe, der Lärm drückte gegen Tians Ohren und die Bewegungen der Mitschüler schienen wie vorhin hastig und durcheinander. Und auch die Warnung, dass er ein Seelendiener war und deswegen keine Gefühle für andere Menschen entwickeln sollte, kam ihm in den Sinn. Es war eine einfache Regel, an die er sich halten musste. Mit diesem Gedanken wandte er sich wieder seinem Essen zu.

Gerade nahm er einen weiteren Bissen, als er eine Bewegung aus dem Augenwinkel wahrnahm. Unauffällig drehte er seinen Kopf in die Richtung, um zu sehen, was los war.

Augenblicklich begann sein Herz schneller zu schlagen, denn es war Nele, die auf ihn zuzukommen schien. Wie automatisch blickte er zu Coletta. Er musste auf alle Fälle verhindern, dass seine Schwester Nele und ihn gemeinsam sah.

Fieberhaft überlegte er, was er unternehmen konnte. Er musste von hier weg.

»Muss los«, sagte er knapp zu Coletta und sprang auf.

Bewusst ging er einen Umweg, um Neles Weg nicht zu kreuzen, und hütete sich davor, ihr einen Blick zuzuwerfen. Im Vorbeigehen stellte er sein Tablett auf den Speisewagen und eilte aus der Kantine.

»Tian«, hörte er jemanden rufen und er erkannte Neles Stimme.

Anstatt sich zu ihr umzudrehen, beschleunigte er seinen Schritt, ohne zu wissen, wohin er gehen sollte. Doch das war im Moment egal, Hauptsache er war weg.

Erst eine Weile später blickte er vorsichtig über seine Schulter, um zu sehen, ob Nele ihm gefolgt war. Er ging langsamer, als er merkte, dass sie nicht mehr hinter ihm war.

Tian wandte sich wieder nach vorne und versuchte sich zu

orientieren. Gerade bog er in einen Gang ein, als er einem Schüler nicht mehr ausweichen konnte und frontal in ihn stieß. Erschrocken trat er einen Schritt zurück und wollte sich kurz angebunden entschuldigen, als er sah, gegen wen er gestoßen war.

Genauso verdutzt, wie er sich fühlte, blickte Nele zu ihm hoch. Wie angewurzelt blieb Tian stehen. Nele schien auch darüber verwundert zu sein, ihn doch noch eingeholt zu haben, denn einige Sekunden lang starrten sie sich nur an.

»Wir müssen reden«, meinte Nele.

Tian konnte sich nicht rühren, geschweige denn sprechen.

»Du kannst mir nicht die ganze Zeit aus dem Weg gehen«, fuhr Nele schließlich mit selbstbewusster Stimme fort. »Was auch immer der Grund dafür ist, dass du mich meidest, du kannst es mir sagen.«

Sie wartete auf eine Antwort von ihm, doch Tians Kopf war leer. Es befanden sich keine Wörter und schon gar keine Sätze darin. Stumm starrte er Nele an.

Als sie merkte, dass er nicht antworten würde, meinte sie empört: »Tian, du kannst nicht nicht mit mir reden!«

In seinem Kopf reihten sich Worte aneinander, die er schließlich aussprach, ohne sie genauer überdacht zu haben: »Aber was, wenn ich nicht mehr mit dir reden will?«

Als er die Worte ausgesprochen hatte, verstand Tian den Sinn seiner Aussage. Er wusste, dass der Satz nicht der Wahrheit entsprach, doch er konnte ihn nicht mehr zurücknehmen.

Besonders nicht, als er Neles Gesichtsausdruck sah. Mit dieser Antwort hatte sie scheinbar nicht gerechnet, denn sie hob überrascht ihre Augenbrauen und ihr blieb der Mund offen stehen.

Tian sah ihr an, dass seine Worte sie verletzt hatten, realisierte jedoch im gleichen Moment, dass er nun das erreicht hatte, was er sich vor ein paar Tagen vorgenommen hatte. Wenn er Nele meiden wollte, musste er in Kauf nehmen, dass sie dadurch gekränkt wurde.

Sie stotterte: »Will... Willst du nicht?«

Schmerzhaft zog sich bei ihrem unsicheren Tonfall seine Brust zusammen. Am liebsten hätte er ihr gesagt, was er wirklich fühlte.

Während Nele in seinen Augen nach einer Antwort zu suchen schien, schüttelte er langsam seinen Kopf.

»Oh«, brachte sie hervor und senkte ihren Blick. »Dann okay, dann nicht.«

Rasch drehte sie sich um und eilte von ihm weg. Tian sah ihr hinterher, bis sie aus seinem Blickfeld verschwunden war. Nur schwer konnte er sich zurückhalten, ihr hinterherzulaufen und zu sagen, dass es nicht stimmte, was er eben gesagt hatte. Er wollte sie an sich drücken und ihr sagen, dass es im leidtat und er sie nie wieder anlügen würde.

Doch selbst das wäre eine Lüge gewesen.

Coletta

Obwohl Tian Coletta vor wenigen Minuten zurückgelassen hatte, und dass bisher immer ein Grund gewesen war, selbst so schnell wie möglich aus der Kantine zu stürmen, war sie dieses Mal sitzen geblieben.

Zuerst hatte sie sich noch gewundert, wieso ihr Bruder es so eilig gehabt hatte und nicht aufgegessen hatte, aber sie hatte nicht weiter darüber nachgedacht.

Schließlich wollte sie sich nun voll und ganz auf sich selbst konzentrieren. Die letzten Nächte hatte sie endlich durchschlafen können und sie hatte wieder Appetit. Dadurch spürte Coletta, dass sie sich in der Schule besser konzentrieren konnte und auch zu Hause beim Unterricht mit ihrem Vater machte sie Fortschritte. Diese Erkenntnisse ließen ihr Selbstbewusstsein steigen und bei dem Gedanken daran hob sie ihre Nase ein Stück nach oben.

Der Grund war, dass sie Michael und seinen Freunden nicht mehr machtlos ausgeliefert war. Zwar hatte Coletta die drei bereits an einem der Tische in der Kantine entdeckt, doch aufgrund ihres neu gewonnenen Selbstbewusstseins, fühlte sie sich, als könnte ihr niemand mehr etwas anhaben. Selbst als sie einen Blick von Michael auf sich spürte, war sie nicht eingeschüchtert.

Als sie fertig gegessen hatte, wartete sie trotzdem nicht länger und stand auf. Letztendlich war sie immer noch Coletta und sie ließ sich die übrige Zeit der Mittagspause nicht entgehen, um sich auf die nächste Unterrichtsstunde vorzubereiten.

Sie ging den kürzesten Weg zum Speisewagen, der zufällig am Tisch von Michael und seinen Freunden entlangführte. Als sie mit selbstsicheren Schritten an ihnen vorbeimarschierte, wandten sich ihre Klassenkollegen zwar nach ihr um, doch keiner wagte es, etwas zu sagen. Nur mit Mühe konnte Coletta sich ein Grinsen verkneifen, während sie ihr Tablett abstellte und die Kantine verließ.

Tian

Tian klappte das Buch zu und vergrub sein Gesicht in den Händen. Endlich hatte er seine Hausaufgaben beenden können. Obwohl die Mathematikrechnungen für ihn eigentlich einfach sein sollten, hatte er eine gefühlte Ewigkeit gebraucht, um sie zu lösen. Dementsprechend rauchte ihm nun der Kopf und er fand keine weitere Beschäftigung, der er am Abend noch nachgehen konnte. Aufs Lesen konnte er sich im Moment nicht konzentrieren und für einen Spaziergang war es schon zu dunkel. Deswegen stand er von seinem Schreibtischstuhl auf, schlurfte zu seinem Bett und ließ sich rücklings darauf fallen.

Nun ließ er seine Gedanken schweifen, schließlich hatte er im Moment nichts Besseres zu tun. Nur kurz schwelgte er in den Erinnerungen an einen ziemlich ereignislosen Schultag. Er hatte einen Test mit voller Punktezahl zurückbekommen und bemerkt, dass sich Nele seine Abweisung zu Herzen genommen hatte. Obwohl sich die anderen Schulkollegen ebenso wenig um ihn kümmerten, musste er sich erst daran gewöhnen, ab sofort auch von Nele ignoriert zu werden.

Tians Blick streifte den Wecker auf seinem Nachttisch. An diesem Abend fand in der Schule die Herbstaufführung statt und der Zeit nach zu urteilen, würden gerade alle Besucher eintreffen. Er hatte nur ein einziges Mal überlegt, es anzusehen, und das war, als Nele ihn eingeladen hatte, mit ihr und ihren Freunden hinzugehen. Stattdessen lag er nun auf seinem Bett und hatte nichts vor, dass ihn dazu bringen könnte, aufzustehen.

Von Weitem ertönte eine zarte Stimme, so leise, dass Tian sie beinahe nicht gehört hätte. Runas Stimme drang durch die Wände und obwohl sie in ihrem Zimmer am anderen Ende des Flurs war, schien es für ihn, als würde die Stimme immer lauter werden, je genauer er hinhorchte. Sie sang eine Melodie, die er bisher noch nie gehört hatte. Dennoch kam sie ihm vertraut vor und ihn überkam ein Schauer, als sie ihr Lied eine Terz höher wiederholte. Tian schloss seine Augen und lauschte Runas Stimme. Seine Gedanken waren wie weggeblasen.

Ein energisches Klopfen riss ihn aus seinen Gedanken. Keinen Augenblick später öffnete sich mit Schwung die Tür. Erschrocken riss Tian seine Augen auf. Er blickte zur Seite und zu seiner Verwunderung stand sein Vater im Türrahmen. Er brauchte einen Moment, um zu realisieren, dass er noch auf seinem Bett lag und es so aussehen könnte, als würde er faulenzen. Augenblicklich setzte er sich kerzengerade auf und versuchte seine widerspenstigen Haare zu richten. Doch sein Vater beäugte seine Bemühungen kritisch, sodass er seine Hände senkte.

Damian hob seine Kette an, die über seinem Hemd baumelte und sagte bestimmend: »Ich habe eben einen neuen Auftrag erhalten und du wirst mich begleiten.« Tian nickte, bevor sein Vater knapp erklärte: »Ein Autounfall mit zwei Verletzten, wobei sich eine Seele langsam zu lösen scheint. Mehr Informationen habe ich nicht erhalten, wir müssen uns selbst ein Bild vor Ort machen.«

Tian stand auf, um seinen Vater nicht länger an der Tür warten zu lassen. Doch dieser hielt ihn mit einer kurzen Handbewegung auf und musterte ihn.

»Zieh dich warm an, draußen ist es kalt«, sagte er beiläufig.

Zögerlich blieb Tian stehen. Er war verunsichert über die Fürsorglichkeit seines Vaters. Damian ließ sich aber nichts anmerken und als er einen Moment später Tian einen ungeduldigen Blick zuwarf, holte er rasch einen dunklen Pullover aus seinem Kleiderschrank hervor. Anschließend drehte er sich zu seinem Vater um, der an der Zimmertür wartete und erst in den Flur trat, als Tian auf ihn zukam. Stumm gingen sie nach unten und warfen sich Jacke und Mantel über.

Mit dem schwarzen Aktenkoffer in der Hand erklärte Damian: »Wir werden teleportieren.«

Tian riss die Augen auf. »Was?«

Sein Vater ignorierte seine Bestürzung und blickte stattdessen auf den Anhänger der Kette.

Bisher war Tian nur im Haus teleportiert. Zwar schaffte er bei jeder Übungsstunde längere Strecken, doch er hatte noch nie in Erwägung gezogen, dass er diese Fähigkeit ohne Risiko bei einem Auftrag einsetzen könnte.

»Kennst du die alte Kapelle an der Hauptstraße?«, fragte Damian und ließ die Kette sinken.

»Ja, aber ...«

»Dorthin teleportieren wir, denn bei der Kapelle sieht uns niemand und von da aus ist es nur mehr ein kleines Stück bis zum Unfallort«, erklärte er weiter.

»Aber bin ich schon so weit?«, sprach Tian seine Unsicherheit an.

Sein Vater fixierte ihn und fragte: »Was meinst du?«

»Na ja«, meinte er und zuckte mit den Schultern, »bis zur alten Kapelle ist es ein langer Weg, so weit bin ich noch nie teleportiert.«

»Größere Distanzen machen ab einen gewissen Fortschritt der Teleportation nur mehr einen kleinen Unterschied. Wobei ich finde, dass es bis zur Kapelle nicht weit ist, es sind nur ein paar Kilometer«, sagte Damian.

Womöglich hätte der letzte Satz besänftigend wirken sollen, aber Tian fühlte sich in seiner Unsicherheit bestätigt. Mehrere Kilometer waren um einiges mehr als ein paar Meter im Haus.

Damian wandte sich bereits ab und verwandelte sich in einen hellgrauen Nebel, somit hatte Tian nicht weiter Zeit, zu grübeln.

Er schüttelte seinen Körper und versuchte seinem Vater und dessen Einschätzung seiner Fähigkeiten zu vertrauen. Bisher hatte Damian immer recht behalten, dieses Mal würde es nicht anders sein, versuchte sich Tian einzureden. Also verteilte er sein Gewicht gleichmäßig auf beide Beine und konzentrierte sich auf sich und auf die alte Kapelle.

Nur ein paar Sekunden später spürte er den Wind aufkommen, den nur er fühlen konnte, und als er die Schlüsselstelle der Teleportation erreichte, trat er einen Schritt vor. Seine Beine verwandelten sich in einen Nebel, der bis zu seinem Kopf wanderte und ihn gänzlich in eine blaugraue Wolke einhüllte. Gedanklich war Tian bei der alten Kapelle, also zögerte er nicht länger, gab dem Sog nach, der ihn in ihre Richtung drückte, und raste nach vorne.

Überrascht von der Geschwindigkeit konnte er nicht atmen und er versuchte angestrengt, seine Konzentration auf sich und die Kapelle zu halten. Es war schwierig, denn die Aufregung, ob er es wirklich bis dorthin schaffen könnte, saß ihm im Nacken und versuchte ihn zu überwältigen.

Ein paar Augenblicke später blieb Tian abrupt in der Luft stehen und sah sich um. Vor ihm erblickte er eine dunkle, hohe Tür, eingemauert in eine graue Steinwand, die von Efeu bewachsen war.

Er konnte es kaum glauben, er hatte es tatsächlich geschafft, bis zur alten Kapelle zu teleportieren. Damian hatte recht gehabt, die größere Distanz war kein Problem gewesen.

Tians Vater stand bereits in seiner sichtbaren Form vor der Kapellentür und wartete, deswegen verwandelte sich ebenfalls zurück. Vorsichtig landete er mit den Füßen auf dem gepflasterten Boden. Tian hatte zu tun, sich sein erleichtertes Lachen zu verkneifen. Jedoch musterte Damian seine Kleidung kritisch, bis auch er an sich hinuntersah.

»Deine Jacke«, wies sein Vater ihn darauf hin und sein Atmen bildete aufgrund des kalten Herbstabends eine Wolke.

»Oh«, entfuhr es Tian.

Bevor er teleportiert war, hatte er sich wohl nicht genügend auf seine Kleidung konzentriert und die Jacke bereits zu Hause verloren. Er rieb sich über die Arme, er fröstelte bereits.

»Soll ich sie ...«, wollte er vorschlagen, sie noch zu holen.

Damian unterbrach ihn mit einem Kopfschütteln und meinte streng: »Von solchen Kleinigkeiten darf man sich bei der Arbeit nicht aufhalten lassen, diese müssen funktionieren.«

Tian schluckte schwer, erwiderte jedoch nichts.

»Wir werden nun wieder unsichtbar und dann folgst du mir zur Unfallstelle«, sprach Damian im selben Tonfall weiter.

»Okay«, antwortete er, während sein Vater schon verblasste.

Augenblicklich tat er es ihm gleich, achtete aber nun besonders darauf, nicht noch einen Fehler zu machen. Er wurde unsichtbar und keinen Moment später hörte er schon die Schritte seines Vaters, die sich von ihm entfernten.

Eilig folgte er dem Geräusch und ging den gepflasterten Weg zur Straße hinunter. Der Mond spendete trotz der Dunkelheit genug Licht, um die Umrisse der Umgebung zu erkennen. Sie befanden sich in einem lichten Wald, der neben der alten Kapelle auch ein Stück der Hauptstraße säumte. Durch die Baumkronen konnte Tian vereinzelt Sterne erkennen. Doch er konnte sie nicht genauer betrachten, da er zu tun hatte, auf dem rutschigen Pflaster nicht hinzufallen.

Sie traten auf die Hauptstraße und ein Stück weiter vorne bemerkte Tian ein Auto, dessen Lichter noch eingeschaltet waren, das aber gegen einen Baum gefahren war. Es war die Unfallstelle, zu der sie gerufen worden waren. Er wunderte sich nicht, dass es von der Fahrbahn abgekommen war, denn auch auf dem Schotter neben der Straße knirschte das Eis unter seinen Schuhen.

Weil es so kalt war, schlug er die Arme um sich, während er behutsam einen Fuß vor den anderen setzte, damit er nicht hinfiel. Im Moment wäre er lieber in seinem warmen Bett gewesen, um über belanglose Themen zu grübeln, als in der Kälte darauf zu achten, nicht auf der Straße auszurutschen.

Damian und Tian näherten sich dem Auto und gingen auf die Fahrerseite zu, deren Tür offen stand. Aufgrund der Dunkelheit erkannte Tian nur, dass der Airbag geöffnet war und die Windschutzscheibe zersprungen war. Er trat einen Schritt nach vorne und sah, dass durch den Aufprall die Stoßstange eingedrückt und die Motorhaube aufgesprungen war.

»Tian«, zischte Damian.

Er folgte der Stimme und erkannte beim Näherkommen, dass eine Person auf dem Boden lag.

»Bin hier«, flüsterte Tian.

Er beugte sich über den bewusstlosen Körper und kniff die Augen zusammen, um die Person besser zu erkennen. Sie kam ihm bekannt vor, die kurzen hellen Haare und die dunkle Bomberjacke hatte er schon einmal gesehen. Deswegen wandte er sich noch näher dem Gesicht zu und schreckte keinen Augenblick später wieder hoch. Es war Steve, sein Klassenkollege und Neles bester Freund.

Nach dem Unfall hatte er sich wohl noch aus dem Auto hieven können, bevor er bewusstlos geworden war. Tian betrachtete seinen kraftlosen Körper auf dem kalten Boden, seine schlaffen Gesichtszüge und seinen ungewöhnlich abgewinkelten Arm.

Er wusste nicht, was er machen sollte. Schließlich war es Steve, er sah ihn jeden Tag in der Schule, war er deswegen nicht verpflichtet, irgendetwas zu tun? Ein unbehagliches Gefühl machte sich in Tian breit, je länger er wie angewurzelt auf der Stelle stand und seinen bewusstlosen Klassenkollegen beobachtete. Obwohl er sich an Aislinns Worte erinnerte, die ihm eindringlich gesagt hatte, dass Seelendiener schwer verletzten Menschen nicht helfen durften, beruhigten ihn das nicht.

Doch aus Steves Körper löste sich keine Seele, somit gab es im Moment nichts, was Tian tun konnte. Aber in der Nähe musste eine verirrte Seele sein, ansonsten wären Damian und er nicht gerufen worden. Wenn er sich recht erinnerte, sprach sein Vater vorhin von zwei Menschen, die in dem Unfall verwickelt gewesen waren.

Deswegen fragte sich Tian, wer mit Steve im Auto gesessen haben könnte. Womöglich war er zur Herbstaufführung unterwegs gewesen, zu der er mit Kiara und Nele gehen wollte.

Ein kalter Schauer zog über seinen Rücken. Sie kam von seiner Vorahnung, wer die zweite Person bei dem Unfall sein könnte. Tian schlang die Arme fest um sich. Doch seine Befürchtung konnte er nicht versiegeln.

Als er noch einmal kurz auf Steves schlaffes Gesicht sah, schlug ihm sein Herz bis zum Hals. Zwar wollte er den Gedanken, wer noch in dem Auto gesessen hatte, nicht zu Ende führen, dennoch musste er es herausfinden.

Tian räusperte sich. »Hast du vorher nicht gemeint, dass zwei Personen in dem Unfall verwickelt sind? Ich suche mal nach der anderen.«

Obwohl ihm die Unsicherheit fast die Kehle zuschnürte, klang seine Stimme selbstsicher und gefasst.

Neben Tian raschelte es, als würde sich Damian ihm zuwenden.

»Gute Idee. Ich bleibe noch kurz bei dem Jungen und beobachte seinen Zustand«, meinte er.

Tian schluckte schwer. Er fühlte sich hin- und her gerissen. Hoffentlich würde sich nicht bestätigen, was er befürchtete.

Mit schweren Schritten ging Tian von Steve und seinem Vater weg. Er wusste, dass es Steve bald besser gehen würde, um ihn musste er sich keine Sorgen machen. Sobald ein anderes Auto die Straße entlang kam, was nicht allzu lange dauern dürfte, würden die Insassen ihm helfen und einen Krankenwagen rufen. Doch würde die Hilfe für die andere Person noch rechtzeitig kommen?

Tian ging um das Auto herum auf die Beifahrerseite zu. Die Tür stand offen. Genauso wie Steve war die Person nach dem Unfall herausgeklettert, doch sie hatte es nicht weit geschafft. Tian entdeckte eine Person neben dem Auto auf dem Boden liegend. Eine Seele löste sich langsam aus dem Oberkörper, hatte sich aber noch nicht gänzlich getrennt. Sie hob sich deutlich von der dunklen, kalten Nacht ab. Tian betrachtete ihre leichten Bewegungen und wie sie mit jeder Sekunde ein kleines Stückchen mehr aus dem Körper trat. Dennoch merkte er, dass er von ihr nicht so fasziniert war, wie er es sonst beim Anblick einer Seele war.

Sein Blick war auf die am Boden liegende Person gerichtet, die er zunächst noch nicht erkennen konnte. Als er nur noch zwei Schritte entfernt war, blieb er stehen und betrachtete das entspannte Gesicht.

Dunkle, lockige Haare lagen ausgebreitet auf den Boden und einzelne Strähnen überdeckten die geschlossenen Augen. Eine Schürfwunde zog sich von der Schläfe bis zur Wange und unter der Nase klebte Blut. Ein paar Blätter waren auf die Jacke gefallen und unter dem rechten Ärmelende lugte ein Armbändchen hervor, dessen Steine im Mondlicht wie Sterne glitzerten. Der Körper lag still auf dem Boden, friedlich und ehrfürchtig zugleich.

Seine Vorahnung hatte sich bewahrheitet. Es war Nele, die mit Steve im Auto gesessen hatte. Sie war bei dem Unfall dabei gewesen. Es war ihre Seele, die sich langsam aus ihrem Körper löste.

Tian ging die letzten zwei Schritte auf sie zu und sank auf die Knie. Gleichzeitig verließ ihn die Anspannung und er wurde sichtbar. Den kalten Boden, der sich durch den Stoff seiner Jeans gegen seine Knie drückte, spürte er nicht.

Er konnte seinen Blick nicht von Nele abwenden. Es war nicht wie sonst die Seele, die ihn in den Bann zog, es war sie selbst. Er konnte nur Nele ansehen, in dem Bewusstsein, dass er nur noch wenige Minuten mit ihr hatte.

In seinem Kopf flammten alle Erinnerungen an sie auf. Er dachte an ihre Gespräche, an das gute Gefühl, dass sie ihm jeden Tag gegeben hatte und natürlich auch an ihren Kuss. Gleichzeitig fielen ihm die unangenehmen Situationen ein.

Tian erinnerte sich an jedes Detail, als er sie abgewiesen hatte, an ihren verletzten Gesichtsausdruck und wie sie ihn seitdem ignoriert hatte.

Ein Stich durchzog seine Brust, es war das schlechte Gewissen. Die Angst, jemand könnte ihre vertraute Beziehung entdecken und er als Seelendiener müsste dafür die Konsequenzen tragen, hatte alles andere überschattet. Dafür hatte er Nele aufgegeben. Dafür hatte er in Kauf genommen, sie zu verletzen.

Eine warme Träne löste sich aus Tians Augenwinkel und kullerte über die kalte Wange hinab. Zitternd hob er seine Hand und strich sanft eine Haarsträhne aus Neles Gesicht. Als er ihren seelenruhigen Gesichtsausdruck sah, folgten der ersten Träne weitere. Alles, woran er in diesem Moment denken konnte, war Nele und dass er nichts tun konnte, um sie bei sich zu behalten.

Er wollte sie nicht verlieren. Schließlich war sie immer noch die Person, mit der er am liebsten seine Zeit verbrachte, trotz alldem, was zwischen ihnen vorgefallen war. Er hätte alles dafür getan, nur um ihr das zu sagen, um sich zu verabschieden und sie nicht mit einer Lüge gehen zu lassen.

Tians Blick wanderte zu Neles Seele. Es war nur noch eine Frage der Zeit, bis sie gänzlich von ihrem Körper getrennt war. Sanft bewegte sie sich, unbekümmert über die kalte Nacht und dennoch war sie noch nicht bereit, ins Licht zu gehen.

Behutsam hob Tian die Hand und streckte sie der Seele entgegen. Er wollte sie nur einmal berühren. Sie sollte wissen, dass er da war und ihr zur Seite stand.

Sein Zeigefinger tauchte in die helle Masse ein, er fühlte jedoch keine Berührung. Es war, als würde er ins Leere greifen. Die Seele umhüllte seinen Finger, bevor sie sich nach einigen Sekunden wieder zurückzog. Fasziniert über die Bewegung, streckte er seine ganze Hand nach ihr aus. Aber die Seele wich sofort aus, zurück zu Neles Körper.

Tian hielt mit ausgestrecktem Arm inne. Er konnte keinen

klaren Gedanken fassen. Er hörte nur das Pochen seines Herzens. Zögerlich ließ er seine Hand etwas sinken. Wieder wich die Seele nach unten aus. Tian schluckte schwer. Er hob beide Hände über die Seele und drückte sie nach unten. Wie erwartet, wich die Seele seinen Bewegungen aus und wanderte zurück in Neles Oberkörper.

Zentimeter für Zentimeter führte Tian seine Arme nach unten. Seine Finger zitterten. Er ließ die Seele nicht aus den Augen. Sie wurde kleiner und kleiner. Seine Hände kamen Neles Körper näher. Einen Augenblick später spürte er ihre Jacke unter seiner Haut. Die Berührung wurde fester, bis seine Hände schließlich ganz auf ihrem Bauch und ihrer Brust lagen.

Um Tian herum war es totenstill. Die Blätter raschelten nicht, nicht einmal sein eigener Atem schien ein Geräusch zu machen. Er spürte, wie sich Neles Brust gleichmäßig hob und senkte, und darunter ihr Herz, dass gegen seine Hand pochte.

Er wusste nicht, wie lange er so dasaß und nichts anderes außer Nele wahrnahm, bis sich allmählich seine Gedanken zurück in seinen Kopf schlichen.

Abrupt wich Tian zurück, bis er das Auto hinter seinem Rücken spürte. Erschrocken blickte er zu Neles Körper, der immer noch regungslos auf dem Boden lag, doch von ihrer Seele war nichts mehr zu sehen. Er hatte den Loslösungsprozess nicht nur aufgehalten, er hatte ihn gänzlich verhindert. Was hatte er sich dabei gedacht? Gar nichts hatte er gedacht, er hatte einfach gehandelt.

Fieberhaft überlegte er, was er nun tun sollte. Doch so stumm seine Gedanken eben noch gewesen waren, so laut waren sie nun. Sie ließen sich nicht mehr aufhalten, drehten sich im Kreis und bereiteten Tian Kopfschmerzen.

Er hörte ein dumpfes Stapfen, aber er konnte nicht sagen, aus welcher Richtung es kam. Verwirrt blickte er sich um. Es war niemand da. Doch die Schritte schienen direkt auf ihn zuzukommen. Hektisch fuhr sich Tian über das Gesicht und versuchte alle Spuren seiner Tränen zu verwischen.

»Tian?«, erklang die Stimme seines Vaters von oben herab.

Tian konnte sich keinen Millimeter rühren. Stocksteif saß er auf dem kalten Boden und betete innerlich, dass Damian nicht merkte, dass an dieser Situation etwas ungewöhnlich war.

»Wieso bist du sichtbar?«, fragte sein Vater.

Obwohl Tian ihn nicht sehen konnte, spürte er seinen Blick auf sich. Aufgrund der Dunkelheit konnte Damian zum Glück nicht seine geröteten Augen sehen, doch im Vergleich dazu, dass er seinen unsichtbaren Zustand aufgelöst hatte, war das nur eine Kleinigkeit.

»Ich ... Ich ...«, versuchte Tian zu erklären, doch ihm fiel keine Ausrede ein.

Verwundert sprach Damian weiter: »Und wieso ist hier keine Seele?!«

Über Magdalena Kloibhofer

Magdalena Kloibhofer hat schon als Kind sehr gerne gelesen und Geschichten erfunden. *Die geheime Seele* ist ihr erstes, veröffentlichtes Buch. Zurzeit arbeitet sie an der Fortsetzung. Mehr Infos dazu findet ihr auf Instagram:

magdalena_kloibhofer

Hat dir das Buch gefallen?
Dann freue ich mich sehr über eine Rezension.